明·袁表 馬熒編

閩中十子詩

（一）

中國書店

詳校官編修臣周瓊

臣紀昀覆勘

閩中十子詩

欽定四庫全書　　集部八

閩中十子詩　　總集類

提要

臣等謹案閩中十子詩三十卷明袁表馬熒同編表字景從熒字用昭皆福州人閩中十子者一曰福清林鴻有膳部集一曰長樂陳亮有儲玉齋集一曰長樂高廷禮有木天清氣集嘯臺集一曰閩縣王恭有白雲樵唱鳳

臺清嘯草澤狂歌諸集一曰閩縣唐泰詩軼不傳散見善鳴集中一曰閩縣鄭定有澹齋集一曰永福王偁有虛舟集一曰閩縣王褒有養靜集一曰閩縣周元有宜秋集一曰侯官黄元其集名不傳皆明初人萬歷丙子表等即高以陳家所藏諸人之詩選為是集考閩中詩派多以十子為宗厥後輾轉流傳漸成窠臼其初已有唐摹晉帖之誚其後遂至

有詩必律有律必七言而晉安一派乃至為世所詬厲至今論詩者亦深病之要其濫觴之始不至是也十人遺集已不盡傳傳者亦不盡可録此編採擷菁華存其梗概猶可以見一時之風氣固宜存以備一格焉乾隆四十九年三月恭校上

總纂官臣紀昀臣陸錫熊臣孫士毅

總校官臣陸費墀

閩中十子詩卷一

明 袁表 馬熒 編

林膳部集一

五言古詩

擬古七首

北辰何巍巍居為衆星宗元冬杓在北青陽乃旋東七曜潛斡運四時自成功靜觀造物機毋乃君道同

其二

神龍潛深淵不在尺水池飛鳳將鎩羽亦擇梧桐枝玉以貞自珍蘭以幽見奇君子莫屈身身屈道乃卑

其三

迢迢洛陽城雉堞何逶迤上有天子宮下列公侯居外廐鳴騕褭中饋進鮮肥身無澣濯服路有餘粱脂巍巍金馬門云是上天梯仕宦有捷徑請托無虛時布衣謁公家言拙氣亦卑丈夫無所求守道寧食薇

其四

倦僕秣我馬駕言將驅馳戚戚感路人問我去何之荅云商山路幽谷多紫芝樂與素心人採掇療朝飢路人聽斯言揮淚持我歸舉手謝之去吾駕不可違

其五

翩翩雙白鶴久在樊籠中刷毛向朝日舉翅傷秋風雖蒙惠養恩自比雞鶩同嘆息此珍禽默默傷余衷放之烟霞表飲啄詎見蹤

其六

秋月何皎皎素魄流虛堂攬衣步清影玉露生淒涼感之獨徘徊驚波疾流光雖無景公淚惻惻還堪傷世路多榛棘人心競羊腸得酒且須傾毋令空鬢霜

其七

千金買駿骨寧與駑駘同乃知陶潛翁避俗甘固窮縱酒愛五柳折腰若為容葛巾漉春釀庭柯響青璁怡然日為樂自視村野農而我頗疎散失身塵網中翹首企

高步遥遥安可從

感秋十二首

撫劒中夜起氣候何凄清天高白露下北斗當前楹噭噭雙飛鴻隨陽亦宵征微禽爾何知知寒暑嬰其情始知玩物化中復念吾生三十志有立一經尚無成緬懷古哲人信與大運幷道在無終始時來暫衰榮感嘆不能寐延首東方明

其二

中夜有遐想假寐登崐崘飄飄列仙人授以漆書文元鳳振其羽三芝吐靈根文螭為我駕赤豹為我蹲覺來戸牖虛明月當前軒服膺念古訓抱經究微言中道誠可尚荒謬何足論

其三

陽精自東生陰魄復西沒兩曜無停機萬古一超忽方平笑麻姑緑鬢已成雪誰識青青松蟠根向溟渤

其四

秋氣悲萬物攬衣坐中庭仰視明月光俯聞候虫鳴人生會有涯懽樂當及時榮期但長嘆墨子徒自悲驅馬被紈綺雕盤割鮮肥酒酣論意氣中心貴相知終當委運去得飲無復疑

其五

威鳳志八表鷙鳥思遠擊志士狥苦節秉心猶鐵石黔轂恤齊饑餓者嗟輟食朝歌墨回車勝母曾不入悲哉爰旌目行矣申屠狄世無成子高疇能掩真跡

其六

季世尚遊俠使氣凌諸侯就死輕一芥含恩重山丘荆卿觸秦怒漸離重燕憂小節若可尚大義非良籌嗟哉黄金臺千古令人愁

其七

朝登北邙坂墟墓何纍纍懷哉泉下人惻然我心悲往者不可復來者每如斯膏火煎萬族紛紛競刀錐生存華屋居死與草木萎愚知同土壤英靈竟何知所頼賢

哲士千齡名不隳

其八

大塊覆羣迷疇能會其妙狂夫每如醉至人獨先覺草木養氣體金石駐精魂多岐但驅車孰踵元元門漢武志三島秦皇窮八垠焉知淡泊水可沃靈臺焚

其九

大化有培覆貧窮固其常柰何東鄰子索居多慨慷在桁無懸衣晨飧曠儲粮飢寒不自保妻子安得將投杖

出門去仰逐浮雲翔周流極四海組練歸故鄉寄語寰中士空乏庸何傷

其十

四時互相竭兩曜無停軸夏炎方滿盈秋氣忽已肅空閨有佳人十載常獨宿中心豈不貞處闇誰見燭願為明月珠流光照君屋

十一

空谷有隱士服食常不周藿羹笑鐘鼎短褐輕王侯樵

漁有時閒但與麋鹿遊持身豈不隘安命固無憂我願
見其人欲往道無由迷途諒未遠反策營吾丘

十二

聖人處憂患微言在明夷世人昧獨處悔吝相與期君
看文毛豹隱霧南山陲寄言狂馳子曷用此道推

無諸釣龍臺懷古三首

無諸昔建國赤土疏王封築臺青冥上垂釣滄江龍乘
龍去不返千載如飛蓬只今荒臺上寂歷多遺蹤我有

太古懷來吟江上峯天青海氣滅地古寒烟濃潭水綠
萬丈秋岑碧千重登臨未能已落日催孤鐘

其二

甌閩古荒服無諸漢英雄秦鹿既已死却辭隆準翁組
練照海色旌旗來故宮赫奕茅土業大哉開闢功事往
滄海變龍飛霸圖空昔日釣龍臺空餘江水中桂殿苔
色古空淩雲氣紅朝夕卷寒潮隱隱聞雷風登臨畢餘
景感嘆無終窮

其三

無諸東海上有國在秦先一朝逐秦鹿戈甲相勾連高才已得志論封亦徒然歸來築高臺投竿釣蜿蜒屠龍雄按劒拂拭滄洲烟英風振海岳古月經鑾天昔人不可見蹤跡復堪憐閒來弄秋水漁情藹清川雲高碧海淨日落千山妍莞歌古臺上醉向酒家眠

西狩

顓頊閑天地元冥始司冬明堂敞八水井邑閒九農東

魯考王制西狩收歲功天仗列鉅野雲師掩象蒙鳴鐘天地震列焰川原紅罝張六合窄囊括九有空熊羆既股栗豹虎無留蹤夫何元枵精亦困鉏商弓五趾運坤軸孤觸鳴蒼穹舉武中矩度流音若黃鍾虞人一驚告尼父心已恫瑞物際頹運嗟哉吾道窮遺經告文成筆削垂至公飛霜礪斧鉞白日開鴻濛感嘆終絕筆千古來悲風

塞下曲

交河冰是路天山雪作花舉頭猶漢月没足已流沙遠戍連烽火嚴更起暮笳將軍帳中卧萬馬夜不諱國恥猶未雪壯士莫思家

其二

宛馬金作勒壯士鐵爲衣橫行出塞門日落黃埃飛匈奴倉卒至士卒被重圍戰餘平野中惟見空鞍歸家中白頭母猶自倚寒扉

為陳少府賦望雲

高臺臨廣逵上抗浮雲端遊子思親闈登之以遐覲親闈不可見白雲阻河關顧茲好爵縻何當一承顏登山山有岐涉水河有湍王事雖賢勞敢辭陟岵難青天何茫茫大地亦盤盤歸袖欲奮飛願附鴻鵠翰

寄衣曲

涼月絓庭樹嚴霜拂城樓邊人一夜寒深閨始知秋起來理征衣纖手一何柔雙杵幾不勝寸心未能休梧葉下淅淅草蛩閒幽幽月明嗟慰意風急復含愁白露下

蘭心蘭心亦枯槁妾家有高臺下有漁陽道明發寄征人三把蘼蕪草

謁昌黎先生祠兼呈王潮州

窮冬到南海驅馬韓山灣繁霜野水落鱷溪清且寒伊昔潛脩鱗白日飛風湍壯哉昌黎翁洪流靜而安伊予謁遺廟兼以窮遐觀地古白雲滅潮來滄海寬夫子繼芳躅而能障波瀾丈夫遇知己遲暮彈吾冠

春日首陽懷古

東風蕩霏靄旭日生岩巒清飈洒襟佩聊以窮躋攀遊
目俯高墳歘然復悲酸清標香名立幽壤芳骨寒孤鶱
仰鸞鳳鳥雀易所餐濁流激清波洒然天地間古木翳
芳祠野蕨迷空山遲回竟將夕振策未能還

驅車篇送張志道奉親柩歸清漳

驅車出東門我車已載脂況玆苦寒月歌此陟岵悲夙
駕指晨星日入不遑棲道路豈不遙筋力亦云疲飛鳥
為我吟孤禽為我啼浮雲結為旆迴風亦凄其引領望

故山丘壘何纍纍感彼首丘志懷哉蓼莪詩

羅浮觀日圖

昔有學道者擔簦海上行宴坐羅浮峰內視觀無形晞景正東豁滉漾扶桑明雲濤既洶湧龍獸亦悲鳴吾聞混沌分坤軸東南傾百川走空虛日乃生窮溟未覩大明運安知至陽精願從列仙徒散髮倚雲屏三花漱雲液五内含晶熒回觀羅浮圖陋哉山海經

海上讀書

浮雲薄海色萬里如秋空青蒼杳無際島嶼蟠蛟龍上
有讀書者結茅誰與同朝餐海上霞夕友滄江翁乘桴
嗟尼父把釣思任公猶慕魯連子不受却秦功千金若
土壤清名弔高風愧予老儒術白首且相從

飲酒

儒生好奇古出口談唐虞倘生羲皇前所談乃何如古
人既已死古道存遺書一語不能踐萬卷徒空虛我願
但飲酒不復知其餘君看醉鄉人乃在天地初

金雞巖僧室

遠公青蓮宇百尺構雲闕一徑入松蘿山泉濯白髮石房彈玉琴清響在林樾夜來滄海寒夢遶波上月微吟白雲篇高興了未輟未能悟聲聞安得離言說

遊芙蓉峰

密竹不知路渡溪微有蹤懸知石上約定向松間逢物候變黃鳥菖蒲化蒙茸相望不可即裊裊霜天鍾

同周秀才元輿東白明遠二上人期宿芝山不

至

屢居厭紛擾恒思宿陰岑夙期道門友共兹清夜吟彈冠起新沐微風披素襟行行止空門夕景倏已沉不見雲中僧虚堂閉烟林應物本無往焉知來去心良會既已睽中情一何深詠歸值新月聊復鳴吾琴

泛舟西江

積水可利涉方舟況同乘悠然西江上遂望雲中僧出浦見落日前崖陰始凝秋風忽颯沓海雨隨奔騰稍移

流沙河又見夕影澄擁棹向危壁推蓬見古藤杌藉信水宿躋攀候晨興兹遊意多愜況也多良朋

題醉道士

黄冠何羽人恍是全椒客一壺常兀兀以飲混其迹歸來秋山空卧向松下石誰知郡齋人含情正相憶

經東山別墅

野墅在東山經過感疇昔縱横醉時墨猶在池上石林氣颯以凉山容淡將夕緬懷攜手人念念不能釋

寄丘令

海國民俗古清朝民物閒況兹得良牧理人絃誦閒吏散日已夕雲歸鳥隨還高齋蔭嘉樹横琴對遠山伊余安蹇劣歸休謝朝班出處雖異途雲林近怡顔兹焉仰高風望望心所攀

送湖南歸粤

志士本激烈況當離别情直氣不得發逢秋吐商聲浮雲蔽長空驅馬去孤城廣川無輿梁一葦詎能横將尋

故山隱自芟荒草畊蠹書柬高閣龍劒日夜鳴行路由
正途能使山岳平端居息機心卧聞螻蟻爭知君重交
結臨分吐平生

斬蛇劒

秦氛熾天地大澤蟠蜿蜒潛龍厄初九鹿迹方茫然千
里送徒人三杯拂龍泉紫劒混赤精紅光吐青蓮壯哉
三尺鋒可以摧金天粉首明月中飲血秋風前素靈何
嗷嗷老淚灑蛟涎芒碭起風雲咸陽若浮烟揮洒六合

清提挈神氣完始知百鍊鋼永與金刀堅

赤壁

曹瞞窺漢統東面朝諸侯鼎足猶未分屯蒙迷九州桓
桓長沙裔歘起揮戈矛兩雄不並立固知寧相謀朔風
吹旌斾飛霜肅貔貅飲馬涸天塹投鞭填山丘建業既
震蕩羽檄如星流衆議徒瑣瑣獨斷誠嘉猷拔劒碎玉
几揚旗走車舟周郎拂白羽談笑有良籌馮夷鼓駭浪
天吳扇雄飆烈焰蕩萬壘飛灰喪千艘論功何顯赫返

駕誠包羞再光東都業一洗瘡痍瘳往事既湯滅山川尚綢繆昔聞龍虎爭今見麋鹿游峭壁絓海月洪濤漲清秋訪古弔陳迹開樽發冥搜醉來臥烟靄天地如蜉蝣

題草澤遺書

買斧入城市伐木歸中林中林多樛木實勞匠者心林深間無人清風聞嘯音雲濤既浩蕩龍虎亦悲吟筋力既不惜但恐白日沉願言秘太樸俛首從哇淫

酒醒

酒熱中夜起散髮微風前煩襟忽冲散高咏蒼凉天湛池和露藉虛庭留月眠寧知明日事聊復一忻然

曉登金雞山呈王六博士

劒客無所懽登高眺清曙於時值搖落况乃朋遊阻關河一千里飛鴈杳難度積水明秋空蒼山落寒楚荒凉誰問俗慷慨即懷古長嘯歸去來餘意在蘭杜

送尚抱灌往閩南采詩

子生草澤間鼓腹歌唐虞柰何際板蕩奮劒當前驅千金酬壯士白璧買良珠放蕩裘馬間嗜酒縱樗蒲市朝既變更部曲歸里閭三十始讀書謬為章句儒閉門謝賓從窮巷生寒蕪南山既嘯傲擊節聊自娛故人西北來將歸滄海隅自言河岳英以俟觀風車忽忽僕馬疲寥寥歲云徂積雪照天地嚴冰寒江湖祖席臨東門欲發仍躊躇贈之五雲章飲以雙玉壺

答黃逸人

大道如砥平我車不方軌明時世景清夫子乃蓬纍有客天上來為説黃金臺所市既駿骨所羈乃龍媒五月上武陽炎風焚大荒豈伊道路難欲往河無梁華門逢君子酣歌日中市披髮行且吟時人盡驚異既知歸日落欲往秋風作誰同甯子嘆且効榮叟樂離别遠將歸凉風吹布衣南飛有鴻鴈毋使信音稀

春日同諸生野飲效陶體

始春風日嘉出門竟何之所忻攜諸生駕言陟嶔嵌谷

風已噓萌好鳥亦鳴枝蔬果屬時新有醪已載卮中觴
發意氣列坐各言詩悠悠天壤間斯樂希浴沂

夢清泠臺寄治城舊遊

羣山際海上道上獨蒼蒼上有清泠臺碧蘿蟠石牀伊
昔盛冠蓋琴樽此翺翔暮色海天冷秋聲松澗凉令來
阻登臨獨有夢飛揚題寄同心侶願因南鴈頏

岷峨秋晚

岷峨一千仞秀色橫清秋雲蟠隴蜀盡水入巴江流旭

日海上來蒼蒼樹色浮陽厓氣已變石林陰未收疏鑿
有古跡登臨仍壯遊落日下層巔懷哉神禹憂

雙竹軒

開軒遠山際讀書脩竹陰以兹歲寒枝況此君子心雖
無萬竿玉庶比雙南金天風有時來鸞鳳相和吟外直
秉堅操中虛含素襟何當烟雨夕夢遶湘江深

送黃元之京

予也夙穎悟十五知論文結交皆老蒼稚瓜攀脩鱗冥

心三十年尋源頗知津探元始有得服膺如獲珍誓將覺後生庶以酬先民干祿鏞水庠歲星七周循青衿二十徒達者唯黃聞三十為禮官制作多述因前年乞骸歸甘作隱逸倫業窮道豈遷操危氣愈伸持此欲有授二元乃其人時登烏石山眺遠滄海濱逸興發猿嘯閒情投鳥羣既與簪紱疎頗同緇錫鄰朝遊必竟夕夜吟常達晨放曠宇宙間外視埃壒身匏斟日動爵劒舞風披巾醉來各鴟張揮洒如有神坐或藉青草倦應眠白

雲大運迭盈虛人事常參辰詎知同心者胡為遽離分
于時維孟冬膏車戒征輪借問子何之囊書上成均執
手念門友登堂辭老親驅馬西郭門祖帳螺江漘朔風
捲行旆木脫波粼粼請為壯士吟庶以攄中懃丈夫志
四海況茲覲國賓惜別語剌剌無乃兒女仁壯懷何以
贈臨岐解青蘋

終南積翠

終南太古色積翠無冬春陽厓俯荆楚陰壑開函秦碧

樹曉未分蒼蒼散參辰下蟠蟄水龍上有避世人有時
浮爽氣挂笏可攬結安得構精廬談經對松雪

屴崱朝曦

天地有神氣屴崱東南青高標窮碧落連峰走滄溟深
探地無際遠見日初出蜃氣作蒼涼龍光猶恍惚始知
至陽精明明含中虛沿旋綴陰魄斡運乾坤樞願言吸
晞景庶以永年歲手把扶桑枝身騎六鼇背茲焉對畫
圖飛夢遶屴崱一笑天雞鳴晴牕已東白

閩中十子詩卷一

欽定四庫全書

閩中十子詩卷二　　明　袁表　馬熒　編

林膳部集二

五言古詩

贈彈琴黄生

高館㪚秋夕而多翛竹林讀書有時間游心復鳴琴蠹月稍低樹清風遂彌襟特玆保貞素庶以忘華簪

溪南小隱

夙性尚幽素卜此林泉居雖無珪組榮而有山水娛靜言一室中撫己常澹如牕間有鳴琴几上惟素書芳晨得朋簪清樽與之俱憩木愛佳鳥臨川羨游魚棲神縱八表誰言形迹拘惟願榮啟期斯樂同只且

寄龍大潛效韋體

夙負偃蹇志共懷林下心誰言塵事縻以兹曠幽尋夏火方云始索居念朋簪薄攜一樽酒命駕來城陰湛湛

晨河流依依嘉樹林晤言有時閒揮觴共鳴琴久要或可冀希哲信難任君懷諒不爭惠我瑶華音

送黄秀才歸西鏞

外貌若物役中心貴所知如何千里别值此清秋時驅車弔古臺暢飲黄金卮疾風海上來黄葉四散飛鴻鴈呌蘆渚螵蛸絓桑枝感候意方慼送遠神乃馳離隔勿復道久要長若斯

富春釣臺

維舟富春渚舒嘯登崖嵬不見羊裘人空餘垂釣臺苔色石上古秋聲松際哀清風猶可仰落日滿蒿萊

夜酌邑庠留別

高梧絓朗月密竹深寒烟虛堂敞清夜桂酌開華筵論心機暫忘念別情已懸值此羣動息始知詩境元行當泛蒼波去矣徂山川落葉擁戍壘飛霜清海天鴻燕有時還傾蓋知何年願持松栢操永與金石堅

同周孝廉夜宿郡庠有述

乞身共棲遲聚首殊契濶子卧清溪雲予弄滄海月人生駒隙耳歲月坐超忽欣兹一樽同信此百憂輟晤言不知疲高歌清夜發久要諒無違保己終華髪

留别諸彦

秋堂闃虚寒晚竹引深翠瞑然孤燈坐興與一壺對天冷霜滿襟露飲月窺醉曲盡别意深相看發長喟

精巖寺

香剎象天界名僧辭世氛一峯獨凌削衆壑相氤氲作

禮向金仙宴林投鶴羣山犬嚙人衣却走避腥葷於時

春向暮林亭藹餘曛蒼然草木氣盡濕西江雲登閣見

千里眇懷滄海濆山鐘忽播蕩應此悟音聞

訪陸隱君不遇

結屋依兩崖疑是秦人家不見山中人風落青松花掃

石調素絃尋泉飯胡麻願因玉麒麟緘書投紫霞

經延平津

昔人雙寶劒經此化神物晉室已寥寥劒光猶未没紅

纏斗牛氣黑漾蛟龍窟千里一寒流馳波向溟渤元化
窅莫測沴氣開復開有時潭水上白日飛雲雷伊余探
靈異狂歌負奇懷回船向明月浩蕩秋風盃

別龍秀才

龍生不羈者愛士能開襟每醉玉壺酒復爲梁甫吟訪
余鏞水陽又將歸故林秋風樽前別落日川上心四郊
已蕭條千里無飛禽離思苦難説望遠猶登臨

同王六博士宿烟霞觀

昔人煉金鼎此地餘還丹至今風篁鳴猶疑下笙鸞出嶺訪靈異投山宿天壇一片月色古千秋松影寒醴泉為我酒丹霞為我餐都無世人夢但佇風中翰夫子茍有意相期此投冠到家興未已更取吾琴彈

遊玉華洞

真仙構靈宅洞府何嵌空入洞可十里流水咽其中陰島濕花露石門度松風怪石變萬狀尋源竟無窮有時起雲霧徹徑又不通觸目極杳靄游心但鴻濛路盡忽

有天容光澹空青蜕出風露外了然心目醒幽興殊未已又還宿雲扃飛夢即蓬島冥心祈道經終悲向朝市塵鬢秋星星

翠簾山天湖

翠簾高凌天峯麓曠且平何年此蟠龍遂成秋水泓呼吸納元氣溟濛變陰晴雲雷地中起日月波上生上有空僧巢巖棲煉神形寥寥水月觀洞見心胷明我昔凌天梯恍若登赤城浮杯動松影發笑回天聲從茲便髙

舉永極雲霞情

同王六入西山尋白雲僧

秋山晚蒼蒼引興白雲際方聞出谷鐘未返沿源騎躋攀霽心目始到三摩地苔色陰際寒松聲靜中細空僧此巖棲心跡寂如寄經誦有時閒了了見山翠抱琴者誰子夙性貪幽致雲卧復何為冰弦寫秋意西峯倏含景石榻又假寐身寄孤鶴巢夢如幽蘭氣夜分氣候白隱隱月初至陽磵澹空明陰林破深邃久懐緇錫隣頗

與雲山契章甫如可投期君訪靈異

訪元章師不遇

真僧駐錫處雲牀在西峯應物無所住安知來去蹤今來結青謡又向何山逢白日無經聲金飈但鳴松懸思永今夕杳靄秋天鐘

秋夜憶周模

傾蓋一分手沉思長在襟況茲離居夕復此秋城砧露下葉初落草根虫又吟雖云感物候終念曠幽尋劒水

東南流故人千里心無因達尺素夢遶青楓林

道中偶詠

林館夕暫休星駕曉仍發沉沉樹若烟浩浩溪如雪白首倦長途青山笑予拙

秋夜期盧道士見宿不至

掃石待瑤駕焚香立陰階如何道機熟反使音期乖暝色帶疎竹秋聲連夜齋無因問丹訣默默此時懷

宿黃梅五祖寺

佛祖說法處迴與諸天鄰珠宮歷浩刼桂殿餘真身登
攀訪靈異禮謁知宿因地遠泉石怪人間猿鳥馴松杉
覆牕戸濕竹清衣巾花雨出深夜天香來暮春久知簪
組妄思與緇錫親所希慧燈影為余照迷津

遊海上瑞巖

海國橫秀色茲山何鬱盤黃金亘樓觀積翠開峯巒登
高恍神遊駐目窮遐觀地迴雲物古天秋松桂寒於時
灝氣清東溟淨波瀾精思落天外回飈生羽翰嘗聞有

靈草可以駐頹顔且畢濟時畧金梯期再扳

石竹山紫雲洞

羣峯際東海一峯凌紫雲昔人煉丹處石室苺苔紋飄飄龍虎車即此上丹闕惟留白鶴影兎在青松月下有靜者廬其人頗淳龎一水落天鏡萬化明石牕藥食有時暇還來扣巖關心與魚鳥樂身隨天地閒伊余困流俗十載未應還長歌賦招隱夢遶天涯山

題徐濆湘潭離思圖

荆南不堪别孤棹向何處人分鴻鴈秋樹帶瀟湘雨離思亘重襟登高但凝佇

送吳士顒

吳生跌宕人脱畧當世事欲識平生心悠悠江海是布衣何飄飄孤翮千里至斗酒未及歡看雲起歸思長風吹古城寒石下秋水分手從此辭車塵望中起

酬外兄林大見寄

衰孱謝時耀索居久荒蕪顧兹升斗禄遂與田園疎文

墨互紛糺舍館若僧居齋中無餘物草木盈前除緬懷桑梓遥況與親愛迂擧頭望飛雲清興與之俱飄飄西南風翼彼五雲書豈微比兼金欲睨無瓊琚撫運感離間啣哀念先廬泉臺未及封舊業應翳如失路已窘步孤生嘆多虞仰慚南枝禽俯愧同隊魚沉憂髮就種撫事心已痛裁詩重於邑安得膏吾車

飲馬長城窟

嬴秦亂天紀紫塞徒經營千秋扶蘇血脉脉流泉聲吾

閶渥洼龍中天應房星所以千里駒翩然來漢庭

題江上琴興

大樸本無事大聽元希聲何如伯牙子尚懷山水情我有太古調欲托絲桐鳴人間正寂寞毋使蛟龍驚

同鄭二宣江上泛舟

載酒入江邑酒多江復長酣來散予纓濯向春流香東壁過疎雨西崦殘夕陽猿禽相嘯呌雲水共清蒼夕景更汎覽客程殊未央魚風葦上起蚌月波中光嘗以事

泮渙永期名迹忘秉槎子豈必聊復咏滄浪

今日良宴會

今日良宴會歡娱在須臾念我生平友日夕萬里途廣筵羅雕饌酣歌鳴玉壺對之豈不樂相見生嗟吁勲業苟未樹綢繆將焉如

江閣秋雲圖

山容初斂夕雲氣已歸壑何以散沖襟孤琴坐江閣美人期不來天寒楓葉落

邯鄲行

玉貌邯鄲女少小來深宮春芳羞百媚秋水明芙蓉君王一愛惜白日生春風春風不長好妾顔豈長保一作玉階别衷腸向誰道憶昔少年夢不向邯鄲飛今日還思君時時望金扉雖作泉下土悽悽何所依

門有車馬客

門有車馬客徒侶何輝煌銀鞍耀白雪寶劍明秋霜借問客從來謝官歸故鄉且言昔别君君年正春芳聞言

謁天子聲價靄玉堂龍顏霽霄漢虎變麐文場寧知一失意白日沉夜光秋鬢非舊絲映帽多星霜區區附驥尾薄宦歲月長解組且歸去投君叙温凉嗟我聞客言慚愧獨彷徨大鵬反鎩翮燕雀終翱翔扼腕勿復道長歌臨碧湘

題張少府夢澤高秋圖

夢遊秋水碧醉眺晩山閒短棹發吟思酣歌放狂瀾浮雲秋際來藹然芳樹間青蒼太古意天地同瀰漫荆門

正西上樹古生早寒漢水日東逝治遊多苦顔鴈思落
芳渚漁情寄清彎願期同心人結屋江上山

泉石清逸

久為泉石人了與世塵絶朝餐清磵霞夜弄碧蘿月掃
石奏吾琴尋泉飯胡麻長謡古苕篇似是仙人家陶令
歸栗里安石棲東山心將槁木灰跡與浮雲閒有時窮
躋攀落日更吟眺碧草藉醉眠元猿引長嘯冥棲笑流
俗何用寰中名千秋放意氣永極雲霞情

題秋江漁釣圖

移舟向潭石投釣臨寒流餘懷本澹蕩况此滄江秋白日既濯濯清飈何瀏瀏適意非在魚所希與神遊悠哉共恬淡惟應沙際鷗

雲林清隱

夙性抱高致端居厭華簪尋泉鑿石壁結宇依雲林經鋤有時閒班荆坐樫陰清飈引長嘯白雲勸孤斟處默謝流俗任真曠冲襟惟應同調者聽我丘中琴

海天跨鶴

滄溟控東極滉瀁寛扶桑飄飄鶴上仙御氣以翺翔碧落為我蓋丹霞為我裳放神遂九有吸氣調三光驂鸞笑嬴陋策駿嗟穆荒逍遥大羅天歸來良未央

送劉子服兼呈菊溪諸知己

路岐一為别壯心將柰何雲山寄遠迹歲月空蹉跎緬懷建溪客離憂空沉痾孤松偃磵壑荆棘結岩阿巴唱銷白雪秦箏妬雲和遂令懷古調感嘆一狂歌鹿門自畊

作東山卧雲蘿褰裳擷芳芷投竿餌清波浮雲自東來

青天鬱嵯峨明月遥古意芳樽恣吟哦雖云念白首終

歲守蓬莪

海門秋望

雲崖聳高寒攀躋覽溟海試拂龍唇琴餘音散蒼靄月

揺波影中葉度秋聲外矯首蓬萊宫仙人笑相待

齋中曉起

颼颼城鴉散鼕鼕戍鼓絶空庭寂無人衣上有殘月清

池盥漱罷高韻風中發爽氣山前來吾襟抱冰雪

遊武夷九曲

秋風泛瑶棹愛此佳山川九曲泝流月數峰標暝烟開闢自天地飛昇有真仙石上蜕金骨雲中鳴夜絃伊余探古迹得復窮幽元閒招木客飲醉向天壇眠不見紫陽翁徒歌白雲篇予懷在漁釣即此應忘筌

夏日登宿雲臺有述寄霜月上人

投簪返初服躡屐謝紛擾永言卧丘壑庶以狎魚鳥茲

臺夙所憩磴石出烟篠況逢朋簪盍燠景共臨眺前瞻極空濶下瞰洞深窅地古雲木殘天長海山小真僧此冥棲宴坐閱昏曉喻心青蓮淨說法天花繞願聞微妙音意泯萬緣了豈必東林人相逢可同調

九仙山樓觀

仙山有樓觀虛爽軼浮埃昔日九仙人跨鯉兹山來赤鯉去不返仙人安在哉空餘彈碁處白石生蒼苔至今羽人居往往聞風雷檄雨古壇瞑禮星寒殿開常闇至

人言内景融春臺羣生若芻狗大道如嬰孩飈車與天接豈但登蓬萊

登清泠臺

吟秋宿結月際曉登清泠揮手援碧蘿騰身棲翠屏長風吹雨來不見羣山青鳥度白雲濕龍歸滄海腥真僧此巖棲觀空靜襟靈竹塢見曝衣花臺聞演經沃以甘露言迷途醉而醒願言割茲愛永也投禪扃

同諸生登結月蘭若

金人青蓮宇乃在白雲裏久與名僧期乘閒却來此入門閒經梵絓壁見巾履落磵泉影紅侵廊蘚花紫海天正南豁一望見千里獨樹川上浮孤烟島邊起予生况多暇所性樂山水真賞非外求冥心巢居子

題任生水南山房

新安山水郡昔賢籩豆鄉志士應昌運幽人潛葆光青冥南山遠緑縟春溪長世外鑿霞壁雲中開草堂經鋤有時閒方舟復鳴榔鳥度鏡天淨人閒潭水凉尚想鹿

門隱猶思愚谷藏珪組茍無心禽魚亦相忘伊余懷故
林碧蘿盤石牀因君賦招隱鼓枻歌滄浪

題巽上人絓月軒

迢迢青蓮宇寂寂野僧定片月絓虛空羣屋破陰暝雲
牕晃玉毫露幔捲金鏡色映天影寒光凝古潭凈常聞
止水觀可以喻禪性夜久悟音聞空山響烟磬

夏日遊幻住蘭若

青山古城曲溪水相縈紆尋山避燠景喜得金仙居水

石翳洞古松蘿覆牕虚俯見蘚痕積遥知人迹疎願以青蓮界永期紛垢除流咏發天籟洗心清道書遲遲至棲鳥望月歸吾廬

夜宿郡齋水亭呈林八博士

孤琴水亭夕客至罷鳴彈況有樽中醪斟之罄情懽濯足向清泚披襟散塵煩仰見海上月兼之天籟寒齋舍何蕭條蓬門若丘樊深竹讀書處百蟲鳴夜殘子懷良已舒爲君咏幽蘭

閩中十子詩卷二

欽定四庫全書

閩中十子詩卷三　　明　袁表

馬熒　編

林膳部集三

七言古詩

雪蓬散人草書歌

雪蓬散人有嫣喬翰墨遊心與神契摹臨秘帖追晉風揮洒雄文明古制草門鐵限人爭求荒郊瘞筆應成丘

嫵媚雲霞晴變態傾斜風雨寒飕飕伊予與君共鄉縣
結交自昔忘貧賤啣杯拓落膽氣豪江樓野寺書題遍
借問君書初若何君言妙悟應聞歌諧音本自車振鐸
渙汗有類風行波乃知至理無不寓要在高人會其趣
古來入室唯逸少後者升堂有懷素當代如君誠亦稀
莫嘆蹉跎一布衣有錢沽酒與君飲醉卧目送孤鴻飛

寄王六校文兼似吳二太守

京師三月春雪飛雪後餘寒添著衣曹官禄薄酒苦貴

一飲百錢恒不醉忽然停盃憶鄉里美髯校文最知己作詩判不讓高岑醉後狂吟狂欲死有時忽得意竟上金雞山彈琴酌酒送飛鳥心比白雲閒更閒虎頭巖前柳拖地龍池溪上花滿灣醉歸騎得將軍馬城上烏棲門未闗白頭太守別來久別後還能相憶否詞賦終爲紙上塵功名不及盃中酒芭蕉葉長近何如前日人來不寄書莫言閩海少飛鴈何事秦淮多鯉魚

寄蔡殷

少年所性尚遊俠夜讀古書朝射獵相逢然諾重千金
性命由來輕一葉自言濩落長如此豈謂年光若流水
當時意氣何足論今日爲儒人共鄙以兹俯仰向時流
窮居古巷仍百憂拘鈐禮法坐桎梏鞭撻童稚生仇讎
浮雲世態我何有寧甘落魄耽盃酒閔子長懷汶上田
桓公謾賦湘潭柳日夕長吟思故山樊籠尚掩冲霄翰
知君懷抱亦如此一爲君歌行路難

贈浮丘生

浮丘生能遠遊不學羽客棲丹丘挑蓑荷笠來滄洲我昔寘棲向溟渤攜書共讀東山月舊遊冠蓋半凋零見子翻令心内熱羡子有遠志放形天地間扁舟濯足望雲海短策振衣登雪山太行北上連鴈門燕臺鄴宮無復存國士由來死知己令人感激思平原諸侯門深少知遇回轅又復歸南楚醉裏行吟七澤秋燈前卧聽三湘雨吾知浮丘心迹奇世人悠悠那得知草書古篆更神妙擊劒彈碁無不為嚴冬别我寒蕭索尊酒都門為

君酌車輪遥遥忽不見唯見千山雪花落

送林子山之閩中覲親

釣鱸橋頭流水香冬青花開榕葉凉壚頭酌酒送行客醉後狂吟成短章世人懐别多慘愴念君此行何坦蕩云是嚴君在武威十年著盡遠遊衣鴻鴈緘中空寄遠魚龍川上苦思歸以兹出門心草草拂衣便向長安道古戍飛霜馬色寒重關曙月雞聲早自古秦川亦壯哉三峰華岳掌中間温泉緑樹朧朧見渭水黄河曲曲來

邊庭相見悲復喜白髮依依問鄉里九月狐裘尚覺寒千鍾黍酒難成醉聞道東還未有期隴頭好寄折梅詩翻思人世皆為客何必臨岐是別離

贈曾鋼

二十讀書通大義三十結交江海士不學寰中一豎儒寧為世上奇男子同遊冠蓋多如雲佩章綰綬何紛紛東序詩書崇四術汝南節義宗三君問君拂衣何太早知君有親今已老鄉夢不離青浦雲歸心只在方山道

城南柳花吹客衣車驂祖餞生光輝共傾濁酒江上别獨攜明月山中歸歸來鄉井宛如昨畊石飲泉貧亦樂閉戶從教水鳥啼垂帷不省山花落達節非關學隱淪至人舒卷道為鄰君看古來霄漢上多是尋常畎畝人

賦得獨樹淮邊送人之京

君不見秦淮水流東到海淮邊獨樹如車蓋九月微霜赤葉乾枯枝颯颯鳴天籟枝上啼鴉散曙烟枝頭殘照咽寒蟬離人留飲停車騎俠客相逢挂馬鞭南國高僧

從此去駐錫雨花臺下路一飯淮邊洗鉢時六時宴坐
祇園樹野鶴孤雲任去還禪心不道別離難山中亦有
長松樹待爾青青共歲寒

懷李郁

李君本是清狂者十載畋漁向原野梅生豈厭官位卑
閔子由來宦情寡自言濩落可終身誰知尺組能縻人
朋遊失路各分散妻孥寄食家仍貧荒涼廨宇夾江表
椎髻山氓語如鳥地隔三苗洞穴多天連五嶺人烟少

三年無書增我憂憶君翻令懷舊遊開元寺裏猿鳥暮洞天巖前木葉秋襟期相遇每如此魂夢悠悠共千里白髮關山自月明青山茅屋空流水八月江南鴻鴈飛天邊誰寄早秋詩不如飲酒且安命振翼雲霄尚未遲

過高逸人别墅

識子何不早見子即傾倒世人意氣不相合顔色雖同心草草子有園林東海濱香名滿耳人共聞梁鴻避世身不仕孔融愛客家常貧兹晨飲客青山墅新壓葡萄

酒如乳緑樹穿牕鳥當謌紅條拂地花能舞醉來興逸
無不為投壺擊劍仍彈棊人生得意有如此世上悠悠
那得知

月夜聞李生彈箏歌

越客本浩蕩秦箏何激揚浮亭子夜月色古一曲萬籟
鳴清商初聞楚調聲激烈志士報讎思飲血再聞宮音
如扣鐘魯生揖讓何雍容清和變調有如此俠客聞之
心欲死銀甲彈來更嫣然金魚脱却渾輕爾吾聞錦琴

五十絃湘靈夜鼓聲淒然遂令帝子剖其半遺音尚有
秦人傳秦音楚調聲雖異今古由來同一致燕市誰知
擊筑心吳門孰識吹簫意今夜君聞鼓曲聲百盃不醉
壯心横衆賓枕藉秋衾冷獨倚高梧看月明

春夜元默處士燕集得滿字

三月六日天微和博士水亭乘醉過主人解衣即沽酒
外史扣壺能嘯歌歌殘夜久星移换新月蒼蒼捲羅幔
萬事空嗟白髮新一壺共對清尊滿子有園林東海濤

十載校書甘陸沉平生獨把飲水節有時或賦還山吟
高齋宴坐探元默時輩狂馳交不得自分綈袍比草青
直將富貴輕雲白予本南宮淡蕩人與君交誼最相親
相逢且盡盃中物遙憶風流席上珍

為廣上人賦歸雲山房

道山老禪七十餘閉門不出祇園居心將明月同清淨
跡比閒雲能卷舒蕭散浮雲閒更閒因風也或到人間
晴教海上千峯出暝與天邊一鶴還歸雲寂寂山房暝

明月蒼蒼僧入定禪心無著雲無蹤一塵不染諸緣空
山中有僧人不聞世上流俗徒紛紛願為松下小童子
間與高僧掃白雲

送林汝學之雷州省伯

四月閩南梅雨凉荔枝花開滿樹香青門酌酒送行客
極浦揚帆辭故鄉君家從父從戎久海外書回驚白首
離筵正值落花初客路仍逢歸鴈後知君所重在連枝
觸熱投荒應不辭少年意氣有如此世上悠悠那得知

雷陽咫尺滄溟近戍卒相逢問鄉信蛟室風來白浪腥
龍淵日落青天盡嗟予有姪亦離居萬里炎荒久苘殳
天涯亭上應相見為報平安尺素書

經綺岫故宮

行人曉飯青山裏驅馬蒼茫經洛水昔聞綺岫盛繁華
不謂荒涼今若此憶昔行宮初構時梯巖駕壑相逶迤
美人桂殿夜看月公子柘弓朝射麋翠華一去金門鎖
露殿飛螢山葉墮往事吹殘牧笛風危基半入樵人火

今古消沉能幾回春風依舊野花開君王廵狩不復見
禾黍空山烏雀哀

送王孝廉之京

神如玉壺初薦冰氣如太阿新發硎羨君早年即登第
許君壯節終成名十年濩落棲衡宇斂翅迴翔待高翥
知己文章舉孝廉治安有策干明主以茲擲筆翻然起
祖道車騅若流水客路迢侵朔鴈前鄉情却望江天裏
客路鄉情兩地分征帆落葉共紛紛君登要路天門去

我向秋山卧白雲

賦得無諸城送浦舍人源歸晉陽

君不見昔時無諸城荒丘斷隴令人耕陵谷湮沉知幾代古人精靈竟何在憶昔無諸全盛時都城百雉何逶迤連營國步分秦土繪衮王章入漢儀山河巍巍那可恃躍馬屠龍今已矣列國猶傳赤帝封曲臺尚對滄江水滄江水流去不還故宮落日不堪看寶衣夜化空陵火弓劍秋懸古殿寒故人西歸從此去策馬秋蕪城下

路欲將陳迹問行人落葉紛紛不知處

送秦山人歸天台

天台山人薜蘿衣别予東將海上歸心如月塞征鴻遠
興逐秋城落葉飛人間萬事歸來好脫屣侯門迹如掃
樓外孤霞映赤城牕前片月生滄島飛佩須過鴈宕峯
繫舟先聽若耶鐘丹光夜繞三珠樹鶴影秋歸五粒松
執手河橋酒半醒小山别後桂青青願祈海上烟霞秘
長保塵中犬馬齡

鐔上送僧歸衡山

上人孤閒似雲鶴十五出家住衡岳説法能超最上禪持心不受羣疑縛世上誰知來去蹤南窺太華北遊嵩衲經鴈蕩千峯雪定入峨嵋半夜鐘于今戒臘青松古猶泛慈航到東土楊柳舟中九曲雲笋皮笠上三山雨昨夜歸心繞楚天西風杖錫又茫然化龍潭畔清秋别回鴈峯頭舊日禪

林七欽山莊

此君家住浯水西喬林夾道緣青溪人淳上古大庭世
客到武陵花處迷深盃盡日見山色高枕四時聞鳥啼
籬根稚笋看成竹階下飛花踏作泥梓柳折來環藥圃
野泉引得灌蔬畦人間鐘鼎口不道雨裏田園手自犁
已沾雞黍遂然諾豫愁冠蓋將離睽明日却從城市去
林間相送草萋萋

巫峽啼猿歌送丘少府歸四明

巫山巫峽連三巴猿啼三聲客思家停舟聽之聲未了

却過青枝猶裊裊野人作來錦宮城清秋滿峽啼猿聲
黃牛灘上愁楓落白帝祠前哀月明商聲清洌羽聲亂
倏忽東崖復西澗久客聞之淚欲乾壯夫聽此魂亦斷
故人歸卧越山雲憶得啼猿歌送君扁舟獨宿剡溪夜
叫月三聲誰共聞

初秋送友人之治城賦得把字

行人飲馬秋城下魯酒千鍾為君把離亭正值鴈驚寒
候館仍逢雨侵夜嗟予十年恒壯遊登高弔遠無所憂

襟期脱畧向知己生事蕭條隨野鷗南宫作吏歸來久
冨貴浮雲我何有三品寧論小隱資百壺且醉平生酒
露島烟汀凸水濆風帆桂櫂生離分題詩為寄漁樵友
惜别還看鴻鴈羣

寄陳八衆軍

憶昔讀書融水陽青山影裏開茅堂結交由來重意氣
使酒或可輕侯王誰言一旦風塵起故里蕭條半荆杞
立身自許致功名報國誰能論生死爾時正值邊塵昏

手擕俘首懸轅門春風走馬緑楊道落日臂鷹秋草原
功成期將書幕府當路忌才棄如土部曲營殘殺氣消
關山夢醒秋聲苦比來為儒逢太清石田蕪没荒春耕
當時冠蓋半丘土此日交情結弟兄交遊惟君年最高
每以連枝勗我曹天邊落日見孤鴈海上秋風吹二毛
劍水無情入海流憑將霎淚到炎州願為鄉曲牧童子
與子高歌同飯牛

贈商生

與子交遊最年少羨子襟期可同調醉墨能噓海上雲
春箋會拂花間鳥壯遊海内早知名每以才華動九卿
丹穴殊看鳳毛貴方諸遠在冰壺清伊予十年歸未得
貧賤由來愛賓客雖乏牀頭沽酒錢未嘗一日無顔色
西鏞城下醉相逢南國新秋意萬重石竹山前滄海月
紫雲洞口夕陽鐘

酬張少府惠山僧茶

南風吹雪柳花飄閨中佳人春夢饒白髮儒生未飽食

夜眠少困卧終朝清河縣官公事簡憐我邇來愈疏懶
手裹山僧石乳茶題寄齋房豁書眼高枕蓬頭緘未開
毛骨颯颯秋風來相如漢賦八千字懸河暗送聲如雷
山童急走汲井花鐺裏龍涎鳴遠車千日醉魂來斷夢
五陵酒伴識還家為君一啜感君意鳳髓龍脂世空美
碧碗滄洲片片雲金莖漢苑稜稜水朝來散步凌仙山
恍如輕舉碧蘿間九天若到須臾啜何惜神君騎鶴還

滄海雲帆歌送張少府之京

蜀錦為帆發光彩掛向扶桑之碧海海上仙山十二樓
仙人矯首遥相待船頭錦袍黄鶴仙身朝玉皇遊九天
長風吹帆向碧落下視塵世浮青烟我昔登雲向儀曹
鈞天廣樂聲嘈嘈夢中折翼下人世悵望雲闕心煩勞
兹晨送君向雲闕春帆直拂濤山雪解纜朝辭北海雲
曳裾曉待金門月渺渺雲帆柰别何珊珊紫陌聽鳴珂
君從雲路騎黄鶴余亦還山卧碧蘿

題桃花馬

玉墀迥立如龍游金鞍照耀雲錦浮灞橋浴水落花雨
沙苑追風苜蓿秋園人盡皆輕騄駬將軍不復事驊騮
請看千里噴汗血蹴踏風雲不肯收

送林敏歸海上

九月大野黃螵蛸掛空桑城頭立馬見千里遊子此時
歸故鄉將歸滄海雲且醉冶城月楊柳橋頭酒正香芙
蓉館裏花初發戀此使人歸計遲看花酌酒復聯詩眼
前相遇不傾倒別後相思空復爲

閬中十子詩卷三

欽定四庫全書

閩中十子詩卷四

明 袁表 馬熒 編

林膳部集四

五言律詩

出塞曲九首

壯遊誰憚遠西北是臨洮駿馬嘶金勒行人看寶刀隴雲吹曙暗關月倚秋高早赴防邊壘三軍待六韜

其二

從軍呼延塞勒馬單于臺天地兵聲合關河秋色來酬
恩憑玉劒致遠見龍媒旦夕邊城上喧喧笳鼓哀

其三

玉關秋信早未雪授征衣王者應無敵邊塵不敢飛三
河兵氣盛五道羽書稀日晚笳聲發將軍射獵歸

其四

單于秋近塞驃騎遠臨邊吹角風沙動揚旌日月懸驚

鶡防獵箭戰馬識烽烟昨夜旄頭黑前軍得右賢

其五

驪馬畫弰弓生爲北塞雄探兵千里外捉騎萬人中虎帳秋懸月龍旂莫颭風歸來領旌節立在未央宮

其六

大漠窮陰外孤城蒼莽間星河秋近塞雪雹夜沉山戍火戎衣綻時清列燧閒近聞隴外騎不敢問陽關

其七

衛霍邀勳日三河聚控弦陣雲寒壓地獵火遠燒天玉帳分旗直金戈枕月眠羽書飛報捷天子在甘泉

其八

十五薊門行常懷報國情潛兵秋度磧牧馬夜歸營苦霧沉旗影飛霜濕鼓聲昨來承密詔東築受降城

其九

烟塵起西北驅馬到長城萬古征人恨秋風隴水聲雪埋金甲重月照寶刀明昨夜聞寒鴈中原有弟兄

擬李翰林宮中行樂

柳色浮金殿花香近玉樓嬌鶯聞茞石語燕傍瀛洲旭日明仙仗香車映御溝笙歌何處響還向未央游

月

玉宇淡悠悠金波徹夜流最憐圓缺處曾照古今愁風露孤輪影山河一氣秋何人吹鐵笛乘醉倚南樓

送高郎中使北

漢使臨邊日郅支已請和看花辭紫陌犯雪度交河

水草留行帳雲沙想玉珂誰知清漠北婁敬策居多

擬唐太和公主和番

粉淚辭丹禁紅顔冒路塵南天惟有月北地更無春笳鼓凝芳夢軒裾掩翠顰年年桃李月凄絶舊宮人

訪邵隱君所居

隱君讀書處門巷少行塵竹塢琴邀月花林鳥近人衣冠猶古制泉石是南鄰散帙多閒日休嫌問字頻

同徐總戎登汴梁相國寺樓

傑閣千尋起平原四望開旅魂秋易斷鄉思醉難裁魏
國空流水梁園半野苔登高能作賦不獨子雲才

題福山寺陳鉉讀書堂

窮經不出户一室古珠宫燈影秋雲裏書聲晚磬中開
牕明竹雪散帙落松風料得無人到焚香對遠公

送王勲銘歸溫陵

遠遊俱未達念子獨南歸萬里扁舟去秋風一布衣城
鴉隨雨散汀葉逐人飛為報無媒者滄洲意有違

送陳煉師歸龍虎山

鶴書歸未久秋思夢瑶峯海上看山别人間何處逢烟蘿深見月洞府暗藏龍辟穀方無術憑師問赤松

送蔡大往汝州尋弟

落葉正紛紛秋城客路分知君從此去遥念鶺鴒羣楚水帆飛雨荆山路向雲懸知孤館夕離鴈不堪聞

春日遊道山亭

危亭臨絶頂勝槩昔曾聞野酌薫花氣閒心狎鳥羣

前看落日衣上見歸雲半醉題詩去仙凡下界分

遊樓雲湖禪室贈日東圭上人得心字

東海到來日西山始布金構雲天路上標月夜湖心問

偈逢樵客忘機狎野禽寥寥塵想絶相對坐樫陰

遊天王寺得王字

金門辭隱吏寳地謁空王碧磵飛龍樹青山遶鴈堂露

吟蘿卷幔雲卧石為牀莫嘆春歸盡天花晚更香

西峯寺

西峯雲外寺鳥道薜蘿蟠水接花源遠山藏古殿寒石牀閒聽雨野佩戓紉蘭莫怪棲遲久南宫已絓冠

湘南秋思圖

蒼茫臨極渚眺望黯離愁湘南一葉下始覺天地秋瑤草已云暮碧雲殊未休不見林中士緘情投白鷗

九日登臨

不到寺已久入門籬菊開山容帶紅葉鳥迹遍蒼苔卧掩維摩室吟登般若臺慚非陶靖節誰送一樽來

同倪十宿洽公房

一入維摩室逢人宿鶴羣鳥驚春嶂月花卧夜溪雲漱齒發清飆焚香了梵文泠然鐘磬動應得悟音聞

題周可仁滄洲趣

隱居鮫室近日夕見滄洲吟處月生海坐來風滿樓忘機能狎鳥適興或垂鈎予亦乘流者因之發棹謳

秋夜同林四景宿烟霞道院

入山塵念空清夜宿琳宫高枕薜蘿月嘴杯松桂風衣

冠人世外天地玉壺中君但頻來此應逢洗髓翁

題碧蘿山房

一入烟蘿去終年獨考槃竹泉宜夜聽松月耐秋看桂酒邀佳客荷衣護早寒向予相顧笑持贈碧琅玕

紫騮馬

將軍紫騮馬幾度出安西積雪埋龍膽河冰響玉蹄百戰功堪並千金價自低吳門秋日晚長倚北風嘶

龍山亭

新亭依絶壁隱隱見游塵詎識鳴琴更能邀落帽賓嘲
杯山翠晚散帙鳥聲春自愧非王翰何由遂卜鄰

滄洲漁子

孤榜倚芳洲潮回網罟收天清吹笛夜江濶扣舷秋欲
識忘機處于今己狎鷗塵纓思一解因子濯清流

訪羽士黃庭賦梅峯卧雪

梅峯清絶地中有學神仙日晏無雞犬雲閒枕石眠秋
風松子落夜月磵聲懸蝶夢遽然覺無言但草玄

行脚僧

朝衡暮復嵩那却白雲蹤度磧逢馴象浮河亢毒龍衲經何限雪山過幾多峯年老無筋力方懷故院松

樵上逢黄逸人

山徑分風袂秋城冐雨逢自言燒藥處應在最髙峯故業連衰草空齋隱暮蛩知君同苦節獨有歲寒松

夜宿芙蓉峯

香刹瞰林丘逢僧信宿留風簾乗月捲露簟犯涼收宿

鳥微喧曙明河澹瀉秋一經空寂境人世漫沉憂

別鄭處士

參軍趨幕府上將遠徵兵征斾隨春色鳴橈雜海聲桐花城外曉漳水霧中明故吏如相問毋煩道姓名

又別王六博士

少年爲俠客晚節著儒衣故里交遊盡天涯相見稀汀花隨桂櫂江月照金徽獨有南枝在聊同鵲夜飛

留別蔡秀才原

别離無遠近暫去亦傷神正是千山雪誰悲獨往人江
空螺女夜花暗冶城春不見同遊侶酣歌淚滿巾

塞上逢故人

五陵攜手罷疋馬各天涯出塞難為客逢君似到家後
期如夢寐前路正風沙只好長安陌垂鞭醉落花

月夜酌别龍秀才

共向孤城别愁為永夜吟一竿滄海去千里白鷗心短
髮秋同老清樽月共斟冶城多酒伴遲爾寄徽音

贈彈琴吳生

之子藴秀氣能彈綠綺琴坐來秋月下如聽水龍吟一曲動天籟七絃傳古心他年江海上勿謂少知音

送林十朋之京

祖帳臨江濆空嗟客路分一經推歲貢千里惜離羣臘近梅欺雪天寒鴈斷雲玉堂逢掖貴雄筆看摛文

海上有述呈治城諸友

漲海窮炎裔方舟利涉勞島青雲樹合潮白雪山高絓

席嗟蓬梗分簪念爾曹始知川上喻逝者自滔滔

懷黃元

別去情何恨憂來淚滿襟人皆知點玉孰與辯疑金月照吳門樹霜飛建業砧最憐詩社散悽絕獨長吟

憶鄭二宣時往交州

旅棹若乘空春遊近日東遥憐滄海客共是白頭翁雨霽魚吹浪天遥鶻借風清泠臺下路樽酒幾時同

遊烟霞觀

不作南宮吏來從物外遊閒傾松葉酒醉度菊花秋谷響疑天籟霞綃結海樓下方塵市近俯檻笑浮蝣

夜飲王六博士宅留别

王喬能愛士留客酌胡麻予亦蓬蒿者憐君意氣賒碧階流月色緑竹拂霜華明日滄溟去雲帆絓海霞

江上寄巴東故人

我憶巴東客長為江上吟楚雲將夜夢湘月寄愁心落日青楓樹秋風白帝砧遥傳一紙淚讀罷想沾襟

送卞從事之河南

翩翩玉面驄去去逐秋蓬見鴈辭閩海看山到洛中營門閒步月賓館靜吟風共説歸來日籬花已滿叢

送黄令之永寧

作牧成周地分攜建業舟孤燈鬧鴈夕落葉度江秋雲路看高翥京塵壓舊遊離情如洛水日夜向東流

遊雲隱寺

靈隱知名刹龍宫最上方越山當户翠海樹到樓香説

法觀身妄懸燈共夜長浮生一何幸秉此禮壂王

宿雪門寺

龍宫臨水國鳥道入烟蘿海曠知天盡山空見月多鶴歸僧寺老松偃客重過便欲依禪寂塵纓可柰何

送周生往雷州

寧親歸未得念子復南征風雨孤舟别滄波幾日程紲帆辭海國吹笛上邊城旅館知相憶新秋有鴈聲

宿靈異上人房

青蓮開梵宇白社結詩壇洞古留雲宿樓虛絓月看洗杯泉影落掃石竹光寒莫怪棲遲久朋簪念二難

遊方廣巖

元巖太古色恍若入鴻濛一經攀躋盡諸天杳靄中雲歸山殿冷月出水簾空境靜離言說泠泠松桂風

秋日同韓元登凌霄臺

故人多逸興攜手上高臺賦為閒居作懷因遠地開秋陰將日去鴈影帶寒來歸路瞻衡宇松門掩綠苔

送殷秀才之武功

送君遠行役覲省入西秦五月臺江水孤舟去國人蒼山低戍壘野日暗行塵無限同遊意分攜淚滿巾

徵書後呈冶城同志

青門初税駕紫陌罷鳴珂野興看山盡花時中酒過同心難契濶失路易蹉跎又欲覊塵紲幽期可柰何

早秋有述寄林八先輩

澤國風雨後貧居離索情亂蛩鳴曙井一葉落秋城蕥

簟邀凉早荷衣却暑輕清泠臺下路攜手幾時行

春日宴林氏園亭

故人邀客處别野帶林塘身外名堪避樽前迹暫忘鳥飛潭樹暖花落野泉香乘興留題去西崦絓夕陽

為釋東旭詠白蓮

淡月瑶池夜微風太華陰翠翻擎露蓋玉冷墜波簪一洗有為法應全不染心誰能招惠遠結社向東林

秋日登平遠臺

蘭若最高處客來開夕牕詩懷秋思集定力壯心降遠樹青殘雨歸潮白晩江暝來期宿此斂屨對寒釭

送韋户侯伯俊

青山慕侯印弓劒掛南陲月滿氍毹帳雲開翡翠旗林花春載酒園竹曉彈棊不獨龍韜熟文章爾更奇

擬王維登裴秀才迪小臺

高臺一登眺滿目白雲深況與林間士俱閒物外心嵐光當几席秋色上衣襟更待今宵月與君同嘯吟

秋日登石壁精舍

攜琴向何處因訪梵王宮潭影漾秋白楓林鳴晚紅磵空啼鳥寂地僻野泉通欲辯來時路蒼茫翠靄中

題夕陽孤棹送鄭二之交州

離亭夕景遲遊子去何之白髮孤舟别滄溟萬里期鄉心春鳥喚旅泊夜星隨無限分攜意殷勤唱竹枝

送絕塵上人遊江南

南國隨緣到應無去住心聽鐘尋野寺乞食施山禽晒

衲梅風潤浮杯瘴海深遠公多古迹只合老東林

夜泊淮陰

泊舟淮水次津樹暗蕭蕭遠火明漁舫長吟倚客篷夜鐘聞古寺寒月照歸潮莫近啼猿處愁多夢更遥

送鄭孝廉之京

天書下紫宫星象動璿穹丹穴鏘鳴鳳青冥起漸鴻彈冠千里别傾蓋一樽同風雨情何極雲沙路不窮津橋迎彩鷁驛樹引嘶驄曙月關河迥晴蕪楚澤空交情懷

契濶直道任窮通知遇期皇鑒君毋嘆轉蓬

朱將軍平寇

五嶺連烽火三軍擁節旄專征分虎竹上畧用龍韜地險兵聲合天秋殺氣高炎荒開洞穴瘴海息波濤氣益干城壯功推敵愾勞陰符資廟筭露布出詞曹振旅聞鬬鼓休兵看建櫜獻俘飛奏捷行見璽書襃

元夕觀燈之作

授歷逢春正張燈是此宵雄藩誇樂事大運屬昌朝錫

酺千家醉含哺萬姓饒兎輪開月馭鼇極駕星橋律轉
條風至陽暄朔雪消究駒來騕褭洛浦出妖嬈隊合紅
麈暗香焚紫霧飄金蓮燃蠟炬玉樹度雲謠醉態欺寒
淺歡情愛夜遥願言歌擊壤萬壽祝唐堯

中秋凌霄臺翫月

福地鄰三島朋簪盍二難逢秋能作賦見月即同看地
迥青天近波澄碧海寬流輝初熠熠載魄正團團桂影
浮山殿珠光射石欄風來金氣肅河瀉玉津寒擣藥深

憑兎吹簫或駕鸞沾衣垂露葉散步倚雲巒醉飲徒傾倒神遊極汗漫自然超世累何必上天壇

同陳秀才登虎頭巖

勝槩殊三島層闌敞入風雲霞開玉壘日月遶珠宮鳥道蒼烟外軍城紫氣中山河襟帶遠樓觀畫圖雄物候逢秋異登攀與子同憶家滄海濶懷古霸圖空地暖初聞鴈江寒已落楓振雷隨急雨野日截殘紅歲月空流水飄零極轉蓬江湖歸未就徒此羡漁翁

九日登翠簾山

翠嶺出天中岩嶤到半空歲時陶令節登眺楚人風葉盡聞虛籟天清見斷鴻別家滄海上戀闕五雲東暫就囊萸飲誰論戲馬雄醉鄉可栖息渾不記飄蓬

王屋山天壇

名嶽推王屋孤標跨杳冥深窺砥柱黑高並太行青分野連三晉風雲萃百靈鶴歸松已偃龍去水猶腥竈隱燒丹火龕餘煉髓經羽人金磬動應此禮寒星

三教堂蘭若

勝地傳三教空山少四鄰溪流舊回合峯勢此嶙峋松桂風吟夜莓苔雨度春經殘蘿逕月燈掩石龕塵兜率疑天界維摩恐後身布金還長者攜酒屬詩人心遠雲堪卧門閒鳥自馴早祈蓮社就來此息貪嗔

同鄭逸人宿西山寺

翠壁開西麓金宮隱上方雲霞橫鳥道日月煥龍章桂殿丹青古松門草木蒼潭空窺鳥影夜靜識天香夢裏

觀生妄閒中歷刼長千山孤磬雨一逕落梅霜無復悲
生事真如禮法王諦聞龍象喻初地入清涼

送李長史歸吳中

祖道大江流離筵起暮愁山川臨月徼詞賦動高秋興
入張生鱠歸餘季子裘家林逢鴈到旅棹共星浮已說
荒三逕常懷卧一丘朝簪辭白髮野趣入滄洲知己慚
疎濶臨岐謾唱酬都將平昔意乘醉一登樓

劍閣秋陰圖

分野秦封盡山川蜀國雄塹江流地底劒閣起天中棧
險崖頻轉蘿深月不通飛揚慚白帝開闢憶蠶叢氣候
三秋異猿聲衆壑同棟雲常礙日巖樹遮呼風客路隨
飛鳥鄉心掛落楓兹非曠達士應此泣途窮

逢牛尊師

道逢牛道士把酒醉雲房龍問壺中訣人傳肘後方久
知凫是舄更指石為羊遣興聊題翰無言但括囊秋星
明劒氣夜月釀丹光酣飲從傾倒神遊極混茫别情波

渺渺歸路樹蒼蒼又擢扁舟去尋雲到草堂

冬日同林秀才遊衍真觀

蓬島烟霞合琳宫日月開洞陰常積雪地古半藏苔竹已成龍去人因訪鶴來欲飛王令舃且醉葛洪盃果熟經時換炊香待夢回晴光偏悦鳥臘色尚欺梅意静寒泓水心同槁木灰鳳笙如可學吹月上瑶臺

重遊宿雲臺憶肅上人

昔日談經處今來獨上慵古臺黄葉積斜磴紫苔封片

月疑禪觀孤雲想化蹤夜燈無續火秋院有鳴蛩人倚

題詩竹誰裁出世松夕陽無限思幾杵暮天鐘

同黃貢士登清泠臺翫月

山川收晚霽暝色上高臺共是吟秋客還同看月來衣

冠林藪逸詞賦栢梁才山鬼驚聯句沙禽避洗盃河低

全拂樹露重稍滋苔海上鮫人出雲中桂子開樂遊良

夜劇高興昔人諧歸去金溪上看雲首重回

暮春遊林七欽園亭得朝字

星駕共招邀春園發興遥麥風將變候梅雨忽崇朝積
石開蒼島重樓瞰赤霄池晴魚弄沫地暖藥舒苗啼鳥
當牕近飛花逐砌消草深初雊雉槐細未藏蜩茗椀香
雲滑脉琴白雪調野泉堪薦醴天籟訝聞韶被褐深懷
玉裁詩擬報瑶醉鄉今已到何必躡洪喬

秋日同王校文登聖泉宫

玉洞烟霞古珠林輦路遥泉香懸菊瀑竹響度松飇疊
嶂分蒼島危樓看紫霄芳樽攜就草清梵聽疑潮弔古

塵蹤杳覷空世慮消由來希習靜心境自寥寥

秋日同韓元登宿雲臺

野客滄洲至秉閒上古臺江分平野斷樹盡遠天開散策尋芳草班荆坐石苔秋陰將日去鴈影帶寒來香積雕胡飯筵芳竹葉盃相逢成暫醉何必問蓬萊

竹林寺賦得園字

醫王多寶地長者給孤園入社逢僧夏尋山到水源樓開天海色逕掃石苔痕碧篠巢烟鳥青松裊露猿靜言

依覺苑永矣謝華軒此意無人會惟應達者論

登白鶴嶺

青山踰鶴嶺碧海望鯨川樹拂扶桑日巖棲若木烟土風驚異域星紀逼殘年草白寒威冽梅開暖律旋雪消泉動脉風急燒侵田病涉溪頻轉乘空棧若懸壯遊渾漫爾夙志豈徒然戀闕紅雲裏歸休白髮前長途今若折直道古如絃放逐應無愠懷哉柳下賢

宿雲臺燕集

海雨淨炎歊昏星換斗杓天開青杳靄帝返赤摽搖歷覽龍宫迥躋攀鳥道遥碧筒通露飲白雪度雲謡列岫疑看盡泠風訝奏簫竹深涼氣早苔密露痕饒祇樹棲馴鳥禪枝咽暝蜩園紅將下葉海白欲歸潮北闕休通籍東林喜見招棲遲心石古衰颯鬢蓬凋失路孤生感觀空萬慮消漫遊聊取醉何必躡洪喬

輓理上人

隻履歸何處懷師淚滿襟浮雲生滅性明月去來心閱

世真如夢安禪不廢吟留衣分法侶寫偈别朋簪雨鮮
侵行跡風泉想梵音一燈寒竹暝雙樹落花深塔閉虫
粘户巢空鶴避林歷峯山下路從此罷登臨

擬李謫仙秋日登揚州西靈塔

三天分絕頂一氣破層標夜月侵牛斗秋河界鵲橋潮
聲雲海近闕影帝城遙滉漾珠光動涳濛瑞氣饒長風
如可借九萬欲扶摇

春暮宿湖山蘭若

雨歇衆芳晚幽尋宿梵筵閒經方丈裏聽法比丘前遠
逕投昏鳥荒山嘯夜猿天花飄嶂月玉磬度蘿烟殿古
苔衣合湖光月鏡圓仰扳星斗近俯視地維偏心靜空
塵到身閒與世遷三生應得悟來此問安禪

欽定四庫全書

閩中十子詩卷五

明　袁表　馬熒　編

林膳部集五

七言律詩

春日遊東苑應制

長樂鐘鳴玉殿開千官步輦出蓬萊已教旭日催龍馭更借春流泛羽盃堤柳欲眠鶯喚起宮花乍落鳥啣來

宸遊好續簫韶奏京國于今有鳳臺

春日陪車駕幸蔣山應制三首

鍾山月曉樹蒼蒼鳳輦乗春到上方馴鳥不隨天仗散曇花故落御衣香珠林霽雪明山殿玉澗飛泉近苑牆自愧才非枚乗匹也陪巡幸沐恩光

其二

鐃鼓鸞輿出曙烟翠華玉節上方連諸天日月依龍衮九域山河拱象筵香擁寶城熏瑞氣泉當玉几送清絃

宸遊暫此開春澤豈作金輪浪學禪

其三

笳鼓雲中動帝京六龍移處彩輿輕三天日色臨仙仗八水波光接帝城寶域旛揺銀燭影香山泉送玉絃聲侍臣此際承恩澤願述歌章頌治平

早朝

紫禁初開月欲低千官待漏五門西玉階柳色侵朱閣寶帳香車過御堤仙仗日臨花氣動鵷班風急佩聲齊

天顔有喜朝回晚散步花邊路欲迷

寄右講經春日早朝

奉天宫殿五雲間舊是春官侍早班大禮度成嚴鷺序長楊賦奏覲龍顔風光漸報三眠柳佳氣長浮萬歲山身落江湖心魏闕夢魂猶逐曉鐘還

和張考功春日早朝遇雪

今年春早覺春寒紫禁朝回雪未乾太液月低銀兎濕蓬萊天近玉龍蟠吳鹽色瑩差堪擬郢曲才高欲和難

最喜風光先報柳漸舒晴翠拂闌干

雪夜張尚書籌招飲以事不赴

南宮儤直雪晴時凍雀無聲隱竹埤貰酒暫同寒夜飲

盍簪深負故人期雲垂絳闕知天近月浸霜簾覺曙遲

除却安禪與招隱此身此外欲何為

題中天樓觀圖

海上仙山接混茫仙居遠在白雲鄉樓當太乙星辰近

樹拂勾陳雨露香絳節馭風來阿母玉簫吹月醉周王

可憐八駿歸來晚蕭颯蛾眉兩鬢霜

采石磯

斷磯縹緲駕危亭欄檻孤高見杳冥牛渚波濤通海白
溧陽烟樹入淮青騎鯨夜憶遊仙月泛鷁春浮奉使星
萬古憑高一回首玉壺清酒莫教醒

呈浦舍人

無諸臺下作秋風客舍逢君興不窮性僻共耽詩句險
愁多却仗酒杯空平蕪一騎經吳苑積雨孤舟夢晉宮

明日又從江上別曲闌愁倚送飛鴻

浮亭夜坐懷黄元之

浮亭孤坐夜燈紅一倍離憂百感同春草緑波頻賦别流年青鏡暗驚蓬也知纓冕皆身外久憶心知向酒中此意謾勞題尺牘都門雪後有歸鴻

送高書記之邊

青袍書記去翩翩紫塞從戎不記年磧裏倚弓看漢月雪中走馬别南天烏孫部落通烟火勑勒沙場乏水泉

聞道安西無戰鬬時時醉向酒家眠

春日寶峯蘭若游集得房字

化城鐘動曙蒼蒼野服乘春到上方一犬卧園芳草暖
亂禽啼樹石楠香珠林對酒朋簪盍寶地看花色相忘
欲向寰中除苦惱無過依止贊公房

遊秦川龜湖寺

風動松門野殿荒老僧相見謾焚香身隨斷梗棲畢邑
跡比閒雲到上方葉落空林行處滿心超諸品坐來忘

清泠久别烟霞侣想是青苔長石牀

寄高逸人

君家别墅抗浮塵曾共浮丘醉度春花落更聞啼寺鳥柳深或見渡江人生涯不定如蓬斷會晤無期望月頻明日扁舟東海去幽居欲與孟家鄰

送人入蜀

把酒長歌蜀道行高堂千里見君情微霜半落青楓樹曙月平臨白帝城緑席不離江鴈影沾衣多向峽猿聲

錦城莫道無知己何限居人識馬卿

閶闔春曉圖送司倉之京

江上離筵惜觧攜閶闔北上亂山迷花深野戍嘶疲馬月隱闌牆聽曙雞劒佩朝天雙闕迥家林近日片雲低京華故舊如相問白鴈音書醉懶題

秋江别思圖

無諸城下送行舟滿座詩人賦遠遊歸夢不離秦苑夕客程多在越鄉秋江楓葉落塡沙岸塞鴈聲寒到驛樓

會見使君簪冕貴未應華髮老滄洲

九日登綎月蘭若憶鄭二宣

微霜初下越王城衰病逢秋也自輕九日登臨多縱醉百年感慨獨鍾情斷蟬野寺黄花晚遠樹江天白鴈情却憶浮丘炎海上嬾題詩句寄同聲

寄高逸人

獨倚城南百尺闌粤鄉秋思浩漫漫平臺樹色催殘照近郭砧聲報早寒雲物正當揺落後關河終念別離難

龍門別墅今宵月誰與相同把酒看

送楊孝廉之京

刺桐花發茘初垂海國逢君話別離日下共傳優對策
天邊相送醉題詩石城古樹秋風早淮水孤帆夕鳥遲
君有長才如賈誼追趨好向鳳凰池

浮亭風雨夜集憶鄭二宣

天涯此別意何窮一片愁心萬里同明鏡曉霜驚白髮
浮亭秋雨夢青楓書回絕島孤帆遠門掩寒塘舊業空

說著登臨多感慨一緘封淚寄南鴻

過東林雙磵有懷舊遊

曾於此地盡朋簪歲晏重來百感深門掩薄寒初暝雪樹含輕靄欲棲禽滄波涉海驚魂夢白髮看山倦嘯吟聞說遠公能館我便投章甫卧東林

冬夜與高五秀才館林八員外宅

遠别悠悠歎二難多君留飲故情歡生涯秖合尊前酒功業無勞鏡裏看落葉走階風動晚古梅臨水月侵寒

何因得似龍門叟野艇終身一釣竿

與陳八參軍夜飲話舊

鄉園别後隔烽烟此夕論交意惘然鴈引歸心離海國

盃啣好月醉霜天謀生自愧青雲後話舊多驚白髮前

明日豫愁分手處憑君慷慨看龍泉

寄周一秀才元兼呈陳八處士炫

薛老峯前夜詠詩若為離别思凄其黍於詞客推前輩

又約林僧恐後期澤國未霜楓落早山城上月鳥歸遲

自慚淺薄非徐穉賴有陳蕃是故知

海口道上有述懷鄭二宣

露下菰蒲有鴈聲曉驂初發宿寒輕新知作別孤吟倦舊國重來百感生黃葉閉門逢野寺白波侵郭見江城家林暫別堪惆悵翻憶浮丘海上行

將歸冶城留別陳八炷林六敏

南宮歸後歲蹉跎此日逢君柰別何野館解鞍行客飯寒山對酒故人歌蕉葭水國孤鴻度橘柚霜林疋馬過

為報已無軒冕夢清泠臺下卧烟蘿

憶龍門高逸人

浮亭露飲玉樽空千里心期此夕同海路想經春草緑
越吟愁對夜燈紅他山花發啼鶯後别墅春歸積雨中
聖代秖今無隱逸不應多病卧孤蓬

畢公房

躋閣攀巖入化城薜蘿高卧寄閒情孤牕上月分燈影
亂葉隨風雜磬聲麋鹿自知諧野性簪珪何用絆虛名

真僧出世心無事戒得冰壺徹底清

謫居寄治城同志

遠别悠悠泣路岐丹心雖在鬢毛衰阮籍猖狂緣世難叔牙感慨為心知春城久判花前醉野館無由雪後期自愧不如閒草木也承雨露沐恩私

宋中送魏萬之安西

梁苑微霜梨葉紅行人此日發關東酒邊惢别看長劍馬上驚心見斷蓬雲散岳蓮開泰華月寒郊樹隱新豐

窮秋亦有臨邊使待爾題詩寄塞鴻

送浦大歸晉陽分得衣字

離亭征騎曉騑騑正值關河朔鴈飛白髮相看閩海别青山遥送晉陵歸江城雨外蓮峯出野寺霜前柿葉稀自愧忘情非上知臨岐惟有一沾衣

送宫人入道二首

温泉宫裏洗鉛華共訝君恩許出家阿監别時留佩玦道流迎處指烟霞作拋月殿吹簫譜學煉星壇伏火砂

幾度春風緱嶺上步虛閒遶碧桃花

其二

大家有旨許求仙便著麻衣下九天碧落早知騎鶴路
青春悔度種花年已教水月澄心鏡無復香雲綰鬢蟬
昨日麻姑來問信又言滄海變成田

江上送王悅歸關中

秋風吹冷薜蘿衣客裏逢君賦式微楚水別來浮桂櫂
秦川歸去掩柴扉中天華岳三峯削獨樹關河一葉飛

我有愁心如斷鴈隨君征路向斜暉

送朗上人歸匡廬

浮盃渡海寄行蹤歸去匡廬若箇峯月滿空山行迹遍
心通萬法看經慵蘿深自識雲中寺秋晚遥尋澗底鐘
共有東林蓮社約寒流石上幾時逢

將之三華留别治城知己

躑躅花開黃鳥吟春城送别柳陰陰故人共洒臨岐淚
逐客空懸戀闕心白髪流年嗟落魄青山歸夢憶登臨

金溪此去多秉興，不似看花醉故林。

賦得垂楊送客

客路垂楊最有情，暖風吹緑漸冥冥。雨深煬帝宮前見，月落桓伊笛裏聽。葉暗乍堪藏乳燕，花飛終恨化浮萍。分攜欲折長條贈，愁絶河橋酒幔青。

歸治城辱羣公追餞至江心亭

梅風初熟布帆歸，相送勞君到翠微。遠樹啼鶯留客醉，高林深竹見僧稀。江心絶島晴浮出，雨外孤雲濕倦飛。

浦溆白鷗如有待想應知我拂朝衣

送僧遊蜀

蜀道岧嶤不易攀浮雲蹤跡去如閒畏途棧倚天邊樹
舊寺門扃海上山暝猿峽裏焚香宿暮雪城中乞食還
岐路送師多感慨朝簪未擲復何顔

吳航送鄭二之海上

百年相見幾悲歡久客移家欲别難海路雲山天際斷
縣城春樹雨中寒已辭紫禁休魚佩未築丹丘愧鷸冠

從此一盃分散後嘯臺明月共誰看

留别高八逸人

野客行歌賦式微江亭垂柳鸊鵜飛久從别墅花前醉倦逐征鴻雨外歸極浦波光揺去棹晴川柳色澹行衣冶城亦有同遊侶髙調于今似子稀

天王寺烟蘿洞

寒巖精舍石林東冉冉垂蘿洞穴空宴坐袈裟深沓靄仙遊環佩小崆峒紅泉雨過花皆落翠篠雲來月下通

掃石焚香頻到此定逢秦世采芝翁

夏日與諸公至絓月蘭若

翠微精舍薜蘿垂𥕢戸陰陰暑不知青草舊遊苕霅院白蓮新社雨侵池題詩好是書蕉葉招隱誰同賦桂枝不向空門休物累下方塵土欲何為

秋江離思圖

粵城衰柳拂金堤雨裏秋襟惜解攜客散江亭聞斷鴈酒醒沙館候鳴雞楓橋夜冷吳謳起笠澤天寒楚望迷

天路雲山從此别一封愁札爲君題

秋夜浦舍人見宿園亭分得天字

南宫飲散動經年此會羇魂各黯然霄漢故人誰更在江潭逐客自堪憐疎燈細雨開秋宴落葉驚風攪夜眠歸去晉陵成遠别好憑陽鴈望南天

寄王六博士

西鏞城下舊過從兩地心期意萬重詞客青山題藻句逐臣滄海寄萍蹤忘情已覺看花懶多病真成對酒慵

却憶西齋好明月相思吟送暮天鐘

高逸人見過園亭分得何字

園亭鳥散掩垂蘿上客連鑣晚見過遝纓冕已捐身外事玉壺且向醉中歌鷹風入樹凋秋葉蚌月流雲度曉河今夕相逢須盡醉明朝分手柰君何

夕陽

抹野嵛山影欲收光浮鴉背去悠悠高城半落催鳴角遠浦初沉促繫舟幾處閨中闌繡户何人江上倚朱樓

淒涼獨有咸陽陌芳草相連萬古愁

老卒還田里

蚤從玉帳出邊關雪鬢垂絲喜得還銳氣暗隨秋色盡
老情翻樂故園閒戰場尚記歸時路村逕猶依舊日山
留得少年長劍在壁間懸却獨頻看

歌風臺

漢祖龍飛竟不回巍巍臺榭倚天開霸圖寂寞終塵土
王氣消沉向草萊無復故人同擊筑空如野客獨嚌盃

千令六合為家日颯颯悲風古樹隈

秋日同諸公至洽師房

洽公蘭若宿雲隂上客何頻此盍簮慢捲雲山邀逸興樓標霜月喻禪心空階雨過閒花發絶磵風來落葉深今夜上方期共宿一燈竹裏對君吟

送惠師歸東山别業

遠公飛錫出人寰别築精藍俯碧灣啼鳥不離階下樹閒雲長護檻前山燈懸静室觀身悟屐響空林送客還

借問松醪何日熟會須乘月到禪關

懷友人陳三源

浮雲聚散幾悲歡久客懷歸憶萬安門對西山朝氣爽城臨東海暮潮寒身隨斷鴈兼秋遠夢入踈砧向夜闌為問松蘿舊遊處别來花下共誰看

懷浦舍人

祖筵相送槿花時江上逢春感别離詞客登臨芳草變鄉山吟望尺書遲鶯花吳苑行人度海色官船暝柳垂

最憶王門聽曙漏思君閒夜益悽其

懷南宮趙大叔度

悲歌對酒強成懽三十窮經尚考槃楚水逐臣空作賦
淮陰年少獨登壇青山官舍疎鐘晚黃鳥燕城暮雨寒
料得西鏞多勝事淩霄明月憶同看

送友之京

翩翩驛騎拂青絲斗酒城陰醉莫辭別路遠從雲外去
論文誰向雪中期寸心冉冉懷丹闕雙珮鏘鏘拜赤墀

遥想朝回春更早好音還慰倚門思

送池王二友歸劒鐔二首

竹枝歌罷早潮平把酒離筵感别情年少常懷郄詵第才華獨羨馬卿名鐔津柳色迎歸棹螺渚鶯聲送客程良會未窮分散去好題飛札到巖扃

其二

卧病丘園感越吟對君離思忽驚心琴樽何意成寥落纓冕誰知尚陸沉滄海一身懸北望青山雙淚向南深

須知夢裏還相憶風雨浮亭夜盡尊

賦得羅浮山送人之任

陶令之官瘴海濆羅浮勝境昔曾聞飛來島嶼丹青合畫裏樓臺紫翠分曲澗花深常帶雨龍川水暖欲生雲別離已是春風後那得梅花折贈君

浮亭夜集寄華故人

南亭高館薜蘿深此夜思君萬里心鄉國舊遊多惢别雲山何處獨登臨寒蕪落鴈天低樹野戍平沙燒隔林

尊酒相逢還寄意也應知我一沾襟

送林一歸山中

揀花雨裏醉逢迎南國看山又送行求侶暗驚春草色還家愁逐暮江聲殘陽向野聞邊笛遠樹登樓見海城誰念長沙遷謫久懶從季卜問君平

送余司馬歸晉中

驄馬朝來欲渡河官城把袂惜蹉跎滄洲舊業驚蓬斷白馬流年倚劒過棃葉烟村行客少鷓鴣陵苑夕陽多

天涯相憶知何處空有愁心對酒歌

送逸人之嶺南

把酒離筵江上青水亭客散雨溟溟心懷遠道頻看劒跡向南天秪類萍孤驛城頭晴見樹片帆海上夜浮星知君此去堪乘興何必臨岐涕淚零

送林十一歸山

青門長笛起愁聲滄海離盃感故情賓館芰荷清夜語鄉山砧杵暮秋行浮雲北去無蹤跡旅鴈南歸有弟兄

莫嘆蹉跎向年少古人白首尚躬耕

懷林外史

騷人別去易蹉跎門掩浮亭長薜蘿北闕才名嗟放逐西鏞親友念經過醉題候館桐花早歸夢鄉山夜雨多料得登臨多勝事南州詞賦復如何

晚日杉關

荒菭古道歛微曛馬上笳聲不可聞地自亂離民舍少山當閩楚客程分長林積雨寒爲雪深樹孤峯濕作雲

愧我舊遊見闗吏也將書劒學終軍

擬送馬秀才下第歸江南

嗟君失意賦歸休家在滄洲憶舊遊灞上柳條𡸁客恨江南草色向人愁山城落日寒吹角水國連天夜泊舟莫歎青春悞年少古來白首未封侯

擬送客歸江州

悠悠草色醉離樽送子東歸欲斷魂洛社分攜孤劒去潯陽耆舊幾家存湓江浪白潮通海楚地山青柳在門

若見別來相識問風波此日不堪論

擬送人入蜀

江亭把酒唱離歌遊子扁舟發汝沱草色到江知地盡
猿聲入峽覺山多水流深向荊門出棧道遥從樹杪過
去去蜀中應計日相思明日復如何

擬宿淮浦寄司空文明

思君深夜百憂新淮浦東頭問去津千里楚天初度鴈
兩河明月未歸人從風自嘆成黃葉臨水空思采白蘋

知己飄零有如此舊遊那復洛陽春

擬賈誼宅

少年何事到長沙此處翻成謫宦家地濕楚鄉秋雨後草深甲第夕陽斜清湘東去人空弔盛世南遷衆所嗟我亦為君長太息懶將書劒客天涯

擬積雨輞川莊上

短褐山中荷蓧時東菑風雨共棲遲久從野老田間餉深負林僧竹下期梨葉烟村聞布穀桃花潭水隱鸕鷀

懸知别墅安農意此外餘生空爾為

五言絶句

題白蓮二首

淡月瑶池夜微風泰華陰翠翻擎雨蓋玉冷墜波簪

其二

神妃遊洛水照影弄晴暉明月沉珠佩香風動羽衣

詠草

閶門春雨後芳草上階生詎知嚴霜月聊復一時榮

流沙江夜泛

登艫日向夕出浦雲已平月黑渡江處北風蘆葦鳴

七言絶句

下山尋朱繼

攜琴載酒遠尋君石逕人稀日半曛縱醉也須山上去莫教閒却半牀雲

寄周隱者

卜築深依野鹿羣姓名何用世人聞平生身外無餘物

只有秋山幾片雲

題朱舍人為史太守寫梧竹

舍人退食寫閒情公子開緘玉雪清曾向鳳池同夜直

掖垣梧竹總秋聲

放歸言志

君門乞得此身閒野樹烟江一櫂還收拾舊時詩酒伴

遠尋僧舍入秋山

題吳江垂虹橋

雲帆秋晚過垂虹落日鯨波動遠空欲借仙家遼海鶴
月明吹笛水晶宫

曉行

前山樹暗月朧朧馬色雞聲共曉風不為逢秋多感慨
只緣身在別離中

將之海上羣公相餞至龍津

百尺雲帆絓海霞勞君相送到天涯重來應恐清秋晚
落盡清泠桂子花

宿逆旅聞泉聲

練瀑飛空作雨聲樓虛月白旅魂驚相思不道無歸夢自是離人睡不成

將之鐔城留别冶城諸彥

冬青花外雨霏霏半濕征鞍半濕衣此去孤舟無伴侶空江惟有白鷗飛

其二

知己相攜欲别難白波春草路漫漫劒潭誰道無明月

不似清冷把酒看

溪山春曉

香霧濛濛濕翠霞半籠殘月到仙家野橋初過鶯聲曉乍見春溪水漲沙

綠楊燕

上國繁華畫裏看綠楊紫燕鬬春闌金河堤上朝回路最是飛花撲玉鞍

題宋故宮御屏芍藥

雨暈霞綃粉繪香品流應得亞花王五侯池館春如夢無復繁華似洛陽

題竹

醉墨淋漓濕未乾拂雲雙玉倚秋看别來嶰谷空林月幾度淒涼遂裏寒

畫竹

玉節娟娟老雪霜蒼梢勢欲拂雲長南風昨夜吹烟霧添得虛堂六月凉

題小景圖

林木疎疎小徑分石泉嵐氣絶塵紛抱琴野客歸何處閒却松牕半榻雲

題鄭昭甫寫張騫乘槎圖

衮衮黄河天上來茂陵底事望蓬萊早知博望乘槎便虛築通天百尺臺

寄周生

生事蕭條鷗鳥知春來長憶看花時祗今酒伴俱零落

說著高陽淚便垂

書寄鄭二先輩

粤國佳人歌竹枝吳航歸客不勝悲送君别後秦樓月猶見清光似昔時

題牧牛圖

緑草萋萋黄犢肥半蓑殘雨卧東陂烟深埜水行人絶家在寒林月上遲

題蘭竹圖

楚山湘水亂雲遮欲往題詩路更賒昨夜燈前醉看畫

雨枝風葉亂横斜

枇杷山鳥

沉香烟暖碧牕紗緑柳陰分夏日斜夢覺只聞鈴索響

不知山鳥啄枇杷

平林歸牧

松林日入烟火生風起時聞長笛聲灞頭芳草無歸路

騎向清溪沙上行

對菊

獨對秋風感客懷南山舊業半蒿萊浮生想被微名絆
知得花前醉幾回

春詞

夢回明月隱銀屏香冷微風動翠綾從此離心無處寫
起來花下拜三星

竹枝詞

吳王宫前春水平灞陵橋上柳色青江水不流離恨去

楊花長送遠人行

閩中十子詩卷五

欽定四庫全書

閩中十子詩卷六　　明　袁表

馬熒　編

陳徵君集一

五言古詩

諸兄東園宴集奉和景桓兄兼呈景獻景德

少小嬰憂患抗志慕疇曩乃蒙諸哲兄引接更推獎昨日陪佳賓天宇氣清朗東園數畝地春雨草木長幽光

媚時節鳴禽散清響陽坡翠竹淨陰巖緑蘿上曠望得
所懷胸襟自夷廣新亭當中開面勢廓弘敞哲人昔經
營于今化黄壤當時用心苦終老曾莫享令子獨能賢
盛年獲真賞思人當愛樹寧不發一愴大兄氣沉邃舍
爾吾焉倣卜地力充拓開荒去榛莽清池既疏鑿疎籬
亦幽枉蹇予昧生事常恐失所養有地卒汚萊覩物增
慨慷良時難再遇勝會易成爽新懽且云樂往事成泱
漭我歌常棣詩前歲足欽仰願結桃園期相從日來往

遊昇山寺簡初上人

出自北郭門村村好林藪我行訪精菴百折渡溪口籃輿經濟勝拄杖還入手幽深足探討十步停八九飛甍近可覩尚覺登頓久迺知地位高上可挹星斗靈巖下窺瞰衆壑皆培塿千村繞城郭百水互奔走茫茫浩劫中大廈幾頹朽名山自終古半為空門有吾兄智力大叱咤龍象吼昔憂爭奪繁今已脫塵垢歡迎道契闊為我開戶牖未論清淨理且勸盈尊酒豈無物外想業網

昔纏斜明晨下煙閣悵望空回首

避亂鵬程陪諸公山行觀先蹤

晨從杖屨出薄暮方言歸山川變殺氣春野少光輝只為避風塵攜家遠相依何意陪清遊使我憂慮微青山多古墳夕陽鷓鴣飛登臨散懷抱幽興間多違野望接清談一壺時共揮非君情意眷寂寞掩柴扉

亂後入城逢故人感憤有作

奔走避鋒鏑幽懷難復論今朝一握手少慰堪傷魂憶

昔紀綱壞賊臣亂中原遂令狐鼠輩乘釁窺城門鐵騎從西來紅旗汎崩奔氛祲彌列境誅求尚苛煩竊愁兵火餘已作饑饉根相逢對盃酒悲憤不能吞九重高宴安豈不憂黎元安得補天手一爲正乾坤

秋日登御風臺

鴈峯有高臺西望近林嶺乘閒一展眺舉步凌絶頂秋高灝氣肅風物漸凄冷寒蛩始發聲過鴈有遺影惟時收穫竟遠目足馳騁北海澄不波西山碧逾淨蕭晨感

搖落賞玩愛清景未結塵外遊即此足幽屏

古意呈陳漢臣

鬱鬱澗底松離離原上草春風一吹拂秀色相映好金商行素秋滋蔓已枯槁大材終不凋且向巖壑老娟娟孤生竹托根在別隝枝榦苦不長風煙莫能掃寒暑更代謝霜雪正傾倒相期抱幽獨貞堅以為保

秋後涉園

為圃何必廣近家乃為良數畆足採掇廢為蔓草場果

樹或僅存竊取難周防僕夫喜能勤種藝得其方鋤治
返其初畦町忽成行憶昔事遊嬉豈顧田園荒及茲悟
生理始覺興味長方池滙緑水澹然浸天光匪但資灌
溉亦足居鯉魴瞻彼叢桂樹敷陰已過牆先人手所植
餘蔭猶芬芳濯濯數本蘭移置叢桂傍新荄貴培養昨
夜多繁霜犀山西南來秀色近可望那無數楹屋留客
持盃觴千户江陵柑八百成都桑豈不念宏曠居分安
吾常行吟雙徑間散步聊徜徉新蔬既布緑残菊復委

黃鸝物感時序胡為獨遑遑僕夫告我語何時是春陽
及時好種樹能使根本藏但恨牆陰竹生意尚茫茫深
感僕夫言賦詩示不忘

秋日感懷

白露下庭樹忽然天地秋蕭條海上望愴惻令人愁世
路日紛梗干戈滿中州王業豈不廣居然如綴旒嗟彼
狗名人尚愛關內侯南琛效職貢盡逐滄溟舟印綬何
纍纍報國無良籌獨有雲臺子深懷慼頻憂

秋暮懷劉宗魯

海國别來乆長懷瓊樹枝閒齋坐幽獨悵望秋風時自非物外人邂逅難與期空傷緑華歇坐惜白日馳徘徊孤月明愴惻蛩聲悲對此更愁予勞歌空爾思

寄陳復樸鍊師

太白懷賀監扁舟尋㑹稽應物憶全椒一瓢慰相思子也列仙儒余亦山林姿同鄉復同姓胡為不相知昔從陳藍田朗誦秋巖詩真仙不可接舍爾令其誰半榻清

晝陰一川秋月輝瑤琴啟塵匣遲子山中歸依依城郭
存擾擾人民非金丹不相授每恐朱顔衰芳洲有緑華
路遠曷致之緘詩寫冲素握手若為期

六月九日與景和思和二友生熙鑛二上人同
遊前峯晚宿萬歲山下遲明登山歷覽名勝
得至首石果公房吟寄山中自庵華溪二禪
師

岧嶢高萬仞雄壓東南偏昔聞多名勝此日來攀緣朋

遊樂過從琴錫相後先威夷陟層巘浩蕩窺平川危亭
歷更佳物象明相鮮石門現金剎始信別有天近山如
翠屏飛雲繞其巔樓閣麗白日松檜青無烟惟時祀法
祖鐘鼓鳴喧闐嗣法演大教聽者相摩肩我來為奇觀
詎敢問空禪且尋靈源洞雲磴娛風泉捫蘿恣幽探剎
蘚看奇鐫意愜情有適境空慮欲捐憑虛望海濤天風
正泠然神馳八極表思入飛鴻邊茫茫天壤間日月相
推遷城郭幾刼灰海水成桑田至人果何脩一燈永相

傳宗風遠益振濟濟今多賢頼師舊論交賛公亦忘年何時許入社日夕長周旋

田園感興二首

近宅數畒田種秫仍種秔三時力農事幸見秋禾登大兒能了官輸租先入城小兒方能學稍長還願耕不喜兒孫多不願倉廩盈所願薄税斂庶幾家業成

其二

近宅一畒園種果復種蔬果以薦佳賔蔬以充中厨桃

李種成蹊瓜芋亦有區華實與時新足為心目娛我本灌園人寧學董仲舒所願適其樂帶經時荷鋤

遊瑞巖

古磴入幽洞危亭俯層巔昔聞魑魅居幻作兜率天生平愛奇觀雙屐勞攀緣安知窮海陬有此佳山川涼秋天宇晶四野無浮煙憑高送遠目海色清無邊開筵薦芳樽拂石看名鐫登臨愜素賞感槩傷華顛一丘志未酧百慮紛相牽日夕還吾策高懷徒悵然

冬日過石首簡天石老禪

世累日多門驅馳壓塵雜駕言尋招提雙屐蚤已蠟霜餘葉盡脱回首見孤塔入門謁金仙鐘鼓響鏜鞳吾師投跡久終歲一舊衲曾從大方遊已悟世外法深居行無取問語終不荅竹影覆經房茶煙繞禪榻天寒苦日短千嶂夕陰合笑別虎溪頭松風起蕭颯

陪徐汝澄元暉元中張宗獻陳彦初諸君飲陳

太真湖亭順泛滄洲磯遊三山書院沿郭西

而歸同賦

白日照湖曲嘉樹藹芊芊開筵眺麗景卷幔俯晴川遠岫列蒼翠芳洲紛緲綿揮觴觀魚鳥寫興吟蘭荃落日舉輕櫂幽情期賞延沿洄入空闊望盡雲霞天天際見新月城頭生暮烟預愁鼓角動飲散各言旋

簡華嚴寺無極上人寺近許樞密墓

久耽丘壑遊未歷東山路偶訪招提居兼謁郇公墓雲林更左轉始得禪棲處落日寒蟬鳴藹然松杉暮真僧

欣相接况有平生故秘篋散芸香名危酌甘露常懷談
空理暫喜捐塵慮永願依道林憖非許元度

陪照師同遊大頂精舍

連策上層坂幽尋行自遲芳春麗晴景萬象皆呈披一
水忽湧竇千山爭獻奇乃知真栖地久與静者期吾師
願力弘住世多有為禪宫盡煇煥斂跡歸茅茨向來精
脩心進退無不宜久欲依道風未能息驅馳

雨中孔士新見訪

旬日苦霖潦深居掩柴荆良朋適我遊執手良慰情昔別秋菊殘今來夏木榮百年多離別能得幾合幷斗酒叙襟情為君滿意傾當筵不盡醉興在尋楸枰清歡暫從容俗慮紛相縈興懷一感舊肝肺徒崢嶸我聞賢達人德業老始成家聲慎勿墜三孔非常名

遊西巖

西巖鬱嵯峨石門獨奇壯躋攀久未暇蒼翠長在望今晨泛湖曲舍棹一登訪招攜得良友濟勝有藜杖寅緣

歷溪澗憩息玩屏嶂經時困塵務忽若涉元關新晴衆峯出原野森萬象微雲忽變陰片雨過潭上溪明識磴轉谷暝聞樵唱幽栖信非遠未果脱塵鞅終學種桃人兹焉保閒放

奉别寄前員外野公士弘新任武進幕官以病乞歸養

喬喬南山松挺直任梁棟寧從丘壑老恥作杗桷用蚤歲登文場價比瑚璉重省曹雖歷踐館閣未供奉皇綱

久陵夷陵谷忽變動遂令燕山玉盡入南國貢乞身幸優許肯顧升斗俸本懷貞女心况切高堂夢憶昔過首山人中識麟鳳再聆金玉章一一可傳誦脩途勞枉顧逸駕難遠送寂寞返巖扃孤琴不成弄

集南亭書舍呈董伯元諸子

歲序去奄奄寒牕坐蕭條不有文字歡何能永今宵故人抱衾裯僝舍來匪遥情諧句總好道契琴亦調常恐大雅沉文風日寥寥向來重談論豈為懽娛招松栢有

晚操幽花不崇朝世態何足傚相期終久要

秋日訪董伯元于玉溪李子麒招飲賦清夜吟得吟字

久别乖致書暫喜能盍簪訪舊獲新益式契求友心半生紹箕裘常恐力不任栖遲就荒陋就使殷憂深溪光湛虛明露氣浮高林虛齋坐超越庶以閑煩襟杯盤勞親朋幽賞難重尋聊持合并樂寫作清夜吟

高彥恢適安堂

即地可棲遲何必遠結廬作堂依故宅聊以適起居青
青映户庭嘉木羅且敷圖史積左右日與文士俱有時
風日佳吟行步前除蕭散咏樂情暢然形神舒用世豈
無心出門畏嶮嶇優游保貞素庶得遺毀譽

奉别吴志孚先生

澤國鴻鴈集衡門風雨深齋居抱行素惻惻感秋吟久
懷延陵風高駕幸過臨惠然襟期合孰云曠難尋既潔
尊中醪載拂牀上琴無言一會易賴寫千古心憶昔傾

蓋時游集多朋簪臨觴忽不樂感舊復慨今盛時不重來白髮苦相侵斯文恐將墜冣爾道自任三江多茝蘭地古饒雲林跂望信脩阻尚憶金玉音

賦采菊東籬下悠然見南山分得南字

散痾衡門步睇目南山南天高氣候肅林壑斂氛嵐手種籬下菊繁花已毿毿覽物念流景吾年竟何堪豈無一壺酒發我衰顏酡賴茲達生趣可以齊彭聃歸鳥托喬木潛魚志深潭嗤彼當世士日晏猶清談

董司征愛日堂

去日已可惜來日苦無多事親期百年百年能幾何捧檄萬里行單車越關河祿養敢言薄流光恐蹉跎親壽亦有期子心固無他安得魯陽手為君駐羲和

夜泊古崎

寒山夜蒼蒼清猿數聲響風生蘆葦鳴水落洲渚廣月出知潮來時聞人蕩槳

夏夜對月有懷王甥至之

白日苦炎歊良遊寄夜永微風度荷香霽月散林影境
幽神已澄坐久慮絶屏不見心所親寥寥此清景

送别詩

白日照大川清空無纖埃揚帆向海島正值南風來汀
移深樹隱棹急犀鷗迴水氣滌炎暑扣舷信悠哉憶與
王子别登艫尚徘徊江干片時話少慰襟期乖逢知今
宵月正照碧潭隈因之托遠夢一寄相思懷

同諸子靈隱寺石上野飲

世路多喧囂春山自幽靜偶從澹蕩人共陟招提境沙
明日在野林暝雲起嶺憩石歌且吟傾瓢醉還醒方欣
霧府曠漸覺塵慮屏預恐解攜歸愁襟復難整

冬日遊嶼南登龜石賦詩貽同志

疇昔過茲鄉駐馬望龜石蹉跎兩鬢華始作登臨客是
時冬向深氣候未蕭瑟追隨得良友周覽訪奇跡浮雲
散輕陰日霽見海色千巖含暮景湖影侵空碧郊原紛
綺錯左右羅第宅向來多賢豪聲譽何籍籍良辰作佳

遊此地幾登歷我來一感慨俯仰今視昔落日松風生
遲迴景將夕

寄鄭孟宣文學

佳士不易得結交良獨難十年傾慕意未獲一承顔君
負青雲器局促處籠樊子乏濟時策白首甘泥蟠安得
凌風遊雙飛振羽翰佳期且寥邈素襟何由殫明月在
霄漢芳草滿江干幽情不可寄聊取玉琴彈

澹虛亭為何明府作

結宇臨清曠賓客日過從有時抱幽獨深覺心賞適霽月澄清景微雲含水容羣動喧已寂衆色望俱空了與世氛遠豁然心境同冥懷信足樂王事徒勞衷何日拂衣去高攀陶令風

六月初七夜與嶺南族中長少二十二人乘月泛西湖紀興一首示諸同遊

落日動高興輕舟過碧潯方欣齊棹樂復惜羣山陰時愛波上月清光猶未沉乍離洲渚淺稍入蒲荷深花香

襲人衣水風涼我襟盃行吸素彩曲度飄清音昔聞此湖間畫舫相追尋繁華不可問新賞良在今佳宴共桃園勝遊同竹林寧知今宵樂不協古人心

再送唐進士士昭之京

鷙鳥刷勁翮志欲凌九霄神魚鼓巨浪豈憚禹門遙十年磨干將試用在一朝學富名早著才高擢宜超衰年辱見知聽言生風飈將期白首好無柰青雲招春風吹江水草色滿河橋追攀不可及佇立送行鑣

五月十一日雨中會飲馬氏西樓分得衆字

索居畏離羣取樂歡與衆既同仁里居復美襟期共芳年足致力衰蹇果何用謬諧文字飲深荷情意重鳴琴晚雨至滅燭明光動詩思浩縈懷西樓不成夢

贈琴師朱宗銘

夜思何寥闃聽君調玉琴豈惟愜素賞兼得聞正音一鼓月當户再彈風滿林回軫拂清商寒雲澄幽陰盡將湖海氣寫入秋鴻吟感嘆未終曲令人傷古今風昔顔

鬢蒼今來雪盈簪何意暌離後沛然山水深觀光信可
學衰蹇自難任聊傳白雪調一寄歲寒心

答林良藏客中見寄

置酒悵不樂孤吟對黃花忽承尺書問尚覺幽期賒憶
昨東書去幡然莫能遮所思避網罟豈憚栖幽遐似聞
鹿門居山水多清華題名遍僧宇揮翰滿人家處困乃
如此懷才良足誇新知且為樂舊友徒咨嗟久别臨滄
亭欲秉浮海槎終當訪陸羽一賞春山茶

夏日閒居感懷寄浮丘皆山二知己

炎夏日方永幽齋如道居牀頭有遺帙展玩一起予嘉樹蔭衡門鳥雀鳴階除時物得所適我懷胡不舒仲子貢成均經年無尺書仍聞抱疢疾遠道今何如處世本無機探囊久空虛餘年免憂患庶以狎樵漁君子吾知音邇來會面疎書堂諒多暇所望惠瓊琚

同歐陽彦中賦西湖路

杳杳西湖路曾經大建年昔時湖上坡今作湖下田人

世幾變易山水尚清妍惟應西湖上閒弄釣魚船

江南橋納涼詠懷

火星出東方遠水揺光芒羣山際大野夜色何蒼蒼客舍苦炎熱江風有餘涼煩襟輕一浣王事殊未央默默故園想中情那可忘

題夏日幽居圖亡壻景振家藏

氤氳溪上雲緑縟雲間樹一逕入煙蘿山人讀書處長懷永日遊文酒展清晤回首秋風深淒涼碧山暮

觀陳摶傳

寰宇方板蕩有道在山林矯首雲臺館悠悠白雲深五姓若傳舍戈鋋日相尋雖懷戲頒憂終作大睡淫世運豈終窮大明已照臨乘驢聞好語一笑歸華陰區區諫大夫富貴非我心

閩中十子詩卷六

欽定四庫全書

閩中十子詩卷七

明 袁表 馬熒 編

陳徵君集二

七言古詩

贈皆山隱者兼寄良箴

食粟不為農學書不為儒青山蹭蹬無名士白首蹉跎一野夫故交零落今誰在時人白眼那相待欲從東海

招魯連還向夷門揖朱亥滄溟萬里波連天太行九折摧車轅道旁小兒抵掌笑笑我老人空大言以兹偃蹇送日月獨抱窮愁依故園故園迢遞連滄洲白沙翠竹多鳧鷗雲山滿目不能賦三徑未荒誰與遊忽覩高文絶瀟洒知君不是尋常者勺水寧藏起蟄龍鹽車豈困長鳴馬傾蓋相逢未有期擊筑邀歌當有時興來欲訪能琴客會歌一曲高陽池

賦得滄海月別南鄉諸子

我家住在滄海涯海上長看月出時海風吹月到天上
清光夜夜長相隨紫薇峯前秋月白此時却照蟾宮客
南宮佳士一時來幾夜同看明月色月光自古有盈虧
人生最是多别離明朝復向滄海去只應見月長相思

飲張宗獻家至之席間索詩憶舊遊一首

張君白面雙眉脩不逐少年肥馬牛傳家有書一萬卷
十年燈火城南秋憶昔西湖初識面憲府山郎接高讌
開簾把酒對三山一片湖光坐中見滄浪磯下弄扁舟

太宰臺前泛月遊黃昏玩景歡不足相攜更上環青樓
樓中偃卧青雲客曾與張君交莫逆問余何處新知懽
聯珮追遊不知夕自從投合數經過城北城南勝事多
時從博士談經史肯逐驕兒醉綺羅知君殊度能飄灑
好古探奇仍愛畫王孫妙蹟余所好解驂欲換千金馬
河橋一别又經春索寞離居應念羣題書不得飛鴻便
空對南天日暮雲春城握手重歡會合浦堂深竹光翠
博奕投壺送落暉向來行樂今朝最人生知己不易知

古來管鮑同襟期相逢何必論窮達對酒惟當惜别離

寒夜林熈績董伯元集同賦折梅寄遠

我思美人在空谷路遠天寒想幽獨解佩何以慰所懷聊寄孤芳寫心曲寒梅不比瓊樹枝見之但言别經時山林政欲同心賞氷雪終為歳晏期花開莫問枝南北兩地看花總相憶江頭幾度見春歸每惜馨香留不得盛時歡會去莫追中年更覺多愁思憑將此夜花間月照入君懷君始知

壬辰春淮南有警報元帥吳公首議築城求故址劉氏祠堂在其地焉傷其毀折慨然有作

湧泉門北湖西偏劉公祠堂垂百年華榱傑棟壓湖曲老榕脩竹摩蒼烟羽書昨日淮南至官司已卜城濠地毀垣折屋行見嗟累歲經營旬日廢風亭月榭一時空回首舊遊如夢中更說當年樗里智誰令卜宅近秦宮

題畫竹

王維遠矣蕭郎死墨竹古來俱可數自從老筆出湖州

世人始信前無古此圖高古不知名欲與湖州相抗衡
森森矛戟自相向淅淅枝條如有聲高堂素壁時張掛
瀟洒渾疑却炎夏莫言無地種琅玕自有清風滿圖畫

題邊孟屯為歐陽彥中畫皓巖幽居

李范山水妙絶倫以後衆史徒紛紛應同米家搆新思
披墨却寫鴻濛雲房山高史有奇藴更假丹青美清潤
邇來作者頗相繼邊郎下筆尤神俊邊郎始著從事衫
十年牢落依江南昔從海上尋高隱秉興揮毫寫皓巖

羣峯蒼蒼雨新沭白雲悠然出空谷奔泉曲折赴前川
小徑縈紆到茅屋一重一掩極幽深哲匠經營良苦心
看君巖穴雅相稱明牕静几有書琴憶來我欲共忘返
一别高林春事晚自從冩入畫圖看渭北江東無近遠

悼犬行

沙村月黑無人行猛獸咆哮繞舍鳴時來攫取村中犬
突入籬落居人驚韓盧烏喙誇疾足平地寧知罹虎毒
十家九室無吠聲更恐穿牢噬黄犢君不見岑君昔在

魏郡時吠狗不驚足生氂又不見九江當年有循吏羣虎渡河俱遠避方今政美時復平那得此物來縱橫誰能驅屛入窮谷却使騶虞地上行

雪山歌送人宰蜀邑

西山巖嶭連雲起東望錦城如井底四時積雪不曾消春來盡作巴江水郎官未識蜀山川馬首西行如上天歸到琴堂長對雪益思美政荅豐年文翁舊化今如夢期月應知藹絃誦蜀人觧道杜陵詩盡說公來雪山重

戲簡彦衡彦賓昆仲兄客陸莊弟客鎮右

陸渾莊上多芳樹舊識德成巖下路書堂正對大溪頭猶是仲蒙舊居處讀書何必傍溪山書閣幽興自相關亦知林下雲泉好應恨隈中日月閒客衣未垢寧辭浣湖上月明隨往返却憶惠連深下帷一去不知春事遠近隈蒲葉已含滋五日歸心豈肯遲預拂東林松下石與君永日話襟期

思和助教歲暮返自金陵有約新春省墓竟不

復至且寄集賢樓遊西湖詩文見示因賦以

答

不見故人二載餘每訪人行無尺書忽聞歲晚赴京國

攀車不及情何如十年儒冠何草草嗟君西向金陵道

家餘儋石豈憂貧坐對琴書不知老醉遊曾賞上林花

寫詠歸來對客誇畫説客中山水好書來應是不思家

送林孔逸從軍北上

脱却縫掖衣更結曼胡纓安能鬱鬱事筆硯男兒本自

重横行越王山下秋風起塞北此時嚴堡壘皇家選士
重防秋迢遞征途從此始從軍莫問所從誰抱藝懷才
無不宜籌邊亦自有奇策專事弓刀徒爾為此行壯氣
何激烈酌酒送君那忍别萬里封侯非所難玉關功成
須早還

送朱以義還樵川

六平客舍秋風早楓葉蘋花滿江島此時遊子正思鄉
束裝西向樵川道自言讀書三十秋竊慕子長湖海遊

匣中長劒且未用爨下枯桐非有求鴈塔峯前忽相遇五旬能向滄洲住逸興方尋幽壑雲離心已掛長亭樹憐君有志未獲伸鍼砭猶言可濟人由來絶技堪醫國莫學韓康終隱淪

送林延卿之嘉定求族人

仗劒對尊酒江湖千里心男兒重義不貴貨何論白璧千黄金春洲三月花冥冥解帆正值南風生東南羣山入勝覽天平看到姑蘇城昔時族人去為客一經隨行

無長物他年生計比陶朱却向吳門買田宅君今才學
追故人温良孝友皆天真吳中兄弟見宗譜歡宴且叙
平生親緬懷伯父有遺惠更買義田修歲祭邇來轉覺
貧者多安得揮金繼高誼范公祠堂何處尋瓣香好致
遠來心世人設心總如此何愁家有貧孫子君行少發
汗漫懷我當飲餞顔亦開秋風葉落吳江冷還望扁舟
江上迴

行路難

我欲叩天閽天高無窮手難捫我欲浮大海八月仙槎不相待出門四顧空徬徨歸來覽卷坐高堂感彼古來人逢世能激昂安得如魯仲連飛書約矢以遺燕解紛排難不受賞拂衣長嘯歸園田安得如田子泰仗劒西行氣慷慨掉頭不顧都亭侯回心肯賣盧龍塞高風逸節不可攀世無斯人空長歎浮雲蔽日塵滿眼擊劒空歌行路難行路難多岐路何處深山有薇蕨我欲攜家入山去

榕軒書隱爲高甥景玉賦時宰蜀資縣

龍門佳氣何鬱葱高氏諸郎俱若龍昔人樹業幾年代
門外長榕今蔽空長榕影底書連屋甥也竒標冠諸玉
水田負郭多豐年雖有文章不干禄風清鶴唳聞九臯
始信才名難自逃布衣直取紫鸞誥小邑暫試烹牛刀
峨眉雪山連劒閣遠遊應嘆微官縛琴堂訟簡公事稀
相憶從前讀書樂我家亦有萬卷儲窮年何曾剔蠧魚
山林鐘鼎俱失意旁人却笑空藏書昔時圖史同歡賞

今日相思獨西望尺書感汝渭陽情欲答篇詩幾惆悵
吾聞蜀中山水天下奇濯錦江頭多錦機政成還許庭
闈覲佇看春風衣錦歸

賦得萬石岡為宗獻劉君作

蒼山西來爭駿奔衆峯獨有籌峯尊連岡坡陀走平陸
參錯萬石如雲屯我疑秦人鞭石走來與人間作岡阜
又疑仙子遺羊羣有形猶似猛獸蹲乃知元氣自凝結
異狀奇姿紛突兀秋風不揮白雲根曉霧長迷元豹穴

曾聞山下有高墳彭城餘澤多子孫聲名能與崇岡並
他日當為萬石君

贈延平王指揮

將軍英年負才武坐鎮閩藩樂風土旆拂九華峯際雲
帆開雙劒津頭雨太平不復事刀弓對酒投壺如祭公
勝遊隨處題名在何必燕然紀戰功

簡劉宗魯

君隱雲松門我藏緑綺琴憶昔聽君彈泠泠陽春白雪

吟我琴豈無絃素塵日相侵期君一來調雅音佳期迢
迢曠難尋春風桃李月夕臨江頭草色青春深君不來
愁人心

閩中十子詩卷七

欽定四庫全書

閩中十子詩卷八

明　袁表　馬熒　編

陳徵君集三

五言律詩

寄道士陳芝山

客舍重相問仙標轉見難一年秋復盡兩地月同看宮巷聞絃誦霞洲想珮環聖朝方急士莫倚月足黄冠

晚春閒思

門巷客來稀閒居靜掩扉微風花自落細雨燕雙飛向晚披遺帙迎暄換袷衣年年此時節惆悵送春歸

人日儲玉樓觀霽雪

快雪初晴後高樓獨倚時初陽照欲爛青嶂間偏宜春淺花開滯寒深酒力遲曾聞作嘉瑞跂望在東菑

哭照禪師

首石鍾神秀雙林仰德輝維摩長養病弘忍早傳衣鍾

鼓清規在林泉賞客稀談空余未解有淚不勝揮

九日節後希石林公邀遊西巖分得須字

佳色尚未遠登臨興不孤秋風吹遠樹暮色滿平蕪白髮題詩懶黃花汎酒須幽棲終未果即此寄歡娛

寓董氏書館留别吳彥器

把手向江干新知未盡歡百年文物少異縣别離難白日尊前度青山海上看他時解相憶琴裏寄幽蘭

戲簡雲石寺僧洽公

少食如持戒冥居尚坐禪心魔漸欲伏火宅豈能燃行止雖殊地風波共一船何時訪雲刹掇茗賞山泉

題洋江林彦禎所藏洋江春晚圖

江上曉來晴春波鴨緑生山雲半斂色汀芷盡含榮野艇乗潮去官橋隔岸横亭中舒眺者猶有愛鵝情

穀日遊鄰霄臺

飛磴薄雲霄崇臺逺市囂山川掌底見世界望中超清磬隨風度名香隔竹飄芳期亦難屢永日且逍遥

滄浪清隱

我愛滄浪水千尋見底清月明三島近風定一波平清隱將遺世垂竿不釣名何時歌鼓枻相就濯塵纓

五言排律

題鄭浮丘與客臺江晚泛卷

千古臺江勝三英上客遊醉乘閩海月如泛洞庭秋木落山逾靜天寒水急流高懷凌浩渺長嘯振林丘弔古情何遠揮盃樂未休興歸非雪夜人望是仙舟樂事何

年再雄詞此日留無因陪逸賞操翰思悠悠

元夕與周微之唐士亨趙景哲同登神光塔

寶塔層層現天燈面面紅玉毫光不夜火樹逈當空七級高標壯千門屬望同朱欄晴映月金鐸遠鳴風弛禁逢元夕重修溢梵宮游觀多士庶登陟有文雄共喜超羣品應知仰六通迷津如可照於此息微窮

欽定四庫全書

閩中十子詩卷九

明 袁表 馬熒 編

陳徵君集四

七言律詩

寄陳叔起時在永嘉不歸

閩南一別幾經秋林館鶯花憶舊遊過鴈不堪頻北望

滄江無柰自東流風塵冉冉逢人少江草萋萋向客愁

白髮丹青應更好何時飛翰寄滄洲

希召彥中見訪有詩留别次韻

壯歲相期據要津中年共愛作閒人賞心未逐青春老佳景惟添白髮新映日花枝深淺發拂波燕子往來頻他時海上能相憶還記花朝是别辰

冶城懷古

東西屹立兩浮屠十里臺江似帶紆八郡河山閩故國雙門樓閣宋行都自從風俗歸文化幾見封疆入版圖

惟有粤王城上月年年流影照西湖

擬咸陽懷古

羣山迢遞走咸陽王業當年此地昌天府首開秦社稷
金城已作漢封疆澠池北入河流去軹道西連草樹荒
故苑離宫何處是空令詞客弔興亡

滄浪漫興贈友人

湖波瀲瀲漾清暉閒倚苔磯坐不歸日暖風恬魚自躍
渚深沙靜鷺忘飛青山滿目堪忘慮白髮盈簪未息機

笑問磯頭楊柳樹何年始掛薜蘿衣

暮春望日陪彦貞諸友遊西巖留宿而歸

歷澗穿林不覺遥石門咫尺到丹霄春晴野色相輝映
日落煙光欲動揺巖壑暫紆高士駕杯盤還愧故人招
多情昨夜臺前月不比尋常照寂寥

秋日與林彦衡遊集懷乃弟彦賓不預奉寄

小陸清才敵阿機鴈行何事每分飛故園揺落經時別
佳節登臨幾日歸客夢未忘巫峽路鄉心終戀釣魚磯

新詩江左題皆遍却訝雲牋到我稀

代送林童子恩榮學道之延平

一棹夷猶上劒津煙霞樓觀可栖身雲山漫漫空傷別
野鶴昂昂已出塵溪路梅花千樹雪仙家瑶草四時春
他年鍊得金丹就持向高堂壽老親

奉寄高廷禮時求賢甚急高且講學編詩不暇

壯遊心事已蹉跎寂寞扃扉似養痾秋盡却看來鴈少
暮愁空對遠山多頻傷白露摧蘭蕙獨羡清風滿薜蘿

見說新編又超絕近來衡鑑復如何

送道士王景闇還上清

無心出洞等閒回莫共離亭醉一杯看竹憶曾飛珮過還山應許寄書來鄉園雨後饒芳草仙竈春深長碧苔幾欲從師遊物外却憐客鬢滿塵埃

七言排律

代賦野堂詩

白沙深淺映叢篁中有幽人卜草堂繞屋晴波浮鴨綠

近堤新柳拂金黄芳洲水滿鳧鷗集曲岸風來杜若香
小艇繫籬間不釣青山當戶澹相忘幽居豈必巖棲遠
涉世何如書味長麗德只將安遺子馮唐不覺老為郎
牀頭古帖從人借缸面新醪約客嘗誰道沽名高世俗
懸知得趣在林塘勝遊屢接湖山賞晚學難追翰墨場
時得抱琴彈夜月濯纓一曲和滄浪

閩中十子詩卷九

欽定四庫全書

閩中十子詩卷十　　　　明　袁表

　　　　　　　　　　　　馬熒　編

高侍詔集一

五言古詩

儲御史光羲田家雜興

野老安貧賤力作不辭苦把鋤行晨風南山看禾黍今

秋穀稍登方思廣場圃歸來茅簷下團圞聚兒女落日

在西山悠然望孤渚昨宵天始寒蟲聲滿籬户田家衣
食薄黽勉歲時取掩關未成眠東鄰響機杼

岑補闕參同諸公登慈恩寺浮圖

香界出塵表孤標屹崢嶸直上淩半空言是羽翼成迴
梯接元氣磴道盤青冥雄觀臨川岳乃覺形神輕俯視
寒渭白平臨終南青神州落掌中雙闕雲端明窮歷諸
刼盡颯然涼飈生千峯掛飛雨秦塞何淒清鴻鴈來嗷
嗷五陵欝亭亭早割區中緣永懷參道情今日髙興盡

期君謝浮名

劉隨州長卿江中晚釣寄荆南一二相識

楚人東去遠故人離别心登舟望落日岸絶荆門陰晚櫂向孤嶼収綸度前林天寒大澤暝烏没長淮深十載夢烟波幽期共投簪白鷗故友待向我如招尋眇眇初月色噭噭飛鴻音相思若千里遥寄滄浪吟

韋蘇州應物西郊燕集

原野縠雨霽熙陽麗芳辰良遊出西郭集我平生親野

酌藉芳草飛花落衣巾時聞幽鳥弄復眺羣山新𦒱此不盡歡行當念徂春同心勿睽離願言保其真

寫雲林清隱圖并題贈方致遠歸連川

謝公雲林隱乃在雲林樂了知雲林外丹青有丘壑要我袖中毫解衣共盤礴興酣不自惜烟霞生掌握浮天閟蓬壺縮地走恒霍水與元氣連山將空濛鑿長松老不死瑶草寒未落直視萬里外但見雲漠漠飄蕭林下士昂藏如野鶴金澗漱靈泉石牀掇仙藥松喬相招邀

佺期共歡詑澹然露臺閒片塵元不著我亦遺世者雲林久栖泊逢君龍門下傾蓋便如昨幽意正浩蕩離心忽蕭索緘圖寄相思相思在寥廓

與林九龍門夜宿遲明贈别兼寄周一元

江郭梅已白飛霜肅嚴冬故人惜短景握手龍門東犀壑倏暝色虛亭寒夜空明燈照孤月相對情未終明發忽惆悵拂衣如飄風長天西北傾三山落雲中中有淡蕩人孤高含清真三年潤風采百里悲胡秦前日遊遠

方登堂别嚴親出門向西笑逸氣凌秋旻雪度日邊棹風吟江上蘋清詩落吳楚此地生陽春郢曲和者稀劒歌不復陳歸來使酒氣酒酣氣益振青樓唤歌舞日見羅衣新𨚫笑相如宅凄凉四壁塵交歡徒結面肝膽向誰陳因子寫遠意風期越江濱

送李從軍歸永寧衛

大漢威遠服桓桓飛將軍數奇名不朽列侯安足云遂使貔虎士至今揚清芬吾子振先聲不徒誦典墳時平

尚武備投筆慕前聞挾矢射海月操戈入瘴雲島夷竄
要荒窮髮無𡨋氛幕府敢論事還家捧檄文鐵衣拜高
堂王事豈辭勤矯首望溫陵南天日已曛銜杯駐征馬
相對惜離羣我有繞朝鞭片言贈臨分英雄起忠孝行
矣收奇勳

題祝九齡桃花潭送別圖

二月潭上綠桃花笑人紅花飛逐流水漂忽無西東詞
客惜別離看花駐孤篷故人一斗酒不啻醉新豐所以

感激情酬歌吐心胸歌竟别更苦水深意無窮至今宣
城下往往探奇蹤不聞踏歌聲但見寒潭空祝生青雲
士妙年志桑蓬願接天仙遊師從浮丘公潭津送行舟
情與汪倫同嘆息古人去披圖挹清風

答陳滄洲留别之作

海上春欲暮樓頭花滿林一尊風雨夕千古幽期心平
旦忽惆悵愴然惜離襟踟躕歌白雪留贈比黃金十日
不盡歡臨岐徒悲吟舉目望霄漢浮雲蔽重陰滄洲渺

何許春水洪濤深此别非萬里無時間嶔音心揺天際
樹思絶雲中岑以我子猷船期君安道琴毋爲嘆白髮
歲晚重招尋

賦得剡水仙舟送曾彦斌司倉秩滿之京

剡水東去遠仙舟西上勞長風吹别心浩蕩層瀾高悵
然溪上雲蒼茫雪中路兩鷁飛閩天一帆指吳樹停橈
富春渚鼓枻錢塘潮柂樓望閶闔佳色滿丹霄三月楊
花飛白門春酒熟河上聞竹枝滿船歌此曲縣知課最

日正是相思時惟因流水急千里寫心期

建州芮太守敬亭山房詩

吾愛謝宣城留連敬亭作遺音落江海兹山齊五岳至今隱淪人往往來栖託夫子接風期千齡宛如昨逸氣鍾英靈奇才凌巇崿隱身卧緑蘿一室依巖壑兩峯控雙流芙蓉鏡中落空翠入几筵清暉卷羅幕有時咏松泉迴望青山郭長嘯起白雲觧蘭謝猿鶴飄颻步丹霄轉盼承恩渥雙旌擁皁蓋五馬纏金絡既從天台遊復

憩武夷樂碧水遶黄堂丹山耀朱襮簷枝掛蒲鞭政閒
聞嘯諾翻然憶故栖烟霞空寂寞矯首望宛陵飛聲寄
寥廓

題陸太守所藏瞿塘日暮圖

墨妙狀空翠毫端聳峥嶸未窮崖崿險但見烟雲生萬
壑赴荆門奔濤天際傾中流灩澦峙轂轉盤渦鳴三峽
蔽隂陽百牢壯關城金繩鎖地軸設險何時平萬古走
舟車使人心不寧我聞十二峰中天開列屏高唐陽霧

女雲雨空冥冥彷彿白日暮哀猿嘯三聲林幽熊虎鬬
路暗鬼神爭對此悵不樂愴然為之驚波瀾起枕石巇
嶮生户庭宋玉竟何為冥搜造化靈荒滛歸楚襄白騁
文賦名予悲風騷人而多山水情孤吟發慨慷贈爾陸
華亭

鄭二宣董七玭為别頗久暮秋之夜聯佩枉顧
山齋分韻志别

孤雲與獨鶴千里悵悠悠時因長風吹雙落碧海頭鄭

佚念長違董子經時別幾望西南天孤吟嘯臺月昨日放扁舟轂棹三江流中夜造我語片言解離憂逸興橫素襟吐辭若流水揮杯對黃花兀然不知醉歡樂情未極復此成分飛矯首秋風外徒驚蕙草稀

題商山四皓

嬴氏暴黔首四賢離垢氛炎劉奮龍德了然耳不聞靜坐閱萬象前星沉紫雲周才不世見老死徒空文歘起趍明廷乃驚隆準君片言成羽翼轉盼收奇勳君子有

卷舒果哉安足云萬古六合間芝歌揚清芬商顔空仰止吾亦麋鹿羣

將歸龍門留別治城諸遊好

海水與别意相看更誰深長風向東來吹我東歸心悵然舊山雲蒼茫遠洲樹一鴈飛晴空翩翩又東去此别非萬里後遊當幾時銜杯不盡歡握手翻成悲我去聽寒泉留君釣臺月唯有長相思因之寄天末

贈吹簫林生田時飲于雙澗

嶰谷製古竹林生調新聲風吹碧雲去鸞鶴皆飛鳴變
徵忽飄洒悽然萬古情秦臺一片月此夕為誰明

題華峯望日圖

飛步青蓮花聳身凌紫霞天雞弄海色西掛三峰斜爓
潄太陽精逍遥金母家長安日下影迴首望京華

同林一和龍門山中玩月效常建之作奉寄周

處士元林秀才敏

青山宴茅宇落日生遠陰蕭蕭霜氣寒暝色歸空林初

月未出嶺斜暉半西岑幽幽喧始寂杳杳緩復吟稍覺
升飛鏡清微雲影沉忽而長天空遂使寒潭深萬籟度
松枯餘聲響孤琴常以别鶴意期君千里心明晨拊越
調因寄瑶華音

題千里㩁篷圖効常建體

月沒川路潤松陰澄晩流㩁篷卧天色超忽江潭秋渚
月鏡中淨孤輝漾輕舟心將空際雲身與波上鷗了視
無外物曠然神遠遊予亦滄浪情從君問芳洲

山泉賞

羣嶂橫秀氣飛流落雲中隂崖寫古雪月壑垂長虹洄注石鏡淨秋臨遥天空孤賞憶謝脁青山度松風

題唐子華捕魚圖

楚江有遺叟夢澤多潛魚魚梁多水深擊汰晨登艫汲岸飯霜稻採洲爇寒蘆晚嶼卷綸釣南望洞庭湖日落大川靜餘暉涵空虛白鷗知我閒沿迴戀菰蒲漂揚隨風潮不復憂羅虞釣國本無意滄浪心澹如

首秋同羣公遊靈源寺

靈境不厭遠仙源在雲端入溪日已午猿鳥鳴聲寒釋子愛元度停鍾啟幽關山門坐翠微石橋聽飛湍秖疑接衆真日與秋風還神遊無所事暫將去人間况我非作者懷芬異希顏幸因清羸意助爾禪心閒

九月八日郭南山亭宴集分得下字

海國霜氣涼秋聲落遥野乾坤肅以清收納屬多暇出郭尋幽期同人命軒駕載酒入翠微憑高憩層榭蒼山

橫黃雲大江天同瀉飛雨霞際晴夕陽鴈邊下江山滿陳跡今古成代謝千載同一時黃花笑盈把酣歌林壑暝新月松蘿掛高輿殊未平臨風獨悲咤

嶠嶼春潮

瀛洲見海色潮來如風雨初日照寒濤春聲在孤嶼飛帆落鏡中望入桃花去

衡江夕露

大江白露下秋氣橫滄浪夜色不映水微風忽吹裳孤

舟待明月時聞蘭杜香

松嶺樵歌

峻嶺饒朽木采芝行且歌歌長白雪外遠與松聲和日落望烟歸山風吹薜蘿

同羣公餞鄭五秀才至鼓山寺分題贈别賦得

臨滄亭

屴崱海上秀中峯開禪宫飛亭掛空翠直上臨方蓬溟漲在几席天光映簾櫳目極萬里外但見清濛濛曙色

從東來晃然靈境空登臨豈大偉别意嘆無窮

題空江秋笛圖送鄭助教入京

霜渚蘆葉乾鏡天極澄瀾美人弄横笛思繞青雲端流徵泛空濶引商激林巒五聲一時發江海生秋寒鸞鶴閒清越虬龍起深蟠了然滄海心坐見天地寛常以相思調期君千里歡曲中倚雲和離絃發哀彈

賦得客中送客

在山每送客客行思未已他鄉此别君離情滿天地長

空一飛鴈落日千里至故園未同歸寄君兩行淚

賦得春草碧色送丘少尹歸四明

春色有佳興送君惜别情悵前見芳草緑盡空江潯千里靄晴翠夕陽烟際深迢分白鷗水近映青楓林萋萋满行衣苒苒生别心王孫行當歸蘼蕪思越吟

賦得羅浮霜月懷鄭二逸人

海國梅始白飛霜動鳴鐘寒空一片月掛在羅浮峰夜色不映水清光與之同百里皆瑶華千林閉幽風蕭條

巖際葉嘹唳雲邊鴻遠客起遥念滄波思千重夢迴明鏡没寂歷聞幽蛩

同犀公重遊竹林寺分得朝字

初地出霞表幽尋不知遥重遊結巾佩值此落花朝雙樹得憩息諸天何泬寥櫩間空翠落雲外天香飄法侶仍舊識相逢虎溪橋了然冥妄關悟彼禪誦饒機心政爾忘夕陽下山椒

郭晦之歸扆峯犀公相送至光嚴寺分得客字

化城負東郭地古嚴公宅同佩結幽尋況值將歸客山門坐翠微蘿逕入松栢定水駐行衣香雲繞離席銜杯雙樹閒百里見海色日暮各分飛空山夜寥寂

將之京師夏日蒼林宴集作有序

余昔與浮丘子鄭宣皆山樵王恭為沙堤之遊至則謁陳隱君于滄洲訪林思器于蒼林湖山烟水無日不放懷詩酒間無何浮丘子已高騫予亦被徵命將行思昔舊遊殆不可

復乃夏六月偕王自梅江復過沙堤館于滄洲堂浹旬矣思器飲于離觴因覯浮丘子蒼林宴别之作諷詠不已酒酣因以離堂思琴瑟别路遶山川之句分韻誌别羣公詩成賡歌繼發樂飲無算一時去住情悰慷慨視浮丘不多讓也賦得離字幷次斯語會者凡十人

昔與鄭浮丘來尋王子猷三人同二屐浪作大堤遊朝

從滄洲吟暮醉蒼林酒陳翁忘年交林子金石友別來十度春鄭老登青雲同遊半白髮笑我復離羣離羣余所惜沙頭尋舊跡魚鳥却相疑故人不爭席縱酒如瀉泉涉湖多擊鮮長筵醉深夜傾倒平生言我醉君浩歌我歌君起舞中觴念王程別意渺何許出門分路岐驪歌空爾爲丈夫四方志毋爲嗟別離

題雲林書隱圖贈梅江許宗顯

愛爾江海居清風繼箕潁起予丘中賞逸興探靈境紛

墨含天光丹青狀雲影憁閑象湖陰簾捲龍峯頂林靜
絃誦閒波空棹歌冷滄浪可洗心白鷗待孤艇

舟發謝家埠江行有作

孤舟豫章水五宿謝家埠不見謝家人揚舲向西去中
流夾雙櫓隨波疾如鶩沿迴沙岸轉歷覽風景暮漁榜
亂斜陽人家帶孤嶼登艫望青天茫茫但烟樹秣陵指
雲端矯首頻北顧明發鄱湖西南風上天路

望廬山作

掛席度彭蠡停橈望匡廬蒼蒼五老峯秀出東南隅氣勢掩衡霍崢嶸壓東吳千巖散秋色倒影澄江湖倏忽霽飛雨瀑流挂香爐崖懸殘雪古澗落垂虹孤聳目萬仞表茫茫飛鳥無飄然挹空翠心與浮雲俱我欲呼謫仙結巢松已枯遲回徒仰止飛鷁上天衢

題牧牛圖

金壇張公將出宰新寧持牧牛圖來求題用是知公有牧人之術矣遂倣唐儲光羲家法

賦牧童詞以贈之

大澤饒綠草古陂湛清泉泉清濯我足草綠護我眠我牛既擾馴麾之不庸鞭並岸多魚蝦涉流可羅筌機忘信所適得喪常晏然獨樹帶殘日遥村生暝烟寒臯隨我飛橫吹導我前白石無悲歌青山多甫田埶兹理人術庶以全其天

題舊畫山水為陳杲之侍講賦

愛爾木石居起予山水音援毫不自惜逸興生遥岑絕

巘倚空翠浮雲生遠陰未窮林路入但見烟蘿深昔與山中人俱懷塵外心及兹謝猿鶴共解蘭薜襟玉堂播秋香一枝標桂林而我隨末光去辭丘中琴相期友初服同賦歸来吟

題邑生陳溢鍾山草堂

鍾山抱藍田水木含清氣愛爾静者居草堂在山翠簾櫳映竹開几席侵花置野客載酒過山僧抱琴至陶然接歡賞邈爾成幽契月出天海空雲生石門閑岱溪樵

唱來沙頭松聲細佳趣足淹留遠心更迢遞維時屬休明巖穴無遺棄終南登捷徑北山裂荷製予亦問山靈斯人果忘世

遠嶼堆藍

江晚波自瀾天空諧遠尋渚霞霽孤島緑映滄浪深殘日鏡中没餘暉在前林黛雲結元髮碧氣横素襟其以罨畫山寄君無聲吟

秋江漁唱

大川鐃數詈淺瀆無吞舟日暮收我綸唱歌度中流歌長入空濶兩岸江聲秋斷續和鳴櫛摇颺隨狎鷗曲終人不見雲水空悠悠

螺渚春烟

幽渚暖波緑長烟迷晚春横林引空素羃水卷羅裙靈女化已久謝生無復聞空餘一抹黛朝暮逐行雲

野渡横舟

落帆逗前浦渡口喧已寂野艇横淺流空江帶愁色漁

歸絶島遥島度羣山夕應有待潮人吟成山月白

牛路春畊

淺渚蒲葉長深村杏花吐東皐春事興盡室相隨去谷鳥勸我歌青山澹吾慮日暮望柴關牛涔取歸路

龜湖晚釣

湖上夕水寒潛鱗避深釣野老本無營一竿掛殘照人知白首心吾愛滄浪調何必客星高將貽故人笑

漳溪曉渡

山中人尚眠渡口猶寂寂絶岸倚孤蓬平沙没行跡雲
收山翠高日出溪流白一曲勞者歌溪山帶離色

送四彦歸閩州詩并序

永樂六年冬十二月大典書成擇日表進與
纂修者三千人咸蒙賞賚而恩榮遣歸者三
之二吾閩儒士鄭銘陳第泮生陳循林彬皆
在遣中戒行有日凡鄉友之在禁林者聞而
出餞且惜其去而四人者掉頭拂衣懽欣笑

忭無落落不得志色然後知其含英閲彩將益畜其中以肆於外豈徒輕試於藝者哉乃相與酌酒言别發為歌詠以壯其行典籍王公安中首歌五闋修撰王公中美春坊贊善陳公仲完相繼倚和予時薾足離羣愧不能追逐於臨岐之際因感激吐辭歌古調三疊重賦四君咏凡七章厠羣公之末以寫予故園之思以勗其進修之大

臈月秦淮水都門正飛雪離人蹈雪歌驪駒待明發天寒行旅稀念子今時別四馬何翩翩摇鞭指閩粤閩粤路漫漫仙霞尋故關家林物候早到日换春寒采服如晝綉登堂奉清歡嗟予念遠道悵望空雲山青山憶舊遊白髪悲明鏡斗酒送君行留懽不成興凄凉木天吟寂寞文園病何以贈臨岐重歌四君詠廣文多士賢英英閣中彦手持柿葉書三獻蓬萊殿衆望期穎脱君胡韜末見却憶龜山雲離心逐飛霰陳子太古心袖中龍

唇琴玉堂拂瑶軫三奏無知音舉世趍下里長歌歸泮
林子期尚可鑄君無徇哇淫泮水長林彦秋風逸氣高
孤飛戾霄漢兩袖懷霜毫聦角雕龍技歸藏文豹毛青
雲路如砥遲子重遊遨爾家百尺樓欝勃湖海氣一鶚
薦遥空飛鳴走羣鷙天池濯寒流玉堂迫清思何以憶
幽棲太常結深翠

閩中十子詩卷十

欽定四庫全書

閩中十子詩卷十一　　　明　袁表

馬熒　編

高待詔集二

七言古詩

瑞應甘露詩并序

永樂十年冬十月甲子皇上將舉大狩之典乃命皇太孫殿下率諸軍演武於方山之陽

是日天降甘露于兹山既採取以獻越五日
戊辰天子親御六飛由朝陽而東大獵于陽
山天復降甘露視方山有加上命採取以示
羣臣又十日丁丑再獵于武岡甘露降如前
戊寅朝于奉天門山西繁峙縣復進嘉禾休
徵符集臣庶稱賀翰林待詔臣高廷禮稽首
頓首恭惟皇上嗣統以來海内乂安遠人賓
服至德至功格于四表太和之氣蒸于六合

發見諸祥前後以百十計是行式遵典禮觀兵以講武事獲禽以虔祭祀故天祥隨處以應地瑞符日而進蓋由皇上與天地合德所致也臣忝職詞垣獲際文明之運覩茲盛事謹拜手稽首賦詩以獻詩曰

聖皇至德超八荒太和絪縕天畀祥五風十雨樂耕桑

靈飛瑞走來梯航時平講武弓矢張冬隙大狩虔蒸嘗

神孫受詔先啟行南出大獵方山陽萬乘繼發循東方

先于陽山後武岡三軍熊虎多材良千里蹄翼無匿藏
岳靈告功徹上蒼下降甘露何瀼瀼千林萬木森松篁
浥浥泥泥凝晶光流珠綴粉懸琳琅採枝掇葉含芬芳
歸來天子坐明堂三三九户羅神漿清如冰壺涵雪霜
湛如玉瓚泛流黃滑如凝脂白截肪甘如醍醐冽且香
東方小兒琉璃觴華山童子五綵囊星輝獻采來鏘鏘
側聞海外異人千里長胸吞美酒五斗量又聞金莖高
插空中央雲表流瀣分清涼紀諜傳說誠荒唐茲非天

公輔聖皇此物何以升巖廊西土嘉禾亦致將一莖五穗垂金穰禎駢瑞集符運康薦諸太廟昭先王示彼臣民恊萬邦百辟稱賀聲洋洋卿雲興歌舜德彰靈芝涵泳漢祚昌小臣再拜獻頌章陛下萬歲垂衣裳

擬老將行

十三身屬執金吾二十專征破骨都一生力盡三河外萬死身輕百戰餘邊兵長驅度絶幕漢騎憑陵皆奮躍勇决寧懷巾幗羞擒生每作轅門縛六十年來白髮新

玉關長望苦悲辛老去廉頗思用趙憂來王翦尚要秦
一朝謝病衡門下萬事蹉跎成解兎麾下偏裨屬鎮軍
里中俠少輕司馬落葉空庭鳥雀閒蒼苔窮巷車輪寡
春山抱甕向青門秋水行歌歸緑野昨夜魂飛到隴頭
壯心未已淚雙流寶劒匣中光烱烱驊騮櫪上鳴啾啾
近門天子掃狼烟闕下論功皆少年白首將軍新破敵
黑頭僕射再臨邊始笑子卿歸屬國節旄落盡向燕然

邯鄲少年行

燕趙多奇士邯鄲俠少年平生負膽氣勇决如流泉黄金如山不足惜百萬呼盧常一擲家藏死士不記名身遇恩讐便輕敵邯鄲陌上盛繁華鬬雞走馬相矜誇忽報烟塵在東北回鞭却向平原家相看一言不合意歸來縱酒邯鄲市市人笑我同衆人擊劒悲歌向誰是天生俊意自飛揚不遇知音徒慨慷君不見幽并壯士死千載猶聞俠骨香

浮亭月下聞李大秦箏歌

孤館夜寂寞秦聲轉淒然醉來闌向明月下客心揺落
秋風前飄飄十指聲猶訴颯颯長林驟飛雨激若荆卿
易水歌悲如蘇子河梁語角羽初停又拂商四郊黄葉
紛飛揚劒門滴盡邊人淚鏡閣啼殘少婦腸西江曾臨
吹玉笛馬上淒涼聽不得秖今彈得心欲狂四座相看
失顔色伶倫去後空有思世上秦聲誰得知偏同客裏
歌楊柳長伴軍中舞鷓兒轆轤金井梧桐冷壯士衣寒
心耿耿一杯何處酹平原酒盡浮亭不堪醒

終南疊翠歌贈趙孟寬少府

我本學仙者名山愛遊遨登高小東魯泰岱如秋毫南遊北走不稱意西攀始得終南高終南崢嶸何壯哉勢拔五岳横三台層巒沓嶂紛霧集縈青疊翠如屛迴矯首睨絶頂聳身獮猴臺憑虛一長嘯萬里陰風來雙峯却立高欲摧石門厓口皆噎霾颯然雲散四天淨千巖萬壑青如沓皎如映日戈矛開煜煜丹霞雲錦堆飄如羣仙羽蓋下瑶水儼如千官劒佩趨蓬萊龍飛鳳舞各

奮躍崖張壁立爭崔嵬亂景不厭遠探奇未能回松杉
嘈嘈度空籟兩耳似聽絲絃哀逍遥東吞黑谷日昆明
北浸隂地灰西南太白最高處黄鶴元猿愁欲度寒飈
六月吹雪花紫氣三時結元霧下視羣峯失翠微中窺
萬嶺迷行路我欲攀雲造天語歴井捫參未言苦晶明
照耀或可親倏忽晦暝不知所瀑泉殷殷秦地雷落葉
蕭蕭漢陵雨昔時此地如登仙榮光醴氣何赫然九重
宫闕碧霄上夾道軒車白日邊富貴榮華知幾許千金

快意如浮烟邇來秦漢幾千載空餘渭水流東海妙舞
清歌不復聞金輿玉座今安在但見千林蒼蒼杳靄閒
秋風去兮春日還白雲長入畢原樹明月虛照藍田關
又聞猿聲啾啾滿林谷啼烟嘯雨愁空山山中之人野
服黄冠掃石朗咏揮絲妙彈春風時來落花晝閒了然
高卧紫岑裏緑羅裊裊不可攀固守麋鹿志本無軒冕
情因來窺捷徑笑學盧生行倏起把芙蓉飄飖朝玉京
我時拂衣蹈東溟君亦鸞飛到蓬瀛風期汗漫三山上

向余每說終南青憶為終南行興因終南發醉揮墨客紫霜毫為君掃却長松雪眼前空翠如可掬何必山中弄雲月

醉歌行鄭二廣文西齋宴集分得一字

吾愛鄭夫子妙年振英聲讀書不肯死章句笑殺當時魯兩生男兒何事空飢餓角巾嘯起東山卧三奏陽春和者稀立談古人獨知我知我家無二頃田幾翻相見客中憐開心寫意不足惜千金散盡還依然廣文高館歸

來好謁鼓談經日應早堂下諸生揖鄭虔門前食客謁平原傾家祿米三百斗一歲只供沽酒錢西齋為余造瑶席滿堂盡是青雲客綺席金盤蘸合香銀瓶綠酒玻璃色昨夜東風天際來桃花笑人厭亂開春光如此得幾日毋多酌我何為哉山公不解倒騎馬習池春水空莓苔我歌白雲興偏逸君起揮毫誇第一空名何用掛百年劇飲唯須醉千日鄭夫子聽我歌與君更進酒但使朱顏酡君不見陌頭楊柳色青青飛花昨日吹滿城

又不見樂遊原上咸陽道漢闕秦陵幾迴好昔時歌吹
激浮雲今日殘陽映衰草不用悲歌空斷腸請君勸客
勿停觴古來唯有留賓驛到處逢人說鄭莊

題無為天師畫閩山勝覽圖為延平王將軍賦

閩山設險雄兩關九峯直下連三韓真人落筆走山海
浮天縮地須臾間窮崖絕壁不可攀飛青疊翠來相攢
聳身欲上萬仞表秪疑坐我浮雲端壯哉形勝矜吳楚
開國英雄幾王虜劒城高拱控雙溪鐔水東流送千古

君不見鐔水東流去不還鐔上至今風雨寒深沉洞府了莫測那知不有蛟龍蟠好文將軍不好武白晳專城偃貔虎城頭鼓角靜朝昏城裏絃歌儼鄒魯幕府秋閒爽氣來金鞍駿馬重遊陪登高極目見萬里壯心直與雲俱開一時幕下皆鄒枚摛文振藻何奇哉開圖釃酒賦嘉頌遥祝堯天萬歳盃我愛名山將白首五岳尋真不辭走偶聞高義逸興飛披拂白雲笑揮手手揮白雲袖兩毫金天汗漫接盧敖相期更訪蓬萊頂百尺長竿

釣巨鼇

題景昭畫長江萬里圖為鐔郡生李鐔賦

潯陽九道流雪波三湘漢沔通岷沲邊鸞丹青狀雲水
寫空走浪回江河江頭東風昨夜過緑漪粼粼春色多
汀花遠近向人笑水鳥下上鳴相和鴛鴦鸂鶒明沙渚
四喜雙嚶亂紅樹漂揚鳧鴈鏡中浮浩蕩白鷗雲外去
昔遊桂棹楚天深三月風光春滿林載妓傾杯醉魚鳥
桃花兩岸蕩人心別去繁華三十載夢憶湘潭隔滄海

九峯溪上粉圖開一片江南春色在季生妙年肌骨清古心愛畫如瑶瓊胸呑雲夢萬餘里欲寫層瀾登玉京玉京峨峨五雲裏天塹洪濤限揚子芳草萋萋白鷺洲垂楊裊裊秦淮水恩波照耀錦為衣拂拭畫圖天上歸我亦買船待江口與君爛漫娱春暉

何滄洲伯度寫月中影扇面為曾維直賦曾時應薦京師

鏡裏桂秋影滿堂明月寒不聞風雨聲但見蛟龍蟠滄

洲之人何伯度亂葉縱横走毫素瀟湘洞庭當几筵玉管瑶笙起牕户昔年飛夢楚江潯蒼梧日出生遥陰九山高縣片月白萬緑倒浸寒波深英皇不來夜沉沉淒涼誰奏雲和音空林落葉響秋露啼猿嘯鬼愁人心魂揺魄動倏驚起長憶夢遊千萬里南豐夫子開新圖飄然如入篔簹裏君披琅玕朝玉京予亦拂釣歸滄溟臨岐愧乏繞朝策高歌贈爾雙瑶瓊功名事業照汗素風期汗漫來相迎一枝折待連鼇手持向蓬萊頂上行

題畫山水

楚水日夜綠楚山多在秋賞心挂遥翠逸興生遠游長松虛搆臨空澗松影波光映牕闥一葉扁舟天際來疑是山陰雪中發了然相對澹忘機短策尋橋行且遲洞庭水落鴈聲遠夢澤天寒霜氣微憶曾飛夢三湘渚桂棹浮空不知所酒酣吟上岳陽樓錦抱仙人和予舞西風吹冷紅塵衣紅塵著人思夢歸何處江山如畫裏期君爛漫弄清暉

送鄭克萬還睢陽軍

海國尚殘暑梁山寒露多一帆掛秋色北上臨大河河山設險睢陽戍張許昔時守兵處至今忠義在人心壯士聞風毛髮竪夫子驍雄仍好文少年投筆要奇勲倚戈汴水看明月立馬夷門望白雲時平大道無難阻遊子歸來念鄉土羽檄還同毛檄歡鐵衣也學萊衣舞家林暫駐復言辭拂劍西風傷别離萬里送君歸幕府幾時寄我從軍詩

贈友漁樵歌

我本漁樵者結交青雲人朱門華館不下士青山白屋歸來貧聞君愛與漁樵友每逐漁樵在林藪兩屐松風萬壑間孤舟蘿月雙溪口朝與漁者親暮與樵者鄰山厨束薪煮白石壟飯折荷包紫鱗春風行歌出林鳥落日扣舷渡江渚負篆閒隨黃鳥吟濯纓時對騷人語世人結交徒結名黃金不多交不成羨君不交黃金貴却友漁樵如弟兄白頭與我初傾蓋開口論心向十載渭

水稽山人已非鮑生仲父名空在往事蒼茫不可尋越
城斗酒惜離心醉向滄浪歌伐木更從何處覓知音

古咸陽行

長安古城盡禾黍故國荒凉變今古秦帝山河滿夕陽
漢家宫闕隨塵土咸陽昔時何壯哉離宫複道飛空迴
五陵白日歌鐘起三輔紅塵車騎來一朝坐見繁華歇
冠蓋散為烟霧滅草木猶纒戰血腥丘墟尚帶行輪轍
年代悠悠經幾秋空餘渭水向東流回中古道無遊輦

關內何門尋故侯傷心此地不能道惆悵雄圖成蔓草
唯有終南萬仞青年年看盡行人老

奉酬陳二先輩歲晏憶別首春見寄之作

歲暮雨霰集海雲暗長空滄洲寒盡飛白雪春風吹落
龍門東龍門江上滄浪子忽聽陽春滿流水君不見千里
滄浪歸海深看君文章亦如此知己如君不易知與君
相逢須醉歸別去還為殘歲隅詩來却有滄洲期人生
萬事良悠悠百年莫為離別愁今日相酬郢中唱他時

還放剡中舟

賦得吳航渡送趙少府之京

君不見吳航渡河上蕭蕭多古樹樹根積石長青苔應比昔人繫舟處寂寞寒湖自往還關河北望空雲山天浮百粵縈光歇海接三吳霸氣寒吳王城闕幾千載舸艦何年到閩海危檣峻櫓逐飄風今日吳航名尚在江上年年春草新城頭車馬往來頻野鳥不知驚候吏垂楊空自送行人郎官匹馬趨京口吳航渡口飲君酒輕

舟應過闔閭城爲問樓船今在否

賦得龍門渡送林八之京

龍門渡流水行人日來去行人怨别嘆西東流水無心自朝暮君不見江水東流到海深若比離情更深處居人誰柰住龍門朝朝覿别易傷魂夕陽忽見瀛洲草暮雨愁聽西峽猿逢君躍馬趨京闕渡口柳枝爲君折昔時相見不盡歡此日相看空惜别雲山漠漠與悠悠正是龍門落葉秋河上竹枝歌莫發知君故里惜移舟

賦得落木寒泉送陳京進士之京

谷口飛雨散微霜天地寒寒泉與落木一夜滿空山山前驪駒歌未已落木寒泉一夜起萬壑長風吹出來愁聲併入行人耳一路行人聽不窮閩山淅水秣陵東飛流琤琮雜空籟亂葉颯沓兼寒蛩長松高月古溪映靈境真機更清凈野客琴中趣轉深孤僧定裏心偏靜六屏山下憶幽尋褰裳一步一清心白雲對酒看縣瀑落日披書坐遠林于今桂枝在君手笑我支離棄時久況

是臨岐落葉分相思不奈愁離羣山中泉木轉蕭索夜
夜寒聲誰共聞

賦得籌谷飛雲留別滄洲陳隱君

籌峰崢嶸紫翠分千崖萬壑皆白雲宛如朝暮陽臺下
巫山氣色含氛氳有時出岫連烟渚暮樹遮泉不知所
渡海長隨萬里風浮空忽作千山雨蘿遲松門落照寒
孤猿獨鶴共知還巖頭仙客應閒卧溪上幽人時坐看
滄浪别墅依雲島遊子春來看山好回首龍門盡白雲

念此使人歸欲早別路峯前花正飛何年共結白雲期
幾回吟向春天樹惆悵江東日暮時

題臺江别意餞顧存信歸番禺

置酒臺江上悵然傷解攜番禺天萬里矯首南雲低停
舟對君日將暮目送南雲指歸路鄉夢多隨蜃母樓家
林近入扶桑樹滄浪浩蕩杳難期此別重逢又幾時東
去臺江應到海唯因流水寄相思

梅江謠留别梅江諸友

六月登玉京炎蒸欺人不可行側聞梅江水寒冰玉壺只如此梅江之水千丈深人言此水直千金千金未必稱人意我欲愛之清煩襟皆山樵人坐我語相攜尋幽指何許塵心飛度象湖雲水濶天長未言若青眼故人如白鷗招邀待我黃沙頭采秀探奇入靈境上攀龍峰最高頂龍峰絕頂窺蓬瀛登高望遠形神清大江茫茫寫滇漲元氣浩浩無虛盈飛濤一髮雪花白遥山數點琉球青歊帆側柂凌空濶歷亂中流棹歌發居人雲水

弄生涯撒網拋綸到窮髮君不見龍峯山陽五百家龍峯市上半魚蝦儒生不學老農稼青門多種故侯瓜三尺兒童誦詩禮向余亦指長風沙一嚴兵備限荒服百雉孤城鎮海涯孤城殘戍揚威武島人蠻貊竄如鼠清秋幕府偃旌旗白日轅門卧貔虎如此承平百事無江山所以待吾徒賢豪傾倒平生意璚杯綺席來相娛我愛江山對君酌江山笑我辭猿鶴從來心事戀烟霞漸老誰知愧林壑今日向君傾緑尊千觴不斷别離魂臨

岐揮手謝知己飛心騁目瞻天門與為梅江謠醉别梅江去他年此地濯塵纓憶得西城别君處

送鄉人王仲詢之永嘉司訓

楊花飛盡春三月離人思繞楊花雪一車行李發京華千里鄉心指閩越念我辭家一度春春殘愁别故鄉人銜杯祖道惜分手羨子儒冠早致身此行不用傷離索一路雲山引鳴鐸茂苑花邊疋馬遲錢塘月下孤舟泊五月揚帆入四明永嘉百里候文星白面書生向人語

黑頭博士解談經

題畫山水贈別陳希道

青山置眼前秀色可攬結白雲忽飛來相看共怡悅秪疑坐我匡廬間五老芙蓉半明滅嘉樹重林生畫陰清溪流水清我心野橋蘿逕孤筇晚古屋茅簷落照深山中之人希夷子妙年習隱雲山裏秪愛青山不厭貪高卧白雲未應起知我無聲詩趣閒起來長揖指雲山含毫繹思遇知己攢青疊翠須臾閒我欲辭山拂衣去君

還索我相思句留却相思一片心掛向圖中最高樹情亦不可盡言亦徒爾爲惟應看畫長相憶笑指雲山遲後期

遊靈峰寺和王旹山舊遊之作

丁亥六月五日大暑余時將釋服歸朝别藍田諸舊好陳氏伯仲領余來遊此山因覩故人王恭舊遊之作慨想當時之幽致雅集不減山陰而不知一觴一詠罰酒者幾人矣今

余後來衣冠載歌陽春能無繼乎詩成并贅
斯語以記歲月

紫雲炎氣横紫清客行愁作升天行側聞龍龕有絶境
清涼可以清心情招邀結佩賢豪客採秀探奇入靈宅
徑轉香雲静影空溪回定水驚湍寂登高壯觀大海東
扶桑樹色摇空濛蓬萊一勺幾清淺萬劫此地開禪宫
翫景興轉逸騰身凌紫烟上攀香爐最高頂下聞水樂
鳴三天三天諸品同清淨兀坐安禪了真性蛟龍破壁

動心魂應是故人昔題咏故人如今在玉堂雄詞逸翰
生輝光舊遊幾處空陳迹别夢三時繞故鄉而我辭山
笑遲暮暫息塵機得元度支公不遇且銜杯大醉題詩
下山去

題米元暉畫山水卷

米家墨妙稱擅場關李俗狀安可方虎兒雄筆力扛鼎
早有才名繼阿章白雲鴻洞無根樹光溢重瞳接恩遇
尺縑不肯與閑人世上流傳少真趣此圖彷彿海岳菴

得非家學青於藍摩挲不暇辨疑似但見雪山一片如
江南遥岑叠巘含殘雨羣峰重林不知所水接方蓬海
上吳樹浮雲夢天連楚却憶匡廬倚桂舟秖今疑是畫
中遊白髮謬隱金門日清夢長懸碧嶂秋承平公子餘
紈綺脫略高情愛山水重購冥搜喜得之良金美玉徒
為耳襄陽橋梓幾風烟寶晉真源誰復傳嗟予好古笑
流俗幾度含毫愧昔賢

賦得朱雀橋送周惟翰典籍扈從北廵

金陵二月春雪消南出都門天路遥玉虹垂空飲絶岸
朱雀何年横作橋橋邊芳草迷春望橋上風光春駘蕩
流水遥連白鷺洲行人共指烏衣巷千古行人行不休
六月流水至今流中華日月扶神器萬國車書岁帝州
承平海宇歡寧謐萬乘時巡從此出白下門前轉翠華
長干道上傳清蹕玉堂詞客載圖書扈從萬乘駟馬車
行到橋頭應駐轂市人爭看馬相如

賦得三山曉霞送黎慎之歸清江

秣陵諸峯蒼翠重青山削立三芙蓉朝朝丹霞掛絶頂
曄曄紫氣如蟠龍扶桑弄影浮窮髮捧出晴陽照天闕
瑞彩遥連鍾阜雲祥光倒映金川月冪洞蒸林鎖翠微
江山到處含清暉赤城長帶千巖色楚澤曾隨孤鶩飛
有時横空散紋綺白鷺洲前映秋水畫史雙毫點染間
行人匹馬沉吟裏清江才子遠朝天逸興臨岐對惠連
目送三山霞外路玉堂邀我送行篇我憶三山隔閩海
蜃氣尋常吐光怪別來霄漢歲月深夢去烟霞泉石在

復此三山送子行殘霞片片帶離情好將霞彩裁爲錦歸去人看衣晝榮

紫微峰歌送劉大之京

六平西倚大海邊喬柯東與三神連迴崖沓嶂去不息攢青飛翠來眼前紫微秀出霄漢中孤峰巧削金芙蓉幽厓朝光積陰雨暗谷夜氣生長虹傍有翠微高下立雙開文筆出晴空四時仙風長瑶草六月古雪鳴寒松片雲當遮白石澗萬籟吹度珠林鐘登高壯觀大海東

扶桑樹色明方蓬洪濤萬里浩無極奔溪百折來相通
紫微之山人深居紫微裏閒看山色清我心高卧白雲
扶不起昨日凌風頂上行千林樹色帶離情遥見山陽
開祖道交觴共餞劉公榮眷此斗酒别惆悵金陵道人
言帝鄉樂勝似長安好出門西笑江路分三山回望紫
微雲高歌一曲各分手惟有青山長送君

閩中十子詩卷十一

閬中十子詩卷十二

明 袁表
馬熒 編

高待詔集三

五言律詩

寄陳五先輩

春山曾共賞一別又西風岐路非關遠心期恨不同暮
天孤嶂靜秋水夕陽空爲有相思寄雲邊送斷鴻

晚春寄懷林八員外董七侍讀先有遊董巖之期

黃鳥堪求侶青山獨掩扉相思空夜月一别换春衣江樹雲邊出林花雨外稀董巖佳賞地連佩莫相違

題仙山樓觀圖

神仙不可接真境亦應求我有烟霞想心飛秦華秋花源通碧洞松路入丹丘彷彿雲中望參差十二樓

夜泊官塘見新月

落日長川暝孤舟獨客愁若為今夜月不是故園秋片

影懸珠斗微光下玉鈎心期明鏡滿指日大刀頭

送許志學北遊

聞説幽幷北嚴冬雪作花長空無過鴈念子獨辭家朔月迎仙櫂灤雲引客車薊門登覽處顒望憶京華

題可貞王紀善獨秀山房

別構倚雲開孤峯秀色來飛泉侵畫幌空翠落瑤杯名比三珠樹詞傾五吏才况陪銅輦暇賦咏有鄒枚

除夕

臘盡雪初晴春迴促漏聲孤燈親遠客一歲只殘更律候青陽轉年隨白髮生迎新應待旦端珮謁承明

重送許子之巴西

雙鳧新被命萬里遠從官聳說巴西好何愁蜀道難峽猿驚印綬蠻吏識衣冠聖德懷荒服賢勞莫憚煩

題四皓圖

達生無不可世外復人間雲卷逃秦去風期翼漢還功名留碧簡圖畫見蒼顏千載商山下松泉自掩關

閩中十子詩卷十二

閩中十子詩卷十三

明 袁表 馬熒 編

高待詔集四

七言律詩

擬岑補闕參奉和早朝大明宫之作

明光漏盡曉寒催長樂疎鐘度鳳臺月隱禁城雙闕迥雲迎仙仗九重開旌旗半掩天河落閶闔平分曙色來

朝罷珮聲花外轉回看佳氣滿蓬萊

擬高常侍適送王李二少府貶衡巫

曉鐘寥亮鴈聲哀候館鳴雞曙色催兩地送君雙別淚西風駐馬共銜杯巴山落月啼猿斷楚水孤帆片雨來莫怨異鄉成久隔漢庭還憶賈生才

九日同鄭二逸人董七侍讀林一秀才雨中宴集朱聘君碧潭軒以微雨潭上來分得微字

微霜昨夜塞鴻飛雨裏逢君未授衣華館把杯仙菊潤

青山對面故人稀泉飛百道溪聲遠風度重林酒氣微
明日相逢乘霽景登臨不用怨斜暉

送林膳部歸冶城

龍門雨裏識君時醉度殘春又別離芳草滿衣愁對酒
青山倚棹共題詩晴川樹外孤城出野館花邊匹馬遲
歸去釣龍臺上月好憑南鴈寄相思

送秀上人遠遊

一鐙初別祖師禪孤月寒雲思渺然飛錫却從紅日外

浮杯還度白鷗前尋鐘野寺經殘雪乞食春城向暮天

我有采真秋興逸相期何處聽寒泉

寄林七膳部兼呈林懷之廣文

無諸臺下葉初黄客裏相逢值早霜秋館醉看仙菊滿禪房坐識雨花香别來塞鴈江雲隔夢去青山海路長白髮廣文憑問訊門生還有幾升堂

酬林一和閒齋見懷之作

東山遥夜鴈歸聲兩地相思舊感生芳草白雲無那别

春風黄鳥若爲情雙溪日下鷗波靜獨樹原頭獵火明
誰道離居成寂寞好文地主久知名

得鄭二宣海南手札

番禺天外古交州念子南行戀舊遊故國又經花落後
遠書翻寄鴈來秋梅邊野飯逢人少海上青山對客愁
爲報羅浮雲影道早隨明月引歸舟

奉和王檢討偁元日早朝

嚴城初啟漏聲殘閶闔平分曙色闌一葉仙蓂迎淑氣

九重宫樹却春寒天近蓬萊瞻日月風回環佩綴鵷鸞
共贗舜歷三陽泰長奉堯尊萬歲懽

奉和梁與籍用行春日禁中對雪之作

青春瑞雪滿瀛洲紫禁恩光湛欲流飛絮亂隨仙仗舞
凝華高映衮衣浮宫中一夕皆瓊樹天上何年盡玉樓
况有詞臣能賦咏陽春此曲更難酬

送釋玉林領僧綱歸州

春風飛錫上瑶京歷境真機去住情雙樹別來金刹遠

中峯歸去紫衣榮新承一命沾殊渥還領羣僧坐化城我欲舊山尋社侶溪頭應見遠公迎

送雪峯僧龍淵歸三山

新持半偈出青蓮孤鶴閒雲思渺然金錫來承天漢語紫衣歸坐雪峯禪尋鐘野寺殘山外漱齒寒流落照邊行至東林休結社松枝已偃舊房前

送政上人遊京師

笻山講罷别人天獨鶴遊雲思渺然飛錫欲凌霄漢上

浮杯還度海鷗前白門花落香時夢紫禁鐘殘靜夜禪
解紱自期歸去晚相從何處聽寒泉

賦得揚子江送别林崇信文學之温陵

天塹何年擘巨鼇地分南北限波濤雲浮絶島金山出
潮撼孤城鐵甕高往事幾迴人世换東流千里客行勞
龍河落日空洲樹送子離心正鬱陶

送陳伯偉姪健歸三山

驪歌拂曙送殘鐘白下離尊醉仲容别路還尋楓嶺去

何時復向竹林逢舟迎雙劒潭前月門對三山石上松
到日定應懷老阮家書欲寄意千重

秋夜枉鄭二隱君溪上人過訪

故人别後嘆淒其遥夜空山慰所思黄菊喜逢高士醉
白雲似與野僧期明河一鴈飛霜早落日孤城下漏遲
談笑只愁天易曙行雲流水又分離

閩中十子詩卷十三

閩中十子詩卷十四

明　袁表　馬熒　編

高待詔集五

七言絶句

春暮寄林一和

雨裏春衣惜解攜出門愁見草萋萋憶君只在星溪月無那青山杜宇啼

溪上别馮一嶼

出門紅葉滿清溪君向東湖我向西今夜青山明月在相思兩地聽猿啼

江亭别

春江湛湛白鷗波一曲陽關為爾歌莫向尊前惜沉醉青山長在别離多

早鴈

凉霜八月塞天寒飛度衡陽楚水寛少婦樓頭初捲瑟

一行先向夕陽看

林真士畫

楚雲天外數峯青春水桃花滿洞庭落日樓臺明鏡裏
欲停瑤瑟候湘靈

江上扁舟圖為林維德賦

扁舟一葉楚天寒遠樹空江野照殘憶得湘潭歸棹晚
千峯倒影鏡中看

題界畫臺閣

帝子鳴鑾去不還朱簾空捲對西山詞華零落三珠樹秋水長天秪自閒

其二

銅雀高樓借日懸姑蘇舞榭入雲烟繁華一落金屛影半是吳山鄴水邊

題胡人罷獵圖

雪淨沙塲獵騎歸觧鞍相對語寒暉左賢又獵天山道正是天山雪片飛

題瘦馬

一自天閑謝六飛霜毛蕭颯力行微圉官獨立休惆悵
明歲秋風苜蓿肥

題夏景

空翠凝雲濕未乾草堂相對正臨湍溪頭昨夜添新雨
百道泉聲作夏寒

題秋景

踈林遠岫帶烟霏積水長天兮翠微何處寒聲隨落葉

一行新鴈向南飛

題赤壁圖

赤壁江山幾度秋畫圖猶見舊時遊秪今惟有東山月
夜夜清光照客舟

總校官候補中允臣王燕緒
校對官編修臣蔡廷衡
謄録監生臣趙　燠

明·袁表 馬熒 編

閩中十子詩

（二）

中國書店

詳校官編修臣周瓊

欽定四庫全書

閩中十子詩卷十五

明 袁表

馬熒 編

王典籍集一

五言古詩

舟經彭蠡

揚帆過彭蠡遠見匡廬色瀑布天上來芙蓉望中碧東林鐘磬遠沽酒潯陽夕楓樹忽鳴猿凄然念鄉國

題諸葛孔明像

炎祚倏云季諸侯騁雄圖棲棲劉豫州三顧何勤渠漢賊不兩立一心抱區區臨崩寄大事忠憤常鬱紆鞠躬乃盡瘁賢哉此丈夫

釣臺懷古

新室篡炎祚中興復輿圖故人即軒冕先生獨樵漁一出盡交態拂袖歸桐廬豈唯黃綺輩得與巢由俱我來訪遺跡高臺倚荒蕪灑酒酹千古悲風起天隅

銅雀妓

朝上銅雀臺夕弄管絃哀灑酒望陵樹悲風千里回飛
縵絓青漢舞袖空徘徊君王不可見玉座成蒼苔

塞下曲 二首

橫行羽林兒生小邯鄲裏出塞入塞時顧勳寧顧死去
年戰桑乾今年戰樓蘭馬上擒突厥帳下降可汗誰知
百餘戰封侯竟艱難
登埤望烽火落日烟塵紫百戰久不歸空閨淚如水漢

兵十萬餘盡沒長城死城下有精靈啾啾月明裏

明妃曲

行行出塞門飲血思長安窮廬凍不暖雪飛邊草乾漢國空外歿塞月鏡中寒金鐺煑羊酪强接單于懽夜半鴈聲急琵琶哀自彈

秋胡妻

河洲美王雎所託有深意委身事良人誓死終不二君行赴陳汝妾獨深閨裏采采陌上桑翩翩路傍騎黄金

是何物視之若泥滓日夕采桑還行人已歸止入門拜高堂適來狂馳子相顧默無言懷慚復何已羞與斯人俱將身赴河水

妾薄命

妾家叢臺下花顏耀青春嫁得金吾壻飄飄事邊塵昨聞羽書至陣歿交河濱戰馬委沙磧兵符屬他人念此每欲死淋浪淚沾巾羅襦爲君解瑤瑟不復陳始信古人言容華多誤身

遊天台國清寺

飛步赤城標連峰積空翠杳靄蔥蒨間千秋隱靈異石橋孤鳥外香界清暉裏羣壑潛歸雲遥林引寒吹遂造豐干廬垂蘿覆溪外真僧五百人了了西來意願此學無生超然謝塵滓

尋清冷臺訪洽上人

端居在人境久沒塵壤中探奇不憚遠於焉得佳逢石恠互森列臺高絓虛空林端宿雲去竹外微逕通岩壑

深杳靄天花雨蒙茸洽師禪門秀戒臈同古松說法超上乘苦心歸妙宗予慚善根淺迷方莫能從暫此松下石聊踈浮世蹤

秋塘曲

妾家住寒塘夫壻平原客白馬五陵遊空閨斷行跡憶昨别君時蒲生栁條碧及此君不歸登壚感秋色

悼隣婦

入江水有魚采山林有木栖栖東隣孀悲涼守空屋年

荒鬻釵釧服食恒不足雖有膝下兒身爲富人僕浮生
幾何時奄忽風中燭一旦壽命終蕭條但床蓐骨肉已
不收親情復誰哭徒然束縛去瘞彼沙岡麓爲問里中
豪疇能問窮獨姬文昔埋骴千載耀芳躅

擬古

明月照我室攬衣起中堂北風卷帷幔羅襪微有霜崇
蘭委芳質寒螿啼近床平生所親者宛在天一方相思
無由理況此寒夜長單居易爲感不覺涕沾裳

暮秋過陳氏園林

幽人棲隱處苔逕連深曲秋至垂橘黄霜清大梨熟方池汎天影可以澄心目飲水共忘形何須徇榮禄

舟次鐔津

木落川氣凉鴻飛水容夕微燈射遠沙夜榜隣幽石月色棲處寒霜花生來白遥見九華峰蒼蒼但難辟

書上方方壺醉墨山水

林下多白雲溪日繞水木長嘯鷺鶴羣翛然在空谷悠

悠山色閑浩浩波光綠寄醉墨壺中唯應道機熟

與同志汎舟得淨字

登矑發清嘯落日鏡湖淨微月波上澄歸雲鳥邊迥水木生夏涼孤崖破陰暝矧兹簪珮同復此滄洲興中夜棹歌還遥峰響烟磬

秋日山行

清秋發佳興著屐窮翠微鳥度黄葉澗猿啼白雲扉野寺隱孤磬遥峯當夕暉浮雲淡空宇石瀨清心機緬懷

蘇門嘯傲拂林中衣長歌望薜蘿思與塵世違

獨酌言懷

林居絶輪鞅獨酌形亦忘百年會衰朽一室任荒涼寤寐友千古游心見羲皇所以陶潛翁頽然卧柴桑

九月一日過崇信蘭若

荒山響清梵竟日無行跡釋子支遁流相逢澹空寂雲歸天際閑鳥度林中夕境淨秋色多心遠羣機息妙契兩忘言微鐘出蘿薜

送林漢孟遊温陵

月出螺渚寒扁舟水容夕獨樹起鳴猿遥山帶行客清源鐘磬音金粟烟蘿碧高唱人莫酧探幽向禪寂

送別

雞鳴海氣白驅馬臨長陌遠樹帶鳴蟬孤城對行客遂累我蕭然萍流子何適相送獨銷魂青山澹寒色

仲秋送人之塞上

河洲始鳴鴈白露沾我衣念子背鄉國秋風度金微舉

頭見黃葉倏忽四散飛如彼遠遊子飄泊何當歸人生無百年會面安可稀行當慎霜霰皓首以為期

雨中懷瓢所

積雨抱幽獨齋舍何寥寥緬懷博陵子隱處唯一瓢濯足雙澗深行歌七岩遥如何在城市巾舄生塵囂蕙日已萎松花日已凋相思不可見夢落寒江潮

夏日過憩天王寺

炎暑不可度端居日方永同袍四五人共愛山中靜飛

閣軼氛埃叢林逗蘿逕潭靜熱已秋竹深午猶暝初沿雙溪轉稍人空中境婉婉林鳥聲悠悠野僧定平生好幽玩盡日愜佳興山水發清機風泉澹初性日夕徐徐歸雲間響孤磬

經友人故宅

策馬孤城下經過淚盈襟閑門絓蠨蛸井竈莓苔深念彼泉下人悽然沓難尋蕭條故籬菊識我平生心攬轡向前路徘徊出寒林誰知山陽笛惻愴猶至今

送别陳平叔歸黄山

置酒鴈峰上酣歌豁沖襟臨觴不盡醉何以慰我心望望遥天雲蒼蒼遠州樹落日波上風残鐘烏邊嶼此别雖未遠重來復何時論交愧知已握手翻成悲君卧黄山雲我弄滄洲月雲月兩悠悠相思坐超忽

連川醫者許得明悠然樓

樓居結遐想高超世人羣冥栖寄寥廓心遠遥天雲恬目見歸鳥夕嵐浮氤氛清暉曠無際攬之不盈分緬懷

沉蛟井金繩閟苔紋靈貺亘千古英聲耀前聞以言岐黃秘稽首長桑君毋令上池水獨涴靈臺焚

題松陵吳文剛長春軒

習隱向微道了然玄牝門口含金鵝蕋身寄桃花源結宇閟青陽寒林變氛氳逍遙太和際發生靈臺根結想夢岐伯飛聲繼軒轅希君黃芽秘永矣駐精魂

清江散人寫林孔逸寫前林過雨圖

清川帶長林雨後宜水木澹淹天影寒孤光霽人目歸

雲澹空青虛窓響懸瀑日夕山氣佳心閑道機熟烟際下遥鐘西岩數峰綠

寒夜宴集陳柮脩西軒

飛霰夜虛集寒飈鳴近林感君玉壺酒微昏忽盈襟中庖出豐膳劇飲成謳吟賓言無多酌主稱宜再斟人生亦奚為所願長盍簪何必候離閒臨風想徽音顧慙悠悠者辱此惠愛深窮匱不能答嘿嘿以銘心

書懷寄所知

孟冬天氣肅北風何淒凉引領望江介凝霜沾我裳非無越鄉感別久以為常終懷首邱念欲往川無梁越鳥辭舊林燕禽正南翔清川去悠悠離心日已長盛年不再至玄髩忽已霜駕言適皇邑遠結金與張片言不合意東還守空堂因書訴知己悵悵中自傷

題郭熙水墨為陳滄洲作

飛流積天鏡勝寄來花源尋林烟露晩掃石泉離偏瑩神庶遺境歷寂焉累煩身與鳥共遠興將雲獨還以來

滄洲侶永矣洗心言

題林彬家畫

谷口翠微路深溪明藥叢宴林侯巾舄卷幔來羣峰心遠魚鳥狎跡幽猿鹿同行當復揮掉杳靄東林鐘

送鄭上舍縉省親之朔州

解薛受圭組分符撫黎甿何意五馬榮翻恩請長纓持法在權貴皇仁無此情狂歌夷門道感激誰爲平驅車在宛洛悠悠念徂征恒山鬱空翠晉水空流聲部曲不

相讓嫖姚豈知名爾去且勿嘆寧親何邊營何必兒女
别臨岐淚縱横

送新寧簿丹徒鐳公之天官

翩翩瑶臺鳳鳴聲何喈喈本期金琅玕整爾栖棘叢誰
云小千室守道隨汚隆三考未遷秩一官恒屢空兹晨
復辭滿祖道嘶華驄驛舫蕩支雨江郵榕葉風輶軒上
京口坐聽金陵鐘到家未幾日謁帝明光宫余亦彈冠
者何由托冥鴻

九日宴集盤石得諸字

商飈號大野蕭索如孟諸落日送飛鴻千岩寒木疎置酒登嘯臺雲蘿極空虛酣歌醉僊菊列坐飄長裾身寄猿鳥外神遊元化初飛聲瑶池鳳遠致麻姑書遥海上孤月寒潮帶歸魚天空百泉響獨鶴哀有餘不見松栢路蒼蒼閉玄廬誰知委運去千載隨荒墟且復酌美酒揮刀膾雙魚人生非喬松不飲當何如

歲宴别施伯子還冶城塄館

沂泗不可極河汾亦悠悠真源了無跡誰知遡其流爱爾尚苦節擔簦適來遊披荒得微路稍見窺靑修爾家新寧野墅來往治城秋夜雨夢墈館殘燈憶家樓臈日湖上别北風吹布裘寒山對緑酒大雪飄行舟我有跌宕懷翻然積離憂臨岐嘆孤鳳去去鳴丹邱

寄新寧林伯堅秀才

三峯過殘雨獨樹冥返照烏外尋片雲霞邊發孤笑若人滄浪心掛席凌海嶠白社偶香緣清江隱漁釣

緬懷中林期負我蘇門嘯縈賤非所知君其可同調

贈德成岩道者

巢居迥無跡浮人豈知名振文擬霞采孤坐白雲英神閑了遺境欲澹將寡營摽枝與野鹿邈然兩忘形適來本何期倏别寧鍾情長嘯忽歸去啾啾鸞鶴聲

又

岩栖帶靈境寥寥布金園䆗然足音少所遇麋與猿幷竈白雲裏枕席莓苔痕懸燈夢石榻蝙蝠飛前軒腹中

楞伽經心解口不言衆方委塵刧此獨求真源笋笠掛絶壁卷衣弄潺湲夜半月出山泉蘿四垂門了然忘天地獨與靜者論

題閩清林叔梅林畊隠卷

結宇隠空翠耦耕梅花林羣嶺寄孤鳥衆溪澄一心春至覘泉脈遥遥西頂岑黄緣片雲上杳靄窮源深潭雨颯已至虹蜺生胸襟翩翩洪厓子采藥青蘿陰手持若木杖笑拂邱中琴以言得仙道豈必服黄金言既忽飛

去諸峯龍夜吟榛篁閟秋影石洞聞幽音翹首望不及蒼然何處尋還歸理吾稼寧用競華簪

夢遊武夷吳十董大容建上

夕發紫霞想神遊紫霞峯迴飇汎輕棹九曲青芙蓉不見武夷君幽溪但濛濛九函閟仙蛻千載如花紅白鹿行不返丹樓烟靄中羽士尚控鶴真人猶豢龍相攜三姑石眺晩聞霜鐘毛竹隱初月天鷄鳴萬松夤緣金梯上叟歷千數重雙壁忽中斷亂氳垂蘗叢平鋪亘百里

曠遠諧心胸居人半鷄犬鼎竈并房櫳雲衣卷山罽石床疑鬼工洞中兩神女瑩色桃華容一笑粲玉齒再言情已通願留就金液果然愜奇逢愁君乏仙骨茲去迷靈蹤

題馮公夙家藏方壺神嶽瓊林圖

吾愛方壺子翩翩列仙流嘯津結龍虎逍遥與天遊看時發仙祕戲掃瓊林秋超然粉墨外坐使真宰愁茲峯表神嶽漫漫元氣浮祥飈轉琪樹蕭颯珊瑚鈎元鳳

隱朝景三花媚靈湫伐毛紫霞裏濯足泉蘺幽黄金變
緣髓千歳栖蓬邱世人哂丹汞飯稻甘蜉蝣披圖有遐
想其將方外求

林思器席上燕别高漫士得思字

月出東大堤含輝正流麗同心以綢繆何乃生離異置
酒登高臺臺中筦絃思臨觴不能御悵悵心已醉憶昔
俱少年眷言不相棄及兹别離時衰境倏已至念君遠
行遊嚴駕越淮泗阿閣入雲中皇居儼迢遞京邑多故

人誰爲顧微細恨無晨風翰隨君發遐裔浮雲東南翔夕景忽西逝安能守窮賤皓首以遺世

題林漢孟瓢所

東林富猿鹿下有靜者廬四壁無長物一瓢常晏如青蘿覆虛牖落葉紛前除初疑許由室終類顏子居飯糗常自樂飲泉非顧餘雙澗時浣衣七巖閒著書何須洗雙耳始與塵事疎

贈周谷泰超召天京

王風變諸夏光嶽生才彥遂令布衣臣鄭起皆纓弁馬卿寧久微宵戚豈長賤扈從甘泉宮承恩未央殿金陵欝龍虎佳氣浮蔥蒨天子坐明堂羣公牧州縣奇君倜儻懷而無故鄉戀恥學兒女仁含悽別親串綠水暎行輈青山對華餞茲去復何辭皇情有深眷

方壺漁隱圖

滄波深不極孤棹獨容與白髮尚漁竿何心戀珪組脩然水木興浩蕩沙鷗侶回首莓苔峯蒼茫夜來雨

題鄭氏家藏古畫

涼雨靜氛壒孤雲結層陰飛流激荒澗嘉木澄幽林鳥啼谷中靜人間川上心誰爲後來者當期此投簪

題山水小景二首

習靜喜還山山水趣方永灌木澄幽陰風泉濶華頂清聽空外遥吾心坐來醒

空山落葉時渡口潮初長遠樹帶虚亭閑雲齊孤舫古路令人行浮生幾回往

書問耕堂

龐公喻鎦表仲尼小樊遲爲學貴自廣遺安亮無危若人隱耕稼取樂寧在茲用舍隨所遇榮賤心弗移閉門面場圃開軒矚清池棕葉覆我牖籐花垂我衣方春始微雨薄言往東菑田叟既相勉耰種恒及時稻苗日已長稂莠日已稀遠心易無悶悟物兼忘疲雖云體力倦斗酒聊自貽伐檀風有戒素飡良可識豈不羨微祿知命復奚疑

次韻奉酬鄭助教

涼雨淨炎燠微風松下來眷言青雲客晼晚滄洲懐翰墨冠時輩風流傾衆才高情表千仞逸足凌三台既欣簪佩狎復與緇錫諧清言方屢接又恐心期乖短褐遂漁釣衡門翳蒿萊寧知枉高駕酌我林中盃盡醉無復辭俱忘形與骸

書金碧山水

羣峯絢金碧積水澄天鏡灌木生夏涼孤雲破朝暝波

深魚鳥同地遠衣冠勝意愜遂忘機神閑庶遺境擾擾
塵坌中吾將弄烟艇

書林良箴雲山幽隱圖

滄江湛迴流野樹帶遠色白雲東山來適與幽興集靜
撫邛中琴時散林下帙余亦淡蕩人相期此投跡

爲林中州題山水小景

離居雜塵想久別山水深兹然愜清玩復得諧夙心積
雨川上霽蕭蕭楓樹林空翠灑飛閣孤雲閑遠岑若人

此真隱緗帙與瑶琴悵望獨不見空期鸞鳳音

書高謾士爲陳容齋作山水圖

落景逗秋思深潭澄夕氣金梯拂蘿月峇泉鏡中閟但覺靈境幽都無浮世紛白鹿知我閑呦呦清溪濆焚香鬼谷瞑輟棹花源分瑩神寫氷絃石床夢氤氲而我烟霞侶今隨鸞鶴羣唯餘瑶華音山水同清氛華頂何寥寥我行多白雲長歌採三秀不堪持寄君

題畫二首

三十臥雲壑長吟招隱篇梯巖結幽構鑿石開山田時
往翠微峯捫蘿拂青天脫巾掛脩竹酌酒揮五絃別來
如蓬轉茲賞竟茫然白首竟垂釣蕭條東海壖徒有鸞
鶴心終無黃綺緣今晨展圖畫因以思林泉何時還舊
隱遂買秋江船
鶡冠飯雕胡分與時人淺道存心自玄豈必泉蘿遠綠
水淨鳴琴空林對虛館山中春桂枝倏爾飛霜滿寄語
青雲人投簪事應晚

題林景時水墨山水

向壁見空翠滿堂烟靄生都無粉墨姿但覺泉籟聲羨爾印中賞沿源結幽盟闚尋天窻外嘆佛青蘿行身與雲共遠心將猿獨清予亦淡蕩人因之謝浮名願飡金鵝蓋飛步窺蓬瀛

書周造士扇頭

極浦澹野姿遥峯寫脩眉清暉襲房櫳緗帙生華滋嘉爾日在泮還山仍下帷唯應結幽興與我琴心期

贈别陳少尹思孝服闋之天官

晨登無諸臺南望冶城闕垂楊夾衢路一日幾人别行人惡離别僕御愁不發斯須竟參辰况迺千里訣行人難久留結駟登瀛洲連宫出閶闔上有佳氣浮鳷鵲麗飛觀銅龍起高樓結託盡中貴經過皆列侯侯家連戚里日夕歌鐘起金貂錫元勲赤舄何几几宦遊良不惡冠蓋相縈絡誰懷長卿貧沉痾守藜藿

初秋同叔發彦時遊崇山蘭若

習靜厭紛擾幽尋給孤園脩然香林下似得桃花源一鳥落天鏡千花秀禪門紛吾道機淺謬接甘露言月色隱秋思荷香清夜魂終希偶緇錫永矣超塵喧

爲醉樵書水墨扇頭

入山不辭遙愛此泉蘿僻悠然與心期孤雲澹而白谷神養元札應寂了空色思與靜者諧投蹤寄苔石

題高漫士山水圖

山䆒雨新霽孤雲濕猶飛嵐嶺隱空翠石林閑清暉時

與同心人逍遥愛荆扉都無浮世累共我飯蕨薇日夕笑分去微風拂蘿衣

虛白子水墨圖爲陳思孝題

開圖見嵩少妙趣忽已領濛濛花源陰窈窕多靈境石洞閟苔紋天囪逗雲影迎秋鷊冠凉先雪荷衣冷長夜何所聞龍鳴在西頂

書陳思孟家藏古畫二幅

勝寄結幽夢遠林適𠂢尋澹然花源裏杳藹雲木深胸

次不礙物但聞邱中琴唯應棄瓢者永言諧夙心

又

絶壁淩仙梯連峯出孤鳥天虚靈籟寒月隱泉蘿曉長嘯入蘇門翛然足音少

賦得雲溪别棹送憲從事赴京師

手折臺上栢送君天外心雲飛隔溪水望望隔層岑仙棹去俄頃滄波杳難尋行將拂霄漢發軔當在今我有千古懷寄情江海深别離貴有贐愧無雙南金

題劉炷家藏畫

秦人避囂處雞犬桃花林水石隱天鏡泉蘿閒夜琴紛吾厭氛壒欲往路彌深永懐蘇門嘯邈然塵外尋

書水墨圖

嵐嶺閟幽構清暉長在門閑尋鬼谷隱杳靄迷仙深灌木遞葱蒨飛蘿垂可捫豁然心境異邈爾朝市喧晉際坐亭午微飈散氤氳迴潭浣予衣戴芳佩蘭蓀綠水深見底澄明瑩心魂孤雲石上起與爾俱無言

題高廷禮爲陳拙脩繪滄洲隱

我昔放仙島夢神東海濱行歌小山桂遂偶滄洲人結交龍門子招邀浮邱生都無簪冕繫而有山水情浮邱遂銅華龍門登玉堂皤然滄洲隱與我唫滄浪有時獵羣書宛在竹深處境靜不遑眠中宵啓前户龍門惜睽離故寫無聲詩别後見雲樹相思但悽其

偶書醉樵扇頭

幽谷夜來雨遥岑積鮮雲山光與潭影清暉并在君佳

期發琴興念爾鷺鶴羣何爲解蘿薜悵然坐離分

游竹林深處因贈拙歸居士

深林霽初靄氤氲逗蘿逕煩熇遍朱火愛此山中静拂石雲共眠横琴鳥皆聽神閑境自玄物澹心逾迴超然維摩居水月初見性行苦人未歸岩棲獨清淨

建安王彦真蓄墨竹道遇新寧林彦時寫歲寒烟雨爲别索余就題其上

黄鶴久爲别蒼茫雲海涯青鸞爾何来婉孌湘山期烟

雨變叢色虛心獨華滋於焉晩節勁豈逐春華萎二十五清絃一絃一悽其鸞鶩復分去鶴怨仍傷離縱使鸞鶴悲終歸集瑶池梧樹秋不實天霜落寒威誰能慰孤鳳日夕恒苦飢緘情寄幽夢憶君蒼筤枝

題畫扇面

山空水雲淨月出洲渚白寒葦杭幽風孤蓬逗秋色垂綸久忘魚擊汰非干澤終愧坐磻溪皓首釣人國

送陳和中赴召

河洲發仙舸明日過鐔津云是金臺客西遊謁紫宸鄕酒白玉壺送行多親賓酣歌供帳下策馬長江濵越水碧到海楚山青入閩揮手謝余去遥遥逋車塵二月金陵道千花白門春皇居九天上簪紱羅羣臣飄飄雙鳳侶追隨五龍賓日夕飯琅玕毋爲凡鳥嗔兹行必特達飛書報鄕人

餞林一鉴貟譴赴京師

澤國嗷春鴈風花送離筵揮觴念行子驅車發閩川秉

筆事藩府辭家已三年何知治長繫徒使尼父憐翹首白雲罔合悽鶺鴒篇回林顧天屬遠道同周旋白壁非不貴精誠合其天明當抵京邑秦臺鏡高懸含恩沐春露發興歸秋田故里足禾黍西崖好林泉選幽拂霞坐尋雲謁金仙閑來結吟社墅劄寮中緣

雨夜舟中作

落日浮洞庭宵分逗烟舸側聞巴陵鐘遥愛君山火片雨潭上來凉聲滿高卧龍鳴秋籟寒蛟泣靈珠隨瑶瑟

何悽其蒼梧曉來過誰能問重華空鼓瀟湘柂

哭滄洲陳景明處士

盥櫛中夜起悲謌淚盈襟銜哀思明哲徒有不死心昔

來論久要落落襟期妙當以古人求令人少同調君家

足文獻勝事令人羡脱畧遠膏腴追隨狎貧賤出入戀

同聲去留無吝情爭聞柳下風競播栗里名平生愛精

獵著作多盈篋晨抄不輟手夕誦未交睫客來即命觴

謔浪如踈狂醉後又分詠敏捷皆成章有時忽得句夜

半扣予户開門見月明相邀到天曙心跡兩悠悠功名
無所求共吟蕭寺雨同醉鏡湖秋長懷武夷趣欲往嗟
遲暮終羨子長遊空憐向平去我本東西人移家託芳
隣綈袍意所戀尊酒情益親銘鐫向心骨倏爾驚存殁
開篋見遺書迸然涕俱出憶昨登洪山徘徊蒼翠間俛
仰遽云殁玄廬竟掩關吞聲不能道感激滄洲皓悵望
無還期滄洲長春草

閩中十子詩卷十六

明　袁表　馬熒　編

王典籍集二

七言古詩

夷門懷古

策馬夷門道蕭條愁殺人魏王公子不復見大梁宮殿隨灰塵七雄戈劍紛相擊秦兵已在邯鄲陌晉鄙難迴

朱亥椎如姬早中侯嬴策春去秋来百草青古城落日煙塵生眼前不見抱關者世上空傳俠客名秋天摇落多愁思信陵原頭木應死誰見豪門愛士時唯有東流汴河水

隋堤柳

君不見長堤柳何嫋娜廣陵二月三月時兩堤人看青絲𩎟憶昔繁華大業秋此地曾經繫纜舟鶯聲忽起黎陽變風光不駐江都遊千年往事東流去柳色依依舊

行路傷心不必嘆銷沉回首唐陵幾株樹

羽林少年行

生少事嫖姚出身羽林子力戰三邊豈顧身報讎千里曾輕死相看雪刃氣如虹白日橫行都市中鳴鞭走馬入州縣紛紛郎吏爭趨風自言家住邯鄲陌出入金門侍君側門靑不數五侯賓醉裏常輕二千石日晚長楸校獵歸可憐人馬生光輝自矜恩寵常如此大笑傍人終布衣

賦得函谷關送人入秦

岧岧函谷關北壯秦山路關門今古幾人行荆棘荒凉惟古樹君不見伯陽迢遞西入邊騎得青牛去不還田文愛材客滿座鷄鳴狗吠今茫然秋風黃葉重關下金鎻平明出車馬男兒獨數棄繻人隱士曾聞抱關者君去西遊幾日歸五侯七貴相追隨歸時爲問關城吏莫笑行人終布衣

謾歌

飲君玉壺酒聽我擊劍歌孝王賓客久寂寞梁園修竹
令如何五陵年少無知己膠漆陳雷更誰是昨日青雲
四五人棄我悠悠一盃水錦袍白馬何匆匆當街上馬
生春風並轡朝迴雙闕下看花醉倒五陵東他人逐勢
争先後佇立道傍齊拜手君不見張良韓信貧流落江
湖聊寄身一朝恩寵賜顔色豈得長爲飄泊人

古從軍行

少小事嫖姚辛苦煙塵裏力盡三邊竟未歸身經百戰

常輕死古戍蒼蒼絕塞邊黃沙白草暗祈連將軍金印不得佩麾下鋏衣今已穿往來陰磧狼山下破訥峯南戰初罷走馬交河雪下時洗兵瀚海鴻飛夜戰骨蕭條翳草根邊烽寂寞照營門只知邊將封侯貴不見沙場愁斷魂

書鄭伯固冷齋卷

肉食厭藜藿貂衣哂逢掖朝醉邯鄲春莫宿平原宅香街白馬動行軒羨君讀書長閉門華堂綺席仍擊鐘

羨君一瓢常屢空石崇舍下金如土田蚡門前客無數
君將富貴等浮雲却向人間獨辛苦高齋卷幔對青山
曲几殘尊野菜盤簾前水鳥將心遠燈下松霜落夢寒
幾年在泮閑搔首祿米何曾足沽酒弟子頻分出守符
故人已結朝天綬他時青紫繫黃金莫負悠悠衆憲

溫陵留別陳四博士

軍城臘月桐葉飛北風蕭蕭吹客衣旅館狂歌轉蕭索
故園長望空依微泉姬酒幔春還早那似繁華舊時好

五陵白馬盡浮雲甲第朱門共秋草憐君十載教温陵
不向青雲嘆未能堂下諸生揖胡瑗海内賢豪趨李膺
往來京國知名久健筆雄詞世稀有草聖曾驚御史驄
風流每醉將軍酒他鄉生計近何如桐下蕭條楊子居
夜雨長愁舊國梆秋風忽憶故江魚嘆子飄泊紅塵裏
相識惟君最知已問我年來只布衣念我家貧尚如此
悠悠萍水各東西也似飛鴻踏雪泥百年心事難傾寫
千里雲山又解攜迢迢金粟清源洞野鳥山花日迎送

別後清猿夜夜聲知君空有相思夢

故人陳孟敷董教三衢適以事歸未幾亟還竟

弗獲面使人怏怏故有是作

朝濟越江帆莫投治城郭寒日衣上殘微霜草頭落城

南種柳春復春幾度經過憶故人故人得官未得意青

袍束帶聊褱身蕭條客舍三衢褱一片柯山對烏几得

錢便買浙江魚渾家且食公田米忽聞君來喜不定幾

日狂歌候蘿徑斗酒空餘別後期扁舟秪是山陰興如

何歸騎太匆匆冠蓋紛紛祖餞同嗟予參差忽不見悵望青天飛塞鴻

題閩士倪生渠陽軍中春暉堂卷

倪生倜儻人眼白天下士腹中千卷人豈知未肯低頭拾青紫如何孤劍獨從軍迢遞鄉山隔楚雲鴻鴈聲中空弔影鶺鴒原上嘆離羣故園夢遠心常到惆悵庭幃日應老落羽偏憐反哺烏春暉倍憶忘憂草春暉煜煜照營門遊子時時念母恩白雲幾度頻回首邊月何人

不斷魂荒城古戍無州縣瘴水蠻烟雜霜霰相逢俱是
五溪兒寄書不到三秋燕昨夜寧親賦獨還西風殘葉
穆陵關衣霑彭蠡湖邊雨路指無諸郭裏山君家更在
羅江浦丹荔花香酒如乳菽水重歡膝下情風沙不記
軍中苦匆匆又說別家林衣上仍縫慈母針時平邊塞
無烽火知爾長懸愛日心

題水墨小景

江城何人夜吹笛零落梅花曉無跡仙嶠蒼茫隔海青

人烟寂歷連秋色何處征帆天際歸夕陽楓樹鳥邊微
磯頭亦有垂綸者甘向滄浪老布衣

歌行送別林良箴

拔劍擊銅斗醉作遊子歌涼風蕭蕭墮梧葉清猿嫋嫋
啼緑蘿羡君爲人好風采誰那襟期隔山海握手頻分
兩地愁卜隣空費千金買臣蕭條主父貧布褐羹藜
多苦辛我今與子俱未達蹭蹬豈若尋常人伯勞東飛
燕西去斗酒相懽別岐路座上同聲歌送君杜陵野客

心偏苦雙溪竹嶼入雲林君去攜書更抱琴近聞下榻多賢者若箇交遊情最深

題洞雲耕隱卷

悠悠江上雲落落洞中叟老大還耕谷口田風流亦種柴桑栁蕭散孤雲野鳥邊夕陽門巷桔槔懸秋風落葉黃花酒盤石垂蘿白日眠曉籬野菜迎霜綠晚飯山廚旋春穀羞逐隣翁日敗繒懶隨年少時干禄門前春雨泥復深辛苦由來不愧心鹿門向在雲深處鐳耒殷勤

那得尋

浮峯歌送造士陳以義貢京師

海上迢迢江水東江心絕巘青芙蓉橫空積靄幾千丈
綠蘿嫋嫋花濛濛深沉玉鏡浮仙島黛色青青不堪掃
芳草磯頭望欲流夕陽渡口看還好翠壁紅泉高際天
閑雲古木相連延嵐煙瀑雨猿聲裏僧舍人家鳥道邊
仙舟江山何瀟洒此地那能駐君馬思爾青雲得意時
莫忘幽期綠蘿下

海上仙查贈邱二之儋州長史

海上仙查流汎汎槎枒古木連枝蔓凉秋八月風正高淩轢鯨鯢泛霄漢依微珊瑚樹髣髴扶桑株究疑太乙紅蓮葉絶勝琴高赤鯉魚隨風飄飄五雲上烟霞爲蓬浪爲槳坐看神女弄珠遊卧聽鮫靈剪綃響憶昔漂流海島間載得仙翁去不還又乘漢使河源裏星斗離離衣上寒析木津黄姑渚白波漫漫灣空守袖得天孫采石歸始知身到銀河裏君爲仙吏下炎州黎母山青瘴

海秋功成畢竟朝天去且著靈查汗漫遊

送林九博士秩滿之天官

我聞昔時伸蒙子乃在籌峯白雲裏一朝高議動金門千載香名照青史君是伸蒙幾葉孫世澤流傳今尚存寧將詞賦客梁苑肯隨劍履趨平原重林書舍何瀟洒花嶼南頭董峯下巷曲能迴長者車門前每繫青驄馬年未三十教黌宫官舍瀟然多好容坐上談經若流水衆中荅問如撞鐘今年官滿朝京國殘葉秋風帶行客

淛水寒山烏外青吳門曙月烟中白九月秣陵鴻鴈飛
霜花撲人初著衣日晚行過石渠署天明入覲黃金扉
蓬萊差參五雲遍鐘阜蒼蒼壓淮甸鳳闕韶音嫋嫋聞
龍池柳色深深見此去應懷明主恩石田茅舍不須言
男兒亦在功名早何必栖栖戀故園城隅別酒同傾寫
愧我蕭條孟諸野相送寒江萬古心他年來問山中者

陳思孝石田山房

阿誰書室山陰墅舊是郎官棲隱處山頭先雪剪茅茨

石上開雲種禾黍禾黍秋香酒滿盃綠蘿花發映苺苔
龍龕樹底鐘初斷金漆湖邊月又來紫門盡日人稀到
山葉無風自飛墜堦下紅泉鳥飲殘谷口青泥鹿行破
憶昨郎官未仕時石田茆舍此棲遲青山醉逐漁樵伴
白眼羞逢杜宛兒金陵大道青天上別後邱園也惆悵
四壁寒蛩夜夜聲一簾草蔓青青長往事浮雲共渺然
風流嘉政歿仍傳舊篋愁看書尚在開門時見榻猶懸
看君亦是青雲器野性還應愛山水高卧山中絕世塵

蕭蕭風木更悲辛男兒達節有如此此未必尋常畎畝人

賦得劍津送鄭孟宣之江右考文

閩溪迢迢絓絶壁平津之水深千尺神物湮沉不復知往往潭心飛霹靂銀河掩映流寒聲玻瓈井底雙龍行九華山色紛照耀丹楓寂歷秋風鳴吾夫子浮邱生送君幾度持文衡扁舟觸熱那可度來往津頭須濯纓

送林彦賓重廬州省兄

斗酒不忍别空歌嘆離羣夢隨楚天鳥心逐淮山雲九

月梨花紅千門響砧杵朝拂車上霜暮投月中墅一別連枝幾斷魂秋風又念鶺鴒原此行莫作分飛鴈看兩雙雙歸故園

題林良箴琴樂卷

太樸日已遠希音竟誰憐見君奏流水邈然無徽絃中掩抑多深思世上誰能識君意愛客寧無沽酒資得錢秖是修琴費四十年高尚不官琴心應與道心閑羨君布衣能自樂知君一瓢能自寬興來拂宮羽泠然轉

清商脫略徽軫外人琴兩相忘陰林折竹寒蕭洒暗水
流氷雨飄瓦雪海凉天落鴈秋空山鼯月啼烏夜山妻
聽曲欲忘貧穉子弄絃心亦淳閉門不受知音賞應似
悠悠太古民

陳平叔醉墨堂

黄山筆塜連糟邱墨池酒泉相映流霜毫晝酣玉薤露
雲箋夜酗蒲萄秋黄山中人鶡冠子身裹綠蘿著雙屐
蕭洒唯應繼右軍䕶落偏能如長史山人草聖自豪雄

何事棲遲酩酊中年過五十無名位其柰蕭然滄海東
硯屏顛倒烏皮几落日壚頭睡初起向壁憑陵小吏驚
據床揮霍郎官喜七閩大姓五陵兒握粟持金豈顧之
心同氣合即揮灑歸卧山中無所爲想當脫腕臨池處
興入寥天與神遇深沉鐵綆鎖寒蛟偃蹇烏藤絓高樹
魚麗雲鳥勢縈紆疑是將軍破骨都驂麟翳鳳何飄忽
倏忽仙遊蕋珠闕又如祇苑說空禪靈花歷亂迷諸天
離麗落磊千萬態流水行雲皆自然醒來不記濡頭墨

千尺寒濤照眼白淮海仍傳寶晉風長沙復見藏真跡
黄山茆宇思悠悠柿葉青青覆酒樓白頭未遂中書貴
風流亦似醉鄉侯

黄氏小園

漢陰丈人心不羈生小灌畦無是非寧辭白髮常抱甕
大笑傍人皆用機吾觀夫子偏同調未肯逢時發西笑
五十仍無簪冕榮半生獨得邱園妙君家累葉尚高節
太華三峯見秋月仙都白首卧松雲官署清風洒蘭雪

霜露凄凄薄故林幾回風木感情深疎燈細雨懷親夢
白石清池養道心藥欄花徑青山下若比平泉更瀟灑
清齋時對去官人習静長留采芳者澗水清冷日灌園
浮雲世事不須論從教紈綺輕荷葉不分羶腥薄菜根
有時兀坐榕陰裏悠悠目送孤鴻起向人不飲少陵杯
閉口常輕馬遷史燕綵堂深日日春來清堂上好娛賓
嗟予江海流離客愧爾林泉淡蕩人

送別陳思孝赴天京兼寄董鄭二先輩

沙口柳條色滄波斷歸鴻君承紫泥詔西上蓬萊宮憶君久抱干將器三尺鵜膏未曾試君不見騂騮叱撥人豈知一蹴方看小千里黃金不獨累層臺宣室猶聞此夜開郭隗已知天下士漢文偏愛洛陽才方令四方同車轍萬乘宵衣候明哲報主應懷國士恩承家莫負郎官節鄭虔況是橋門客早晚龍池道相憶仲舒三策已成名闕下相逢亦寄聲青絲白馬金陵道酒幔河橋對春草天朝此去故人多江海誰憐布衣老毋從故里莫

停橈春水桃花半落潮自慚落拓空華髮看爾飛騰上赤霄

籌峰歌爲長樂尹王道齋賦

海上羣峰一峰別羣山向下如郎埵雲開華頂見琉球天盡滄波帶吳越元氣鴻濛濕不飛涼霜五月襲人衣迥臨飛鳥空青外始識籌峰天下稀石林陰洞何窅窱萬籟天聲散秋色南澗飛泉鶴夢清太陰積雨龍漦白我聞仲蒙子雲卧清暉裏一旦金馬門名高此山水

憶昨伸蒙罵賊時悠悠往事亦堪悲支離一代忠臣義
感激千秋達士知郎官作縣先名節獨訪遺蹤弔前列
載酒唯澆石上苔回鞭不醉山中月東山歌酒蘭亭筆
踈穀當年竟何益願君遺愛比桐鄉功名記在籌峰石

題張師夔木石

荒村怪石連樹根古苔蒙茸野棘縈蛟龍騰空虎豹蹲
寒霜落葉啼清猿石門窈窕通仙源我欲飄飄絕世喧
櫟山老人無復存往往人間驚墨痕夢著銀簫亦斷魂

垂蘿飛鳥如可捫石泉泠泠洗心言白雲飛來誰與論

賦得鶴山訪舊送别余緩自軍中還温陵尋許

秀才

余生笑結朱絲纓許子衣褐應逃名綠波芳草怨離别

渭樹江雲今古情昨夜城頭吹笛聲相思起聽落梅行

梅花江上潮空白黄鶴山中月自明石田茅舍温陵上

飯稻看書亦疎放去日兒童半白頭舊時猿鶴今無恙

念此令人思轉悲鄉心已掛刺桐枝明朝疋馬温陵道

不負秋風鷄黍期

送李浩復永寧軍

對酒擊長劍男兒重橫行行騎紫騮馬笑結朱絲纓常思肝膽瀝竟未嫖姚識時來激忠憤身與鴻毛擲爾今年少才堪數遠逐旌麾在行伍幕下還教重阿蒙軍中已見留孫楚七閩自是古秦封今日溫陵鎮尚雄時平瘴海無邊警天盡琉球見遠峯往來射獵寒沙磧住久翻忘異鄉陌紫荻花深騎影迷刺桐葉暗炊烟積昨日

單車奉檄歸過門應得訪庭闈甦隨旅鴈雲邊落又逐征帆海上飛燕然北去南交趾石刻銅標今尚爾爲報邊頭將士知丹青好在雲臺裏

書三山奇觀圖

七閩山水多奇勝秦漢封疆古來盛無諸建國何英雄赤土分茆於此中荒城野水行人度細柳青榕舊宮路浮世空歌逐鹿時斷磯不辨屠龍處忽從圖畫見三山正在無諸故壘間麗譙官署人烟積塔廟琳宮野照閒

琳宫塔廟相暉映平遠清冷海天迴落葉霜傳鳥外鐘
垂蘿月隱烟中磬東城西郭騎紛紛旌節朝朝候使君
誰拂塵衣訪仙跡獨凌三島望孤雲

送釋大冶歸省還西塔蘭若

西峯塔影連青漢天半鈴聲度飛鴈朝散靈花世界
香夜懸燈火星河爛此僧年少著袈裟手持木杌口
楞伽身寄空門如槁木心將秋水植蓮花兩峯宴坐談
空寂何事家山動遥憶定裡啼鳥逐哺聲别時春草忘憂

色學道由來不顧鄉道成應復念高堂衲衣暫借斒斕
舞壽酒唯傾般若湯秋風溪上回輕舸紅葉吹霜向人
墮願結三生石上期只恐他生復無我此别悠悠幾日
逢回風暮雨送行蹤孤雲野鶴悠悠去目斷金鼇一片雲

送華石上人還樵陽西塔

金天向西多佛祖寶筏東來多梵語直指单傳悟者稀
沙門衲子徒辛苦初聞祇苑布黄金復有袈裟入少林
夜雪齊腰將見性霜刀落臂始安心西峰法侶多儈氣

曾與空門掌書記半偈應超最上乘萬緣只合西來意
白雲鄉館去遲遲憶得從前别母時今日重尋故園樹
幾回落葉又抽枝秋風野水黄花路浮世相逢偶相聚
玄度清談不復期道林笑别知何處去去滄波難重陳
青山明月與誰隣連天塔影空清外唯將法雨謝時人

書香山九老圖

唐家名臣白居易暮年脱略青雲器抗節羞趨當路
門拂衣起謝人間事以蹤疎散愛香山洛下羣公亦遂開玉

堂金馬俱殘夢流水孤雲同去還石樓烟樹朧朧見八節迴灘瀉秋練雲衣落落古松姿鶴髮皤皤凍梨面人生宦達應如此豈必浮名絓青史楚國三生少見機竹林七子徒爲爾名遂身閒古所稀洛陽山水又清暉青山何處無佳賞白首湮沉空布衣

題會稽吳漢津遠遊卷

驥足小千里鵬飛搏九州唯應星軺使得以窮周遊騑騑四牡令何往秦漢山川古風壤聖主恩綏下國時王

人位列諸侯上官船昨夜廣陵秋二十四橋聞棹謳長
淮柳色迷津吏一片揚州帶驛樓輦車又發閩關道九
曲溪山舊來好沈劒波深歷歷雲釣龍磯斷青青草君
不見主父西遊久不歸蘇秦金盡故交稀寧持使節衛
君命出入臣藩復帝畿春風太液花如霧夜月瀛洲訪
仙侶白下亭西賣酒家鳳凰臺北吹簫處故園迢遞會
稽山鏡水仙舟也夢還若使功成拂衣去此心長在五
雲間

奉寄浮邱鄭助教兼東董記室

膠西博士金門客白馬青袍夾城陌天池種藻上林花
身受皇恩不顧家春風幾見橋門柳祿米唯應足沽酒
囊無一物寄妻孥篋有空書示僚友憶昨驪駒未别鄉
新寧山水競風光縣人争揖芭蕉館墨客都尋柿葉房
六平山下秋同屐半占峯南夜聯席别後相思何處尋
鳳臺碧草連天色王門記室最情親官暇相過德有隣
飛札定應思漫士因風也或寄樵人

答黃嗣傑兼柬王介軒先輩

沙館忽歸夢楓州空月明與君別來凡幾日相思不覺聞秋聲來清小苑霜初肅扶留葉大甘蔗熟青山繞舍雲半間黃菊吹香酒千斛瀛洲仙侶久忘機昔時騘馬令布衣共君兄弟日攜手閑看孤鴻天外飛

書漫士爲陳拙脩繪滄洲別墅

金隄沙北鏡湖東前窺籌嶺後爐峰滄洲老人年七十朝朝宴坐於其中葛巾竹杖何蕭散卧愛清暉不知晚

魏闕青雲夢裡過謝池碧草吟中滿五岳仙遊去路深
擊鮮子舍費千金如何白髮滄洲上野鶴閑雲一片心
龍涎酒琖鸕鷀勺遠勝仙家大玄酪送客天明水鳥啼
彈絲夜半鶯花落龍門高士掃新简揮霍霜毫倒墨壺
京國浮郎亦知已題詩早晚寄東湖

送林彦衡子壻遊漢赴嘉禾吉期

蜀葵初黄柳飛雪棹歌聲裏行人别别思空隨海上波
客心已醉吳中月嘉禾山水盛繁華才子今遊若到家

金屏射中雙棲鳥紅燭爭開並蔕花問君今年二十幾
大額踈眉有如此少君不愧鮑家郎樂廣應奇衛公子
氷玉相親情更多泮林官況近如何焉言白首甘虀鹽
豈望青雲到薜蘿

空江秋遂浮邱鄭助教索予賦之

桓家野王弄秋玉流落秋亭半枝竹君山老人何處歸
夢入瀟湘洞庭曲浮邱仙客五湖心復向滄波學鳳吟
不吹玉塞梅花調不奏青樓楊柳音商聲遲遲羽聲急

寒葦飛花露香入水靈解珮撇波來山魅吹燈倚雲泣
萬事無心一葉舟夜寒星斗落船頭數聲絶島魚龍曙
三弄澄潭鴈鶩秋初聞鳳在岡倏爾鼉吟水天籟風泉
何處鳴落木寒須一時起浮邱子通靈仙汗漫終懸魏
闕情曲終又欲蓬萊去日抱雲璈朝玉京

酧陳師貢

雲卧碧溪裡别來凡幾春口中獨未言聲利身上何曾
染市塵君家兄弟多逢掖吐論遥輕二千石高蹈寧耕

數畝田折腰恥作諸侯客傾蓋逢君惜未深見君同調復同心秖令交遊重朱紱何人貴義輕黄金世人共笑悠悠者繫劍狂歌孟諸野萬事秋空一片雲得錢且醉黄壚下聞道朝廷禮數優衣冠闕下盡名流愛君更欲君先達顧我滄波空白頭

耽聱子歌爲長樂鄭友衆賦

新寧才人心不覊腹中三禮猶耽聱生事常懷汶陽北夢遊未識灞陵西青山白墅閑來坐離黍吹花向人墮

瀟洒還同谷口耕風流也學南陽卧誰知宣室聘雄才不
使遺賢滯草萊使者飛書催上道郎官立馬送離杯幾
回待詔金門裏櫪上華騮末由試甲第歌中少故人五
侯賔從無知已以兹翻憶鹿門春却向清時便乞身匹
馬行辭白門柳羣公餞出秣陵塵故園獨樹閩川道畝
畝山田半秋草孺子應知食力安淵明况及歸來早入
門長笑復長歌仍把春衣換薜蘿自言林下耽韰好不
道天朝薦剡多

題高漫士爲王明府繪吳航勝覽

無諸故國新寧縣西控雄藩古侯甸文物遥通漢職方

河山舊入秦封建霸氣榮光幾百秋卉衣椎髻變中州

清朝禮樂彌寰宇比屋絃歌見魯鄒六平遠樹烟中出

百里清暉趣非一一片滄波海嶼秋千門霽色扶桑日

滄波東逝日悠悠憶昔英雄駐采舟御國龍歸何處在

太常雲去至今愁伸蒙巖頭掛香晚中丞石上苔花滿

陳蹟空餘野鳥飛英聲不逐浮雲散戒候遠抱連城壁

僚佐相輝應籍籍近郭行春露冕時古臺下馬彈琴夕風流墨客龍門士揮霍雙毫寄深意都將勝槩紀方輿更喜賢侯重民事

白馬篇

宛馬如雪色青絲鞴來好五陵俠少年騎向長安道長安道上花正香吳姬壚頭紅粉粧翩翩白馬繫高柳踞坐青樓喚酒嘗自矜出入金門裏立在殿庭誰敢視武皇昇天去不歸人馬蕭條翻被欺不及田翁學種穀日

日村中把黄犢

老將行

生小事邊州罷歸頭盡白玉門邏逊别來深雲鳥魚麗舊曾歷三尺吳鈎兩斛弓絓在閑門高閣中羽林一二少年輩昨日封侯欺老翁翻思戰場裏秋霜斷人骨髑髏夜夜聲滿天盡是長平舊降卒

賦易水送人使燕

燕山北起高峩峩東流易水無停波北風蕭蕭筑聲切

昔人於此送荆軻圖中匕首非良計堪嘆燕丹無遠器
髑髏空死樊將軍日暮秦兵滿燕市往事空餘易水寒
白翎飛下地椒乾經過此地對流水知爾踟躕馬上看

箏人勸酒

新豐美人青樓姬絳綦素腕嬌雙眉暫歇秦箏勸郎酒
西涼葡萄金屈卮郎君但飲休辭醉百年悠悠夢中是
神血朝凝不復知日暮青山北邙裏迴身更整十三絃
金鴈離離繞鈿蟬十二欄杆月將墜錦筵紅燭浮青烟

人生歡樂那能久豈悟星躔倏奔走妾容未改君少年日日尊前勸君酒

長相思

長相思相思春復秋秋風撲簾霜入樓捲簾見月令人愁鶴關音信長悠悠絡緯夜啼聲斷續梧桐蕭颯寒機綠秦箏獨抱思縈絃爲君彈作相思曲相思復相思思君君不知願爲鴛與鴦雙飛向天池歲歲年年無別離君不來長相思

行路難

古鏡蟠龍野苔色赭顏欲改青鬚白三尺魚腸燭下看玉壺擊碎心未寒悠悠漳水輪臺樹信陵平原渺何處騎射紛紛杜宛兒驕嘶紫燕躍青驪銅駞陌上春風暖田竇門前客應滿白頭執戟不遷官盡日草玄門自閑雪風蕭蕭面如割史雲桁上無全褐君不見羊腸九折坂覆轍相尋歲華晚君不見瞿塘灩澦灘敗蓬如舞落驚湍田文失勢馮驩去廷尉門空鳥啼樹二君所見何

太遲署門謝客徒爲爾食客滿堂盡珠履剖膽輸肝竟誰是階前車馬若雲屯倏忽蒼苔生滿地感激令人氣不平中宵起坐待天明唯有君家梁上燕秋去春來無世情

望秋月

望秋月在家見月如等閑幾度天涯望秋月明月雖同非故山舉頭問明月古往今來幾員缺明月如有言問我少年今白髮君不見汾水秋風鴻鴈來鄴中歌舞盡

蒼苔憂懽只問今時月曾照離宮與露臺今月應將古月同古人今在九泉中誰言金粟西陵下不見流光到梓宮

妾薄命

玉釵墮地無全股雙鳳蟠龍兩分去雖藏匣底終棄捐欲賣傍人不直錢轆轤宛轉黃金井手挽銅缾繫纖綆誰知綆斷缾墮泉千尺深沉不窺影銅缾墮泉釵墮地君心何得生離異

去婦詞

剌促何剌促東家迎鸞西家哭哭聲休使東家聞東家新婦嫁郎君滿堂笑語看珠翠夾道風傳蘭麝薰浮雲上天花落樹君心一失無回悟明知遣妾何所歸飲淚行尋出門路青銅鏡面無光采苦心尚在容華改東家新婦傾城姿似妾從前初嫁時

東樓歌

東樓美酒黄金杓客子迎霜葛衣薄西樓朝飯盤有魚

客子家林無斗儲他人方寸那堪托傾倒三盃吐然諾
咫尺相看隔九疑不待明朝異山嶽君不見牙籤緗帙
滿床頭不及雷塘百畝秋君不見誦詩三百徒焉爾秦
青一弄傾人耳滄波去去堪乘興野鶴孤雲本無定毛
生自薦秪徒勞魯連豈顧千金贈行路難難重陳史雲
只合長苦辛落拓還騎少游馬往來嵩華青山下

代閨人答輕薄少年

繁華嘯芳年蔓草對幽思妾本趙燕姿誤身任俠子長

安任俠矜少年五花白馬黃金鞭平明馳逐新豐市日晚吳姬壚上眠玉驄一別知何處可惜佳期夢中度節竹丁香起暮愁枕屏十二巫山雨落盡冬青猶未迴轉頭黃葉委蒼苔空簾盡日無人見寂歷黃昏月又來

水墨鸜鴿

山鸜鴿羽[illegible]毿聲斷續不逐雌雄向空谷何事孤枝抱寒獨山桃野竹更芳菲縱有虞羅也見機紅香落盡忽飛去深山古木行人稀

孀婦吟

開篋見珠翠思君前日情秪言恩愛長相顧豈誤音容隔死生東流逝水何時返倏忽青天綵雲散銅鏡粧臺不復窺羅襦綉被荒塵滿月明繐帳涼如水燈火熒熒照虛位寂寞空簾鸛影閑蕭條窮巷虫聲碎東隣車馬如雲屯西隣歌舞日紛紛不羡他家夫婦好寧甘守節在君門新墳峩峩倚山麓春去秋來草應緑夜半傷心不忍啼天明獨抱孤兒哭

送陳滄洲遊浯水便登方廣巖

閩山西來多法園谿西一道通仙源靈花貝葉相輝映
道林鑿齒皆清言遥巖二月霜花積千丈垂蘿裊烟碧
水簾風卷半空寒石室雲采萬山白真僧不見賓頭盧
片月孤峯色相癯六時天樂聞鐘磬百尺風潭寫畫圖
仙舟此別饒佳趣豈學悠悠向平去林僧定掃壁間苔
山人況有驚人句

歌行奉餞閩守姑蘇陸公秩滿之京

吳門山水多奇秀使君獨繼宣公後錦袍新綉鷺絲紋
銀印低垂虎頭綬閶城官柳拂雙旗花裏行春五馬遲
訟庭幾度聞鳴鵙仙館三回見荔枝功成又欲朝京去
遠心已結南宫樹枇杷開花鴻鴈霜此時正及鄉山路
車傍父老持百錢馬上同官惜别筵寇恂好借留河内
黄霸終須出穎川金陵客舍春還早快馬輕裘滿馳道
使君行篋但蕭然唯有貞元諫書草

題陸太守瞿塘日暮圖

白帝城頭烏欲棲瞿塘峽裏暝猨啼山通劒閣蛾眉遠
水落荆門郢樹低公孫舊業知何處十二危灘虎鬚谿
鴈飛愁度百勞關行人畏到三巴路絶壁連峯馬道賒
石林殘照幾人家垂蘿夾岸迷天影午夜滄波逗月華
巫陽縹緲望中開行雨行雲尚有臺山花不省襄王夢
野鳥何知宋玉懷岷江一道向西來蜀客帆檣迤邐洄洪
濤有時不可下灩澦當頭大如馬紛紛世路羊腸曲
豈獨瞿塘驚心目盡知險處重周防誰肯安流慮傾覆

使君高誼輕常調吏散披圖但長笑明朝身到五雲端下見瞿塘一盃小

三山朱孔周南樓偉觀

飛樓軼浮埃迴繞三峯翠樓中十二曲欄干下瞰蒼蒼但鱗次七閩重鎮舊繁華九陌三衢十萬家連營國步軍容盛法宇仙臺鳥道斜遥天塔影迴孤鴈何限清曨卷虛幔洗馬濠頭過雨香釣鱸磯下春潮滿白雲飛上越王山憶昔豪華午夢閒城池百戰今誰在草色千門

幾度閑王章繪家分秦土琱弓白馬空陵樹霸氣榮光共渺然屠龍射鱷知何處登臨懷古興悠悠酌酒彈絃醉不休博陵才子能歌詠靈武詞人解唱酧門外金羈多上客獨憐王粲未銷憂

賦高漫士適安堂題于方壺所寄畫

小隱翻成大隱媒終南捷逕近蓬萊君家草堂獨蕭灑半占峯南松際開草堂松際秋聲裏四壁清暉映烏几卷幔朝眠日出高野雀孤雲秖如此孤雲野雀澹忘形

贏得卭園養性靈飛騰未應郎官宿嘉遯猶當處士星吟詩作畫多閒放心跡悠悠古人上玩宇天空豁遠懷嘯臺夜雪聞清響王門記室舊交情國子先生若弟兄清時共逐鵷鸞去白頭誰同鷗鷺盟顧余别是滄浪客蓬累相逢即相得對酒龍門月色秋放歌鷄㠋潮頭白壺卭仙墨思紛紛千里神交寄樹雲坐卧草堂時見畫如君不羡北山文

送劉宗實被薦之京

先生昔事李輕車廟略縱横有奇策刀頭見月夜飛鞍
楯鼻吹霜曉研墨露布軍中論五兵前鋒校尉盡知名
横行出入龍驤幙長揖經過驃騎營承平四海無烽燧
歸卧東山兀然醉誰知鶢鶋下青冥又卷龍弢赴丹陛
鳴騶擁路百花香海燕初飛鴈北翔分手獨憐孫楚别
傍人休道酈生狂
送鳳陽開仲貞遠省外父復歸于建上
客有佩長劍行趨驃騎營入門拜旌節氷玉仍雙清門

前轝著青絲騎冬青吹花香拂袂上馬誰憐矍鑠翁東床正憶風流婿軍中置酒氣偏豪紅燭金盃虎帳高奴子平頭揺羽扇美人纎手送車螯家臨帝苑長淮樹芳草萋萋望鄉處又逢梅水動離情却指芝城是歸路芝城梅水接蠻烟兩地驚心惜别筵自愧臨行無可贈何人更有繞朝鞭

送張少府朝覲

閩州少尹家何處夢裏青山溧陽樹訟庭無事獨哦松

走馬金陵看花去青繩御路連青天五陵俠少黄金鞭紅橋青幔多買醉少尹囊中無酒錢朝回道過鄉山口春風又發秦淮柳溧水芹邊二枝文相逢爲問平安否

感懷

不彈貢禹冠不結肖朱綬幾處移家任轉蓬半生失路唯躭酒兎園挾策也徒然欲逐長沮學種田秋風四面相如壁舊物空餘子敬氊異鄉淪落無朋友論交昨日今何有誤將偃蹇對時人豈謂新知不忠厚萬事蕭然

一布衣白頭夢想故山薇抱琴欲奏猗蘭曲目送雲天一鴈飛

偶書

片善不敵金萬言一盃水誰爲枯魚嘆邈矣南華子今人結交希結心古人貴義輕黃金麥舟與人不復見捐廪傾囷何處尋

送别曾伯剛歸青浦

太常峰南正飛雪嚴公湖上梅初發遥天片日下滄波

斷鴻聲裡人將別借問君家若箇山白雲攜得杖頭還

碧羅舊業連青浦高卧心閑夢亦閑看君意氣非常調

未肯逢時發西笑萍梗長留滄海蹤詩書不作青雲料

客裡相逢情最親離居自愧家常貧舊遊冠蓋今誰在

白首襟懷有幾人念君此行何草草岐路吞聲不能道

遥傳掬淚到麟峯傷心爲弔方山皓

題岐陽鄭彦林家藏五馬出浴圖

天涯雪消氷始開天寒賜浴皆龍媒奚官剪拂荷君寵

爲惜流沙大宛種房精夜照滎河水靈物蜿蜒晝飛起
春雷十日繞龍池赤驃驊騮電光裡唐家天上宴連枝
花萼樓前初鞴時紅纓並逐儀鸞去七旒雙旌何足奇

長歌贈别高漫士赴召入京

故人垂釣滄浪磯故人雄詞天下稀故人令辭猿鶴去
手持白璧登王畿白駒皎皎離空谷振鷺飛飛出林木
晨勞睿想嘆凌雲夕感宸衷夢撲築雖云畊種食爲天
未許清時隱大賢薜蘿舊結山中賞符印令看腰下懸

知子過吳會所遇多同聲爲我道離别相思但鍾情五年頓隔浮邱面昨日燈前夢中見八口相隨赴辟雍一官又轉陪銅輦魯筵記室久分簪前度書來悵遠心幾時走馬山東去汶水寒流兗樹深當年共結漁樵伴星離雨散腸堪斷千里滄波一片雲東飛玄鳥西飛鴈憶昔相逢樂事偏滄洲堂上酒如泉題詩醉掃巖泉壁枕藉山僧膝上眠此時歡樂應難再屈指同心幾人在雲壑風泉半是愁碧空片月懸秋海白頭樵子真堪笑落

拓何曾邁常調握手頻爲傾蓋歡多情竟作分飛鳥閩州山水送離觴荔枝垂花盧橘黄轓軒欲發逢梅雨祖道驪駒不堪駐待子東門供帳時我乘欵段沙頭路

書鄭克剛雲泉清隱卷

伯陽居柱下曼倩金馬門大隱朝市間玩世非避喧何如小隱雲泉裡黄裳竹杖青絲履白雲爲伴去還來石泉泠泠洗心耳雲本無心猶爲君吟邊卧内共氤氲泉飛隱處偏清響雪夜涼天夢亦聞道人解作山林事興

入丹青老將至一飯王門不願留歸來豈負雲泉意道
人家本住西鏞何事因棲海上峯我欲尋山採芳去雲
泉深處候高蹤

夏日同龍門高漫士遊碁山寺

逸人共結蕭朱綬六月閩天火雲厚觴熟梅邊告我行
欲行且盡壚頭酒碁山海上古招提銀甕絲繩興復攜
三峯直下幾千丈仙人奕處清猿啼知君平生愛靈境
爲君拂拭青蘿影野殿杯浮蕙草香石渠水浸甘瓜冷

祇園樹裏貯行庖躉解塵衣挂竹梢詩成破却山靈膽
醉倒傾翻老鶴巢迴巖積翠連飛閣遥海蒼蒼暮潮落
舞影爭嫌白日斜歌聲未道離情惡擬從方外寄餘歡
云是山僧謁縣官野鹿迴看避仙珮沙禽何意訏儒冠
千金流水猶能注陌上離駒不堪駐願君身到五雲端
莫忘碁山送行處

贈嚴校尉復職還鎮東

校尉家林若箇邊桐栢蒼蒼際淮水居巢城下范增鄉

放紥山前槖皐里憶昔軍中獨數奇壯心每遇嫖姚知騎射曾矜羽林子縱橫不數并州兒時來忽領偏裨將肘後銅章百夫長唾手封侯未有期刮目逢人已相讓霜蹄蹩躠氣猶豪鵰鶚低飛鎩羽毛孤營錯莫三秋夢一劍空餘百戰勞昇沉去去何須嘆聖主恩深邁鎘漢始知燕頷豈徒然莫把龍弢等閑玩銀帶琱弓匹馬歸木綿花發鷓鴣飛夫人堂上妝殘淚稡子門前捉錦衣閩州水鎮梅花寨祖道驪歌動江介酒盡沙頭雙玉瓶

幙中主將遥相待

和高漫士梅江謡

梅江水流浩浩居人盡説梅江好自從海上築城池使車絡繹無昏早梅江水深復深行人一見懷千金老夫平生愛江水日飲一石無貪心青蘿盤盤數峯色凴高望見扶桑白蜃氣朝凝鮫女宫珠光夜照天旲宅居人生小住江臯架壑梯巖結構牢沙鷗不省逢機事江叟何曾識縣曹峩峩百雉連山郭夷島清寧無剽掠將門

子弟解逢迎大姓兒郎談禮樂有時江上漁歌發捩柁
抽向江空濶蹣跚竹簍紫蟹肥撥剌金盤素鱗活龍門
子何處來向予西指鳳凰臺京行此别三千里暢飲應
須數百盃謝公好爲蒼生起山中猿鶴徒爲爾到日秦
淮有鯉魚尺書先寄梅江水

送鍊師張銘新歸上清

羽人重周遊蹤跡半天下渡海窺蓬壺尋雲歷嵩華
朝登徂徠頂夕眺琅琊臺盤桓三珠樹醞藉九霞杯長

生大道應無外嬰兒奼女遥相待金鵜結藥養神丹玄牝垂根長臍帶學道何妨髮出山收琴賣藥到人間五侯七貴希相問抱得瑶笙鶴上還還山宴坐琦林久龍虎峰南一回首秋風入洞鴈啼霜忽憶鄉山菊花酒歸來宛是遼城鶴滿面猶酣太玄酪仙歌未了淚縱横殘日瀟瀟隴樹聲誰知雲水烟霞性也動松楸霜露情寒冬別我無諸郭遥指仙都在寥廓横天鶴影珮聲微惟見千山雪花落

高漫士爲許宗顯作山水圖

水墨有遠態醉來常訝真燭前暫見三湘意便欲牽棠行采蘋滿堂飛翠疑可掬眼花忽墮愚公谷主人捧觴我不聞但覺啼猿與秋瀑林間巾舄如有情誰向滄浪唱濯纓颯然片雨歸彭蠡恍惚孤雲還赤城醒來始悞雙毫妙我與龍門昔同調世人觀畫不觀神老夫興在丹青表

許宗顯椰子盃歌

君家一雙椰子盃遠從交廣帶將回剖開瘴水蠻烟腹劃斷玄霜玉露胎烏梨木柄銀鈒口若比匏尊應更厚蓮房半側碧筩深中有黄流汎鬱金最憐竹裡泉中洗不厭松邊石上斟人言此盃能辟蠱傾銀注玉空論富少陵未許稱木瓢謫仙且莫誇鸕鷀山人心愛口不言肯遺還山酌白雲君不見豐城雙寶劒當年知己亦平分

王氏牧隱卷

山人不種亦不耕買山放犢應逃名閑吹一曲無宫調高卧千峯不世情瑶琴在床書在篋河汾到君今幾葉懶隨時貴競簪纓恥逐浮人尚漁獵五月南風陂水深白雲將興滿山陰人牛看到相忘處始是山人一片心

送陳孟敷牧潮陽

別久相逢不問官握手且盡平生懽腰間金帶懶不繫壁上虎符人自看醉來借問今何職皂蓋朱幡二千石郢上行人有去思潮陽父老遥相憶作郡休令五馬遲

須知明主愛惸嫠行春鰐渚滄波晚澆酒韓山落木時

檳榔葉暗蠻天雨吏散公庭鳥啼曙帶印雖云案牘勞

懷人莫忘漁樵侶樵人偏辱使君知爲惜交情在布衣

他日諸郎如問絹應傳清節到林扉

書鄧子静畊隱

阿翁隱處何瀟洒竹嶼南頭鳳邱下守道偏將谷口人

養拙應同漢陰者而今髮白老邱樊帶經也或究微言

生平不夢五陵道嘉遯羞過七貴門世人未解此翁意

此翁心跡孤雲是低頭不肯揖陳蕃食力何曾愧徐稚
脫畧凡機無世情幽人野鹿伴經行秋風別墅黄花酒
夜火山厨綠芋羹有時濯足苔溪晚放犢寒陂不知遠
幾片清山荷蕢歌半林落葉同僧飯盤石懸蘿地更偏
猷攜高興寄秋田且喜琴書應有托蔡邕雖老仲容賢

海上酬三峯諸友

晚家大隄曲幾見大隄春開門對三峯宛若平生親別
來滄海東倍憶三峯好眼前不見同心人夢飛只在三

峰道早晚歸來大𨺗曲三峰壚頭酒應熟

山水扇頭

山蒼蒼兮白雲谷窅窅兮夕氛鴻高飛兮遠逝蟬薄暮兮空聞汎木蘭兮容與隱薜荔兮氤氲紛吾老兮既拙誓相從兮夫君

題梁氏家藏十牛圖

渴莫飲汙渠水飢莫食衰草根孟諸桃林春正綠洞庭笠澤多清源五侯櫪上皆驄馬笑殺田翁事畊稼陰山

勁卒氣偏豪幾日銷兵賣寶刀羣行聚散無遠近遥望
長洲日將晚不聞簫威歌不見百里奚猛虎當頭向前
去空村尚有緣林兒

答陳伯堅蛸蛑并詩見寄之作

郭索蹣跚隱深澤百尺寒絲誰釣得雙鼇落刃碎青霞
滿殼流脂泛金液感君特寄到沙提竹簍乘來不涴泥
尊前正值霜橙熟堪笑吳王一蟹低

書陳果之阜陽亭

阜陽山水多佳致亭子幽幽翠微裏雁池梓澤不須論
綠野平泉只如此平泉綠野多喬木未勝君家阜陽曲
書幌遥臨雪海青飲缸倒浸南山綠石門沙嶺竹邊房
同谷方池映橘霜霜前夕照松聲遠雲際飛泉月影凉
畊童牧叟閑來去艸衣箬笠還朝暮主人尚擬鹿門居
坐客都迷輞川墅羨君三十著儒衣瀟洒亭中獨下帷
慇勤且畢青雲事他日還應晝錦歸

書倪氏經鋤堂

西隣無牛長苦辛東隣多牛今家貧兒孫生小不識字頭白終為畎畝民君家累葉皆儒雅豈學隣翁但耕稼數畝荒畦手自鋤一卷遺經坐仍把廚中有粟床有書萬事浮雲心澹如向人懶掉儀秦舌避世翻輕沮溺徒方今聖代多推轂玉帛戔戔賁幽谷莪亦休畊汶上田與爾相期在喬木

題小米水墨

寒山深白雲蕭蕭楓樹林嵐烟瀑雨生衣襂綠蘿裊裊

懸我心靈源中石齒齒散髮輕舟弄雲水欲棄風瓢洗
雙耳茆屋荒岡絶四隣青林殘葉少行人苔邉僧磬遠
孤鳥竹裏仙家隔素塵布衣未了生平事愧爾雙毫寫
幽思白頭遥想米家風夢落濡須墨池裡

送鄭克復睢陽軍

空山忽鳴鵙露白秋草寒離居感物候况有行路難從
征睢陽裏飲馬黄河水孤劍二十年寸心五千里揭來
問鄉館捧檄仍徽兵戚戚慈母戀依依兄弟情行當

復去悠悠念王程黃雲白鴈秋蕭索野水西風汴城郭
洛苑初霜赤葉飛大梁古道黃花落戎衣此去勿遲遲
莫向清平嘆數奇白頭好遂還鄉計姜被重歡綵重戲

送林洙之徽州省親

去年沙頭柳堪折與爾嚴君惜離別今歲沙頭復送君
柳條拂面花如雪新安今去問平安莫嘆嚴君尚冷官
胡瑗由來布衣士鄭虔不厭坐氊寒看君亦是奇男子
白面踈眉有如此懷裡琅玕人未知手中結綠誰堪比

別後秋風歸未歸他鄉應復念慈闈經過莫上滕王閣
辛苦須縫萊子衣

書漁樵畊牧四畫

扁舟夜唱滄浪曲朝飯蘭臯囊湘竹垂楊輕拂鯉魚風
千丈春潭曉水綠日暮雙雙得紫鱗漁家生計任長貧
豪門綺席銀絲膾愧爾漁郎多苦辛
山人豈是悠悠者何事樵歌孟諸野蕭條節舍住寒村
生小何曾識縣門東鄰作商走風雪西家為郎嘆離別

人生未必勝樵夫朝朝暮暮對妻孥
石田新雨昝花碧禾黍秋香百餘石誰教釀作甕頭春
醉裏看山了殘帙讀書何必問時清縱有荒年莫廢耕
鹿門精舍青山裡春去秋來無宦情
畊童生小無所知慣騎牛背度晴陂横吹紫竹無宫調
笑殺五陵遊俠兒荒林野水凉蕭瑟山葉吹霜烏邊落
信陵墳上草青青幾見殘碑礪牛角
題陳滄洲家藏王瑒至之山水圖

公乃王郎之舅氏昔年遺興滄洲趣白水應同萬古心
青山不盡平生意初疑衡霍亂峯迴石廩芙蓉天上開
又疑瀑布香爐頂霏紅沓翠空中來連林雜樹紛隈隩
屋頭清暉霽人目片片春雲帶鶴還淙淙野水流氷綠
雲閒鷄犬更誰家雲際風泉半落花回巖積靄天梯小
絶壁懸蘿鳥道斜白頭久嘆同聲遠臨水看山夢猶懶
濯足磯邊月自明弄琴石上呰應滿不見羊曇四十春
西州雲物幾回新丹青此日堪惆悵豈必山陽笛裡人

嶼南林公谷壽自號雲外道人上清方方壺爲寫茂林雲外圖索余題其上

嶼南山水新寧少況是君家茂林妙林間瀟洒薜蘿衣雙舄飄然淩翠微連嵐過雨看成黛片片雲來度滄海誰識孤雲是此心此心更在孤雲外蕭散無心任去來因風幾度到瑶臺暝隨西頂龍飛去晴帶空江鸛共回自言放浪雲林久大道由來賤芻狗曲几宴看老氏書衡門静對先生榔樂山樓上興悠悠遥帷却卷横湖秋

一聲長笛飛霜裡雲影離離半寒水壺公醉墨天下聞
況是仙都鸞鶴羣而余大夢獨未覺不知雲爲君兮君
爲雲

國子先生鄭孟宣以賜告歸省邱墓暇日訪余
新寧之沙堤余因載酒於滄洲野堂以讌之適
文墨友方外交翕然來集酒酣樂甚分韻賦詩
余得酒字旹庚辰孟秋七月

上客何處來繫馬堂階柳馬頭尚帶秣陵塵衣上猶香

白門酒寧知此地重攜手張燈復話昔年舊問我蕭條
但布衣念我棲遲向田畝滄洲地主忘年友把酒相歡
兩情厚鳥外晴波對急觴天邊白月當虛牖山林已是
忘形久更喜支公說空有旅思休驚一葉秋佳期況及
雙星候狂歌擊筑君知不痛飲何須問牛斗明日相思
壁水遥唯有新詩滿人口

題吳氏養拙卷

世人競巧智子獨尚渾朴世世人機事有機心子獨無機

心亦樂閑門山水少逢迎曲几琴尊隱姓名太羹玄酒無滋味標枝野鹿俱忘情世人大笑延陵拙不學儀秦謾饒舌作室翻嫌樗里謀懸棹却羨蒙人說東隣少年取錦衣西隣歌舞日光輝清時何用嗟淪落飲水看雲誰是非

吳雲歸興送別王明府子姪還姑蘇

何處發歸興吳江多白雲晴教積水青楓合寒帶空洲遠雁分游子前年別張掖酒泉南頭夜霜白扁舟忽過

釣龍臺回首姑蘇是鄉陌小阮曾爲叔父知十年應負竹林期參差雨雪遥相問迢遞關河又别離羨君兄弟東歸去白馬雙嘶首前路行人未聽虎邱鐘春風已綠吳門樹萊衣重戲莫遲遲百里邦君有所思懸知舊國看雲處不比甘州見月時

書樂邑長史高涼黄公性成六平清致

軒邱之人何坦蕩奮身擬在蕭曹上三語曾聞作椽名一言尚遇知音賞誰云枳棘不棲鸞暫屈長才向小官

月俸持還酒家去春衣猶似帝京寒六平峯下開仙館
案牘閑時任蕭散南澗飛泉卧内清西林爽氣朝來滿
自從下馬少鞭笞隣邑爭傳贊畫奇遂使郎官唯坐笑
每逢才子即聯詩有時獨上横琴石萬水千峯起遥憶
金馬長懸魏闕情銅魚不記鄉山色南宫考績待朝天
莫笑行囊但一錢應知太史求循吏籍籍聲名繼潁川

題高漫士水墨圖

高君興發泉石間含毫揮霍寫雲山白雲無心去復還

青山對人閑更閑垂蘿飛鳥疑可扳淺淺石瀨流潺湲
嵐烟瀑雨清心顏邇來京國推名畫片紙應論百金價
嘯臺聲響人競聞不道無聲更瀟洒

題馬自牧水墨山水

島外懸蘿青幾峯紅泉翠壁花蒙茸人間不見問津者
林下空餘避世蹤昨夜山中度凉雨落木寒猿半𥦗曙
日夕天空鏡水深不辨仙源在何處

題梁董教歲寒亭

君家結亭樂幽栖佳樹陰陰唯鳥啼横經不知白日晚卷幃坐見青山低城南城北春風滿陌上春榮正堪玩白馬朝穿桃李蹊朱輪夜過金張館臘月寒天雪更深看君亭上獨行吟眼前草木俱揺落知爾青青松栢心

奉答陳宗海先輩

朔雪寒鴻半江海五侯池館誰相待支離王粲身未逢落拓蘇秦舌還在梅隴霜前早識君三溪花畔又論文栢山夜雨聞鐘梵華館清燈對水雲今年復過沙京下

百丈峯南是君舍衣冠瀟洒輞川人山水依稀鹿門社
別後那能寄遠書秋風空釣鴈池魚狂歌酒店墩頭月
思爾桃枝湖上居

題嶼南林遵性學圃軒

君家書室依林垧日夕清輝多在庭出户時看花嶼近
卷帷唯見董山青蒼苔古木連深曲懸蘿石上孤雲宿
露葉垂蘿菘薤香水藤拂檻瓠瓜熟任是閑門客到踈
自甘蕭散學犁鋤新鑿小池宜抱甕時閑高館復攜書

紛紛甲第皆粱肉何事邱園末干禄稚子能羞苜蓿盤
家人解壓葡萄緑寂寂林扉絶四隣角巾野杖亦容身
公門若更栽桃李先數林泉種圃人

題周家山水圖

野人不到山中久見山若見平生友咫尺相看解有情
幾番别去仍回首石林精舍小葑廬便欲牽蘿學隱居
周郎拍手向予笑云是吾家山水圖角巾野杖行瀟洒
又似商顔採芳者瀑水淙淙鳥外飛巖花寂寂雲中下

潭聲樹葉涼蕭蕭世人何必輕漁樵霜枝可薪魚可濯
時來不負金臺招

題山水圖

憶昔扁舟過南楚飄泊瀟湘洞庭浦積水寒天夢澤深
疎鐘淡月巴陵曙君山獨上思悽然竹樹蒼涼繞暮蟬
空陵草沒皇英骨古井苔荒柳毅泉一別湘江向十秋
披圖遠憶舊時遊青楓寂歷烟中曉遠岫依稀鳥外愁
雲帆去去尋仙島我欲因之拾瑶草再三招手呼不來

令人獨立傷懷抱

書琴高跨鯉圖

焚香禮瑶席遠望空懸竚翩翩列仙人騎魚撇波去憶別人家二百秋暫來復去誰能留冀山青青涿水緑相思不見令人愁華陽亭下秋風晚應教嵇生廣陵散何處重期太古音荒城落葉蒼苔滿赤鯉迢迢海上行春風幾度到瑶京笑予亦是謫仙者未得騎鯨歸上清

書松陵夏尚忠王明府道齋故人也明府繪望

雲圖令其子歸遺之索余題其上

毗陵客舍淝湖裏鄉心秪憶吳江水閶門千樹別來青笠澤孤雲望中起孤雲迢遞故鄉山也似梁公馬上看膚寸任隨零雨散飛揚還帶暮天寒看君已抱連城壁何事猶懷兎園筆朝飯歌殘苜蓿盤春衣夢繞斑斕色王郎此去揖清芬明府緘書遠念君他日好在青雲上回首姑蘇是白雲

牛上翁

時既和年既豐樂莫樂如牛上翁短衣半濕楊柳露長
笛吹老棠梨風君不見苦竹岡頭淇墊水鷓鴣相呼作
人語馬上郎官攢兩眉海北天南路何許翁家有粟牛
有芻世人造物如翁何牛飽歸來浩浩歌江上兒孫雨
一蓑

爲陳必尚題山水圖

太常積飛翠朝夕侵我廬嚴公湖上水色映靈臺虛𩀱
峯屋上三山峭散帙鳴琴亦高妙半榻閑雲鶴夢醒一

簾初日藤花笑顧余性癖愛清暉終日相過盡醉歸幾
度離家聲别調何時恩許卸朝衣黄花九月高樓酒無
那明朝又分手座中應感去年人馬上空拳未霜柳酌
酒看山興暫同君家兄弟氣如虹萍蹤自愧無南北聊
寄相思水墨中

賦得幔亭峯送人之建上

鶴岑夏天開洞門仙翁騎龍宴曾孫曾孫大醉仙翁别
木魅鮫童弔溪月萬花濛濛蔡竹荒石雲紫巌參差涼

銀灣逗帆嘯蒼穴玉函千年蛻金骨峯頭藥草九節香
胡麻作飯與君嘗待君騎魚還故鄉

題侯明府河陽滿縣花卷

君不見河陽潘郎花作縣龍葱千樹行人羨縣南縣北
正花開二月三月花如霰拄笏香浮按牘清揺鞭色映
宫袍蒨看君爲政應不煩還如桃李竟無言成陰共借
陽和力結實都含雨露恩莎庭吏散心如水山鳥含花
下廳事花底時聞宓賤琴花邊或駐王喬履前年玉谷

將綉衣膽落金吾鐵面威今年復把郎官筆可憐銅墨生光輝河陽只愛芳菲色未勝君家曾種得春風早食金琅玕歲寒莫負凌霜栢

美朱嶙爲從弟訴寃

北門天霜秋草衰南山桂樹青連枝鶺鴒低飛聲正悲弟急難兮兄痛之邊頭軍帖嚴有期將作遼陽征戍兒阿兄含寃摧兩眉誓將生死長相隨天門九重龍虎威逆鱗猛鬣誰敢窺以額扣閽天始知天始知事還白不

使全家隷兵籍君不見同胞紛紛日相訾行義之人乃如此

爲鄭可久題漫士畫

龍門畫史多神墨紛紛見者誰能識自從走馬入鑾坡片紙人間求不得高堂素壁洒林泉王屋嵩邱遠岫連對榻長飛洞庭雨開簾欲放蒼梧烟王融才子中林士脫落塵機愛山水想是龍門大醉時揮霍含毫爲君起猿鶴山中那可招暫時看畫憶漁樵長安莫道終南近

自古雲林遠市朝

送王偕之永嘉訓迪

谷口離歌動行簽馬首西風卷殘葉芹殞今看釋菜嚴棘闈舊槻穿楊捷東嘉形勝古名州鴈蕩峯迴浙水秋驛館暮投旅米飯山城寒過木綿裘廣文官舍江天裏官暇彈絃聊隱几抱膝休歌梁甫吟傳經且授毛萇義權門要路四時春念爾官卑祿更貧聞道此鄉多大布不須遥寄到樵人

贈新寧陳五處士大初應召

祖道百壺酒千人歌送君玉壺擊寶劍壯氣橫孤雲玉壺擊斷歌聲作遠海春潮爲君落别路行看指鳳凰青山不得隨猿鶴主父西遊感慨多馬周辛苦遇常何何如高卧東山頂一上金門解緑蘿問君今年幾十霜鬢眉稍白髮半黃長松歲寒起凌厲良驥老大方騰驤龍鍾好爲蒼生出莫愛邱園長隱逸作縣還堪魯卓齊爲邦尚可龔黃匹君到皇州春正深龍池柳色動鄉心白

門酌酒看花醉青瑣聞鶯委珮吟同遊儵爾皆朱紱笑
我蹉跎空白首玉堂西掖故人多相逢爲問平安否

龍龕燕集并序

新寧有佳山水而龍龕又山水之尤佳者也
搢紳鉅公往往輩出由清淑扶輿鍾秀所致
也今年夏浮梁丞陳思孝服闋將赴天官条
走送海上因造兹山丞洒過李其族人貫酒饌
觴香爐峯憩望海亭抵水樂堂遂觴余金仙

之居少長咸萃凡十餘輩既酣丞昆季果之
衛之舉酒屬余賦詩辭不獲已遂書于壁聊
紀一時之會時永樂甲申六月十又四日也

蓮宇最高處青蘿隱丹梯鐘鳴海色動四壁聞天鷄
竹蒼梧埜翠分石林陰洞未歸雲香爐峯小開窓見水
樂聲寒隔坐聞迴風颯颯吹松栝落日澄潭見毫髮龍
眠水底呼不醒千歲寒潦雨落滑而我發遐想興來隨
所之緣雲踏鳥道披荒上天池天池色暎黃姑水手接

飛滕洗雙耳鬼谷仙源杳靄閒鴈蕩天台只如此望海
亭中載酒來石楠花氣拂金杯葛衣醉倒繙經榻紗帽
狂歌施食臺龍龕法侶心無垢宴坐禪扉說空有玄度
難酬支遁詞鑿齒曾於道安厚浮梁少尹欲朝天羣從相
看惜别筵遥想五雲雙闕下時時飛夢繞林泉

書陳思中鍾山草堂

東人結廬雲水閒有時飛夢遊天關西人白馬長安道
身寄玉堂心在山草堂只在鍾山口石門南頭岱溪右

古木垂蘿遶四簷紅泉翠壁當虛牖憐君白面魯諸生
却愛幽居隱姓名興來滿載東山酒春至還尋谷口耕
卷幔橫、經坐曲房穿林著屐采芸香天寒煮茗僧同榻
月在彈絃鹿近床巖扉近舍多幽處向子何須更長去
心遠能忘朝市喧機閑自得烟霞趣獨鶴孤雲任此身
至人舒卷道爲隣草堂亦有山靈在莫學周顒却笑人

題陳敬山晉安丹室

丹室人間那可尋嵩邱王屋五雲深先生結茆向何處

坐令九轉成黃金芙蓉出鼎秋花吐曲窓房幽夜窓曙
陽遂光中結坎離方諸影裏交龍虎早服還丹變羽翰
弱流東逝任漫漫秦皇漢武徒辛苦驪山茂陵荒草寒
有時買藥春城暮門掩西林杏千樹相逢稽首長桑君
與君竹木枝頭露

題龍山歸隱卷

山人在山心自閑偶遂無心雲出山雲飛飄飄落江海
忽訝山人何得還山人舊是霜臺吏曾與繡衣掌書記

八州郎吏揖清芬三尺兒童識名字萬事人間轉眼非
山人大笑拂衣歸昔時猿鶴今無恙别後杉松又幾圍
林泉未勝功名好羨君忘機一何早每因京使買琴絃
屢向詞人借詩藁興來躡屐到僧家竹裏焚香白日斜
谷嶼壺山落天鏡五峯百丈横秋霞我昔逰禪此山裏
日坐靈花嚥潭水夜半龍鳴萬籟聲四五沙門忽驚起
幾年奔走愧塵顔欲借金梯復再攀願留十日與君飲
醉倒白雲秋半間

書高漫士為道人游月寓憲作水墨圖

嵩山連峯勢磅礴空翠濛濛坐中落始悟方壺醉裏塗復訝商公興時作竹澗堂臨溪水濱龍門墨客問通津相逢大醉仙家酒戲墨持歸鶴上人鶴上仙人其山好每見此山應絶倒雲斷嵩邱少室閑龍鳴華頂天台早我亦平生苦愛山塵緣未割竟何顏願隨飛珮花源去一見秦人遂不還

送憲史鄭彥林考滿赴吏部

我昔維舟東上潭見君家住岐陽南門埀粟里先生柳身著栢臺從事衫前年寄詩沙頭道去年期我山中菴匹馬今年又别離斗酒何年共笑談今去皇州霜正落況逢淮樹葉初酣吳女當壚卷細袖白門燒酒破紅柑人人盡道山公好於爾長林無不堪

題高漫士逸墨山水

古人逸筆多大意壽巖寶晉方壺是今之畫史誰最奇玉堂待詔予知己此君别自有天機恰似張顛草聖時

醉來也解頭濡墨醒後翻言畫者誰滿堂積翠橫仙嶠
主人坐聽蘋門嘯萬籟天聲發指頭百道風泉出心竅
欲借巖扉隱鶡冠綠蘿青壁共誰攀江雲渭樹悠悠別
聊寄相思水墨間

秋夜燕集濮陽別墅分得散字

逸人家住千金水別墅開畊濮陽裏人言此水值千金
爾獨邱園厭聲利莫愛西堂夢草時羨君亦有好連枝
河東三鳳只如此田氏一門誰更奇荒林野水金沙路

曾是先人舊行處滿目寒花色自幽斷腸風木聲偏苦
禾黍登場酒復篘斷壺剝棗宴同遊滿堂醉舞多年少
愧我猖狂令白頭雲閒片月懸秋漢遥海星沉夜將半
感君兄弟苦留人謂我天明莫分散

題林遵性墨竹

嶼南山人心不羈含毫醉掃蒼筤枝斬釘雀爪何怪怪
兔起鶻落偏奇奇國初始重方壺筆若比湖州更飄逸
丹邱金錯未足誇吳興篆法應難匹臨榻由來失本真

當場落墨要驚人山人獨向靈臺悟信手拈來如有神

題南岳夫人圖 并序

月窓道人手是圖相爲南岳夫人且索題其上余稽其實迺晉司徒魏舒之女名華存邁景林真人授以黄庭内景之祕即此是也雖然亦莫究其實俟識者辨之予又觀其風神蕭散意態濃遠無迺吳道子閻立本之筆耶

彼美人兮何得仙鍊大龢兮保長年馱白牛兮降朱鳥

心黃庭兮口不言質㛹嫿兮心澹靜巧靨輔兮體輕便髮鬒雲駐兮膚瑩雪規脩蛾兮目成擐曳霓裳兮結羅襪被紋縠兮雲錦鮮錯木難兮佩明月丹胡盧兮腰下懸挾兩嬰兮先僮婢負躞跜兮如遠邅萼綠婉孌麻姑比肩幽渺沕穆委虵蹁躚倏鸞翔兮千仞忽龍遊兮九淵御祥飈兮復褰舉僊之人兮儼若旋衡山巖嶶峆岈層顛絳樓彤楹泥丸丹田獨舂容兮于大道眾莫知其玄之又玄余既覿芳儀而自失兮神恍恍而內遷邈靈

爽兮不予顧山寂寂兮水濺濺荒唐誕幻不可測漫汗丹青那可傳

海上逢陳生

陳生拜揖當路岐未道姓名那得知别離不覺二十載倏忽相逢如有期憶予年纔十五六負笈朝朝向予讀我今鬚鬢已皤然子亦形容過半宿别路蕭條霜正深無錢沽酒又分襟到家若見平生友爲我慇懃達遠心

王克剛碧蘿山房

醉樵醉樵家何處垂蘿拂窓泉繞户屋頭萬萬羣徽峰
巷口千千石楠樹寂寂垂蘿騎古松縈烟擺月又丰茸
花飛晚榻僧同坐葉作秋衣手自縫山人直是幽棲慣
來往紅塵亦蕭散採樵時少醉時多在泮日長歸日短
歸去山中百慮消芭蕉葉長蕨初苗貍香玉面時登饌
酒熟黄精屢洗瓢草書逸興如濤湧滿城見者神皆悚
鐵限年來踏又穿霜毫歲久埋成塚羨爾幽居對綠蘿
青雲高興近如何還將墨客龍門畫來覓皆山樵者歌

書梅江陳汝疇家藏古畫

吳綵半幅無全縷越樹淮雲楚天雨兵燹流傳不記年丹青漫滅空存古絕壁連峰窈窕間劒門迢遞對荊關疎鐘遠火褒斜谷落葉秋風子午山西遊去去羈塵緩草衣笋笠今何有箕山不見稾瓢人渭曲難逢釣魚叟君家父子愛林邱靜裡乾坤不著愁南塘耕畢閑看畫醉倚千金水上樓

奉題清遠伯水墨圖中寫松竹梅

君不見徂徠峰頂秋濤作瑯琊臺上天聲落君不見黃陵廟前千萬枝楚雲湘雨青離離不知何樹臨寒水冷蓋空香拂征騎乍逐吳歌曲裏殘又向邊人笛中起君侯受鉞下閩藩草木還沾雨露恩山中亦有淩霜栢思向侯門深托根

題劒溪上人坐禪卷

釋子安禪何處山鐔津溪上薜蘿閒身將鶴畔松同古心與巖頭雲共閑九峯禪觀通雲月百六灘聲廣長舌

翠竹黃花總是禪西來直指何言説磨甎作鏡無光彩
刻舟求劒知何在吾鄉兄弟刹那閒若問江湖三十載
戒刀禪尺與蒲團定裡休將色相看直教鐵鑄脊梁骨
不用安禪禪自安

書林景時墨竹二首

水墨掃金錯每惜柯丹邱鷗兔互起落復愛文湖州吳
興老所已仙去紛紛作者誰能悟石室流芳何處尋壺
邱羽客心偏苦虛白子通仙靈三湘雨色闊青青皆山

樵人酒半醒晚風吹夢秋冥冥明朝飛上君山去一曲
璚簫龍爲聽
楚山脩玉凌雲起影落誰家畫屏裡斷粉殘香夜不妝
寒枝只是生秋米多情遺褋度湘皐別有蒼莨節更高
爲君飲盡上池水看此毿毿長鳳毛

西昌鄧奉使安泰堂

楚國多秀士鄧君如鳳凰刷毛霄漢上覽德岐山陽君
家文獻猶存古安泰堂中如樂土開簾時聽九江潮酌

酒晴看五峯雨散帙斷絃絶世情坐來心地自然平夫
人堂上無愁色稺子堦前同笑聲東城南陌何凄斷緑
野平泉也凋換三湘竄逐怨江籬萬里羈危對秋鴈此
際問君誰似君日高猶卧半床雲只言永結烟霞想侍
意今隨鵷鷺羣使車到處爭迎送乳酒青絲白銀瓮西
上金門自此昇山中節屋空多夢

送鄭居仁以楷書赴召

爾家山房多柿葉架上床頭饒古帖柳骨顔筋手屢摹

王㒞鍾繇每精獵兎園挾策幾經秋不見將名千五侯一斛只謂山中隱匹馬那堪西上遊河橋酒幔青青草祖帳離歌滿官道行簇春衣莫畏貧上將權門與君好高閣陰陰遶鳳池紫花鸞綾光陸離擅場點筆須經意莫比家林醉墨時

九鷺鷥圖

屬玉何翩翩羣飛向空濶非無霄漢心暫爾弄流沫綠水幾片雲青山半行雪有時寄蘆花相將亂明月此鳥

清臞絶世塵來往烟波不屬人若教盡逐鴛鸞去誰共

沙頭鷗鳥親

漁樵耕牧圖

山水相逢任疎散孟諸日夕歌聲遠大野春苗葉未齊

長川水草香猶短峽口泉飛隔世塵雲間鷄犬是秦人

重林峯壑無歸路流水桃花幾度春白頭未悟丹砂理

縱酒狂歌鶡冠子一片孤雲野鶴心秋來夢箸青青裏

水墨横圖爲姜養恬書

楩樹重林隔花遠仙源一道緣溪迴太常峰頂千秋雪
石門洞中萬古苔石門隱映靈湫窟積水澄波洞毫髮
龍鳴午夜發天聲僧定空山見秋月美人家住石門東
散帙垂帷杳靄中千嶂雲來囱户白半巖雨過野泉紅
美人自是儒林秀叔父風流今白首醉來莫賭山陰棊
興在寧陪竹林酒門前水磑霜花米席上春盤膾鮮鯉
何意匡廬四五峯飛落君家畫屏裡君今見畫思隱淪
謂我年來得句新誰知紙上千章富不換倉中五斗陳

賦得沙堤送别造士王克剛赴召入翰林

新寧海邊沙作堤人烟兩岸草萋萋潮歸鵝鸛印行跡雨到楓州沙更白沙山繚繞大堤平故老虛傳宰相名漁梁晚波牛渡淺堰口春泥馬蹄軟新水還流舊水聲古人過盡今人行青幔紅橋幾迴别官栁秋風不堪折才子辭鄉覲九重銜杯堤下動離容遥知草詔明光裡沙上空留送别蹤

雪溪行旅歌爲古縣陳齊之賦

君不見燕代城頭雪花白片片飛空大如席居庸關口秋即寒白翎凍損地椒乾駱駝凌競馬不發卷髮虬鬚膽欲折公主琵琶苦調多都護狐裘冷如鐵行旆遥遥出柳林賈人車上盡馱金蒲萄十斗飲不醉瀚海層氷千丈深迴看宮闕連天起萬歲山高玉華裡雪散春回宮草青百年王氣東流水江南春早雪聲殘行客休歌行路難西遊大道青天上不比居庸關外看

題林逸人水竹居卷

中州逸人隱于橫塘所居環樹脩竹鑿池以通潮汐暇日常宴坐其中與道徜徉澹如也因以水竹居自名其堂且索予長句詩就主人擊節而歌歌竟請書為贈云

清莫清如金塘之碧篠澹莫澹如玉溆之澄瀾紅泉一道寫天影青林五月驚秋寒草堂宴坐如空寂遠過山陰子猷宅初疑飛夢落湘皐彷彿蒼梧起瑶瑟磷下沓邊好濯纓看書高枕謝浮名白鷗小艇滄浪調黄鶴孤

琴靜夜聲閑門永日無車騎半榻清風兀然醉動處徧

澄靜者心晚節方知此君意客來呼酒共論文燒筍煮

魚每夕矄自耽老興工長律更喜兒郎書八分憶昔聞

君訪仙島壺邱員嶠多靈草九轉黄金衹浪傳數莖白

髮歸來好如今高蹈隱鄉山學得劉伶善閉關只愁西

伯非熊獵忽到滋泉水竹閒

寄題靈武王孟敭南湖草堂

湖南小山誰結茆潮陽使君歸避歊五馬行春何處在

空梁落月多神交後人此地還廬墓日望寒松嘆風樹
損菴晝坐想音容宻齋夜起悲霜露阿翁曾與石為隣
今見盤陀若大賓阿翁當年與山好仰止今朝思古人
澄湖積雨秋波淨菱葉荷花落天鏡出户唯將鷗鳥親
罷琴也逐漁樵興君家事業何可當兄弟聯翩如鳳凰
新製文章行滿篋舊藏袍笏尚堆床溪藤歙硯相爗
金薤琳琅映華翰祕閣圖書出晉唐故家彝鼎超秦漢
我昔登龍候使君滿堂賓客正論文南陽醉墨今何在

太史清詩久不聞前朝冠蓋多如雨誰共使君同日語
地下逢人不愧心人間有淚空傳古三十年來别永陽
白頭無復更登堂心隨輞口樂家瀨夢落盤中李氏莊
看君豈是悠悠者昨日橋門動聲價合浦初還照乘珠
流沙遠致空羣馬到家又結草堂期曾對山靈發誓辭
名遂古來應税駕南湖誰假北山移

吳航高魯仲將赴春官同學友繪其鄉龍門
勝槩離爲十詠分題于上余獨裒衆目總而

歌之以識其別

清暉高樓連翠微清暉主人常下帷春簾半古和烟卷秋笛三江帶月吹樓扉正對三江水半點青山落烏几文筆浮峯鴈影邊夏雲夕照天聲裏岱陽千樹拂晴霏迢遞風帆鷄嶼歸緑波芳草潮頭白空翠濛濛來濕衣竹枝歌斷瀛洲渡渡口行人自朝暮江心般若送僧鐘何限年光此中去有時躡屐聞秋籟樵歌牧叟非余類吳嶺三山只整覜青雲北闕遥相待北闕青雲西上遊

龍門今夜發仙舟明年桂枝君應得還憶家山醉倚樓

贈別曾君伯剛遊廣東訪陳潮州

曾君遠遊何所親潮陽太守君故人豪士滿堂皆醼別嗟予四壁常家貧看君豈是彈冠客聞道芹邊久虛席網罟寧加縱壑鱗樊籠不掩沖霄翼家林別去且遲遲道過溫陵謁舊知司校閒堂連別墅參軍遺像有新祠清漳山水舊城池羅氏繁華昔在茲驛路停驂空弔古河橋買醉更題詩雙旌出迓韓山口未話鄉心即攜手

遠道休愁館穀稀故人俸祿堪沽酒

九日燕集題高牧隱清暉樓畫壁

我昔大醉清暉樓燭前醉眼如滄洲九華五老將心遠
七澤三湘隨夢流湘紋卧簟清如水紈扇平頭小奴子
黃葉聲聲枕上來白雲片片床前起酒醒樓扉曙月凉
青綾猶覺茝蘭香向來水木通幽處始悟丹青落醉鄉
茲晨看畫重攜興更喜仲容初戰勝黃門給事此同遊
玉堂待詔曾留詠九月黃花酒滿槽主人洗盞客持螯

風流笑傲清暉裏到處爭傳牧隱高

贈吳易平還溫陵

延陵家住溫陵東南窺大海連空濛五夜扶桑氣先白
四月刺桐花正紅延陵自是黃冠客名姓幾時隸兵籍
案頭莊列萬餘言篋裏孫吳二三策一著戎衣又十年
三時講武復談玄閑教弟子六七輩朗誦黃庭千百篇
寥寥一室梅花寒鐘磬泠泠發天籟鮫女聞經罷泣珠
漁人聽法爭持戒心本孤高絶世囂有時飛札問三茅

醉磨夜斗七星劍夢斬秋潭獨角蛟昨夜營門領飛檄
秣馬徵兵遠行役道過鄉山得到家松門霜雪迴春色
我昔青年愛遊衍幕帽肩輿不知遠金粟峯頭鶴共眠
清源洞裏僧同飯雲樹荒臺秋草蕃溫陵大姓幾家存
繁華不見今頭白待爾重來仔細論

送金魯仲省親赴滇南

漢武祠碧鷄遣使下滇池輿圖既混一豈必論邊陲山
川遥遥隔中夏椎髻何曾沐王化爲度猶愁中慶春夢

飛不到昆明夜九月凉秋百草凋孤臣畸士共魂銷風霜但覺南冠冷雨露那知北闕遥子行悠悠赴絶國心戀嚴君多感激八千里外怨睽離十九年中斷消息念此令人欲奮飛遂將行篋卷征衣鸖鴒原上分秋影護草堂前嘆夕暉閩關西上連吴越獨樹淮山青一抹野飯朝行雲夢鐘棹歌夜渡巴陵月輶軒幾日到雲中萬積千山路不窮青山好處休停騎白首營門望阿戎

雲峯歌送聞上人歸

七閩山多如蜀川千崖萬嶺疑登天六華峯高雪作頂
五月夜半聞寒蟬芙蓉石室人稀過蓮宇香臺尚經火
無字碑横任鹿眠摩香石冷從猿卧憶作法園初布金
三千緇錫繞叢林徑行龍象諸天影禪寂鯨鼉萬籟音
杉枝青青低拂地木人也悟西來意五百年光轉眼休
重見真僧出凡世鐔津法侶解楞伽却下九峯登六華
枯木庵前挂如意留香堂上搭袈裟趨來下界相逢處
幸接微言沐甘露鑿齒由來識道安遠公自是奇玄

度法舟令去幾時逢塵世空瞻象骨峯歸見住山頂問

訊西江一派是禪宗

書高翰林繪閩嶠歸雲送周擴泰還長樂

一風東來吹海山南雲北雲飛度關北雲畢竟從龍去

何意南雲將鶴還遶雲飛適與飄風遇片片經天散仍聚

但見無心出岫閑寧知變態爲霖去周子辭天便拂衣

龍門解薜上金扉㬰鈎入水疑雙化趙璧連城喜獨歸

歸來海上還畊釣食稻安眠開口笑白首誰同晚節高

黄山獨契歸雲妙聞道龍門悵別深爲君雙筆繪家林秋天夜夜歸夢應羨孤雲滿故岑

贈温陵王玉堅遊京師

王郎解劍還鄉里六年不夢軍中事垂竿靜釣鼇江雲買舟忽過梅城水自説年來愛遠遊束裝今去上皇州溪行笋笠三山雨水宿蒲帆五月秌棹歌明日過京口我亦西遊今白首分手前程莫嘆嗟白門相遇應沽酒

閩中十子詩卷十六

閩中十子詩卷十七

明　袁表

馬熒　編

王典籍集三

五言律詩

塞下曲

雲中今已平軍士凱歌聲天地邊塵靜關山漢月明洗兵秋度磧牧馬夜歸營多少還家夢中原有弟兄

其二

鐵騎向邊州生隨定遠侯戰餘關月冷兵盡塞雲秋萬
骨纏沙草孤䰟集戍樓唯餘忠憤在須獻月支頭

其三

邊城那可論烽火照營門萬竈愁烟合孤城殺氣喧雪
高弓力勁沙凍馬蹄皴百戰蕭條盡何須老獨存

其四

百戰皐蘭北長驅入塞垣陰雲横敵陣朔雪度營門牧

馬邊塵黑鳴笳隴日昏辛勤看玉劍猶未答君恩

其五

十二羽林郎橫行事朔方陣雲飄塞月殺氣慘邊霜戰苦隂山黑兵殘落日黃君看射鵰手生繫右賢王

其六

塞垣寒日沒斷草逐邊霜飛漢月臨雕戟邊塵暗鐵衣檄傳青海戰陣解玉門圍辛苦沙場北鄉園夢裏歸

其七

幾戰交河北天山暗雪花橫戈辭漢月驅馬入邊沙窮
寇依深壘殘兵慘暮笳烟塵如未息鄉國不須嗟

其八

軍城飛殺氣古塞接窮荒隴笛秋吹月吴鈎夜拂霜鈴
聲沙磧遠馬色玉關涼辛苦疆場卒聞笳益斷腸

金陵送人落第歸江南

鳳臺寒日暮千里送君還别夢愁京雨鄉心絓楚山落
花偏擁棹歸鴈獨臨關應醉家林月青雲好是閒

野望

極浦遥山外荒城瘴海頭夕嵐松葉暗孤嶼鳥聲幽塞笛飄寒淚隣謳起暮愁連天秋草色歸思日悠悠

送鄭浮郎被詔重赴京師

關河殘葉下征棹復西遊遠火臺城暮微霜禁苑秋詔書天上出宣室夜深留浩蕩論經史時時近冕旒

送劉逸山還山

天高寒日暮念念獨還山綠樹懸心遠孤雲入望閑水

流侵石榻葉落擁柴關别後分遥想諸峯杳靄閒

梅江夜泊

卸帆依暝渚帶酒宿沙頭戍鼓嚴更漏寒鐘落釣丹霜明城下水月暗海西樓薄曉啼猿罷蒼蒼遠樹愁

山人入城

行行别翠微迢遰入城扉故舊多零落人烟半是非清霜寒使馬落日動軍麾薄暮遥鐘起還尋舊路歸

題無諸廟壁

野廟大江干蕭蕭樹色寒斷碑荒草沒畫壁古苔乾龍去春潮在猨鳴海月殘英雄那可問東逝更漫漫

客中聞子規

闗路草萋萋楓林杜宇啼思深湘岸曲聲斷郢雲西故國春歸盡他鄉客去迷淒涼聽漸近疲馬亦長嘶

春暮田家

野藤垂谷口林徑少人行茅屋先春補沙田候水耕籬深孤犬吠樹密一鳩鳴花落家僮掃寥寥遠市聲

江樓聞笛

纖月挂楓林晴樓霞夕陰誰家吹鳳管永夜作龍吟楊柳邊頭恨梅花客裏心天明漢江上唯見水雲深

古鏡

匣裏菱花鏡摩挲恨轉深土花浮綠暈秋月閉寒陰漢女曾窺鬢秦人已照心蛟龍今剝落徒爾折黃金

夏夜曲

初月照迴廊鳴璫出洞房竹清殘暑氣荷汎小池香雪

腕宮羅潤雲鬟夜月涼庭前有梧葉早晚落銀床

翡翠

羨爾炎州翠雙棲羽翼微雨香紅玉觜風颺碧羅衣避

鷸藏深竹銜魚上釣磯吳宮矜首飾莫道網羅稀

送人從海城軍

從軍江海上征棹去微茫瘴雨孤城白秋風大野黃旌

旗連蟹舍烟火近鮫房但使封侯貴何須憶故鄉

送人還嶺海

别君滄海上况是暮秋天亂葉驚離席孤雲逐去船荔枝瘴雨外椰葉夕陽邊回首風塵隔相思共渺然

松寺清秋

迢遞青蓮宇雲邊事事幽松花山路晚鶴夢寺門秋黃葉僧前落清泉屋上流所嗟塵累久那得此淹留

秋日遊山寺

荒山殘日晚秋思正凄涼野鳥啼花逕溪泉溜竹房鐘聲雲外遠樹色雨中黃更與詢休輩焚香坐石床

送衲子遊方

乞食向人烟心閑處處禪浮杯江上月浣衲澗中泉蜀道峨眉遠廬山瀑布懸孤雲自飛去誰得扣玄玄

聞鐳一敦擢監察御史

幾年遊璧水一旦侯金扉勑賜騎驄馬人看著錦衣天連楓陛曉霜借栢臺威此際如相憶母令尺素稀

輓邢逸民

流落衣冠没他鄉幾度春青山行賣卜白首坐忘貧昔

愛林中酒今爲草下塵平生數行淚爲爾獸沾巾

挽僧

人間郵久住隻履獨西歸夜雨虛禪座寒山瘞衲衣鴿栖青草塔猿弔白雲扉從此無期會空令淚欲揮

夜到漁家

渡口集昏鴉緣村逕路賒楓青迷野水竹密暗江沙遠火人聲絕孤帆月影斜扣門驚犬吠如入子陵家

宮人入道

雨露恩寧薄烟霞思獨迷向人披鶴氅無分卷龍衣女伴愁將别君王夢亦稀他年青鳥使銜表到金扉

經漂母墓

寂寞淮陰路荒城接楚原誰能懷漂母曾此飯王孫孤塚今猶在千金不復論身慚非國士玆去向何門

昭君怨

掩淚向邊州君恩此日休身隨戎幕遠心是漢宫愁鴈塞春難度龍堆草易秋玉容何足貴翻作羽林羞

山路見落花

野花垂嶺口無主亦芳菲色映林僧帽香隨木客衣淒涼猿折去零落鳥銜歸日暮人行絕山風吹更飛

送林山人入城

林棲無外事訪舊入東城漸失聞猿處多逢結駟行古榕藏驛舍殘柳拂軍營薄暮遥鐘起紛紛薜荔情

題王孫挾彈圖

金衣騎小鐵追遞茂陵山按鶻花邊落鳴鞭柳外還斷

猿驚雨箭過鴈落金丸歸醉瓊樓夕天街雪正寒

秋暮寄山中人

水國催寒早微霜幾夜砧懷君隱居處殘葉亂山深

野鳥無遺跡孤雲不繫心懸知燈火夕閑坐聽猿吟

書江山別意圖送羽人還神樂觀

羽人何處去歸事玉宸君飛珮花間別横簫鶴上聞過

關閬樹斷絓席楚江分想到齋宫夕員邱候五雲

書谷口雲深圖

連峯轉幽邃竟夕白雲多峽裏非人境春深但女蘿仙源空翠遠香界斷鐘和鸞鶴飄飄去塵蹤獨柰何

題黄聲玉環清樓

樓虚千嶂合水木澹清華積雨仙源白題雲鳥道斜褰衣凌野翠捲幔拂秋霞想見横經夕蒼藤落數花

梅江送林中州歸龍塘

清時尚不官道在任家寒夜夢梅花帳朝吟苜蓿盤魚風吹鬢冷蚌月照衣殘歸去鄉林下横塘竹萬竿

題陳孟敷耕圖

野情魚鳥邊孤興寄秋田霜降黃花酒山空白日眠雲根緗帙散林杪桔槔懸予亦棲棲者遥知沮溺賢

擬唐儲光羲題陸山人樓

愛爾幽棲處樓居水木清松高清鶴夢竹密助猿吟簾捲山光入牕虛日色明獨慚官府繫臨眺不勝情

擬唐祖咏江南旅情

支離郵可道搖落倍凄然歸夢將秋月愁心對暮天吳

山蒼靄斷楚樹白雲連日夕涼風動鄉原若个邊

擬唐祖咏題韓少府水亭

少府愛清暉孤亭近翠微石林娱晚坐池水淨風扉野鹿衔花過溪雲帶鳥歸何須謝纓冕臨眺始忘機

擬唐祖咏蘇氏别業

忘機依别墅豐水帶南山野竹連孤嶼溪雲伴獨閑鹿鳴花外去鶴夢雨中還寂寂何人到年年但掩關

擬唐王仲初邊上送故人

羌笛和羌歌相逢柰别何關河孤夢斷邊地幾人過沙磧鴻聲小輪臺雪片多看君馬上去擽取醉顏酡

寒夜擁爐有懷

擁爐寒夜坐寂寞對閒居凍雪千山白情人萬里餘京南無過鴈汶上少來書愁絶殘燈裏横牕片月虚

送人奉使市馬

使節向宛西承恩出御堤千金求駿骨萬里得霜蹄漢武思神驥燕昭重駃騠歸朝應早計苜蓿苑中齊

送僧遊金陵

金陵維帝里宮闕五雲間師到是何日禪棲若箇山浣衣天界曉清梵紫金閑早晚門人念東林定裏還

暮春送人還溫陵

斗酒惜分襟溫陵驛路深關河孤客棹滄海故人心茗葉迷行旆桐花醉客簪清源仙洞好知爾日登臨

征婦怨

夫婿遠從征雲中路幾深作旗餘帳帛貫劒斷釵金被

綉香蘭淺粧奩鳳影沉年年衣上淚隨恨寄寒砧

挽黃檗大休上人

隻履復還西令人憶我師空門了生滅塵世漫淒其馴鴿棲新塔靈花落故枝愁來雙樹下空有淚如絲

送人之雲南

雲中路不窮迢遞入烏蒙馬上看山別天涯見月同昆明波淡淡金齒樹朦朦異域空相憶音書幾日通

送人從溫陵軍

温陵南海上孤劍獨横行策馬經花縣看山到柳營明珠來市舶荖葉遍山城長揖嫖姚幙從容論五兵

贈倭僧

叅方離日本乞食向中州滄海無行跡浮天但法舟扶桑孤島曙貝葉舊房秋借問西來意無言坐石頭

送人使重譯

奉詔浮東海魚龍護去舟雙星别鵁鶄幾日過琉球絶島蕃王拜邊庭使節遊歸朝應早計休起見京樓

梅花戍觀練兵

笳吹動江城將軍練五兵水摇金甲影風度角弓聲戍幕斜連海軍麾遶下營時平嚴武備非欲樹功名

夏日遊碁山寺

載酒空門下林幽暑氣清半天聞梵語雙壁隱鐘聲野鳥知禪意孤雲薄世榮何應謝塵事從此學無生

夏夜泛江因造澹山

畫舫宜涼夜滄江酒氣清星河分棹影鷗鷺起歌聲海

曠天低水潮平月到城澹山有佳處遥見蚌珠明

送中州逸人歸龍塘

幽棲何處是積水近柴扉樽酒沙頭别輶軒月下歸竹深林鳥待村遠故人稀遥想齋居裏狂吟竟落暉

挽林醫敬仲歿瓜蛙國

君懷秦緩術埋骨向扶桑昔賣人間藥今修地下方魂飛隨漢使客塟感夷王此日龍門道清猨益斷腸

梅江送林澤中歸輿南

賣藥偏成隱相逢但布衣梅江秋外別花嶼雨中歸遠火千峯夕遥鐘獨鴈飛自言今白首此去故人稀

客中見新燕

可憐江上燕幾日到烏衣欲向誰家去多應舊主非落花深巷小喬木畫梁稀自笑天涯別秋風想未歸

山居春曉

仙源隔幾塵林館更宜春葉暗青連雨雲孤白近人浣衣溪沫綠濯足埜苔新余亦無機者誅茅願卜隣

寒夜宿張藻宅偶賦

旅人眠不安抱劍夜中彈月映花林白霜凄畫壁寒澹雲孤夢遠流水半生殘想是平原館萋萋草正繁

都門即事

都門閑望處車馬藹香塵禁繞龍池樹鐘殘鳳闕春衣冠三輔客劍履五侯賓唯有楊雄宅門前草自新

五言排律

美憲僉陳公重修玉融天寶陂

咨訪代宸聰霜威八郡中褰帷詢潦旱按俗憫年凶地古瀦防失江流斥鹵通綉衣親計粟玉節坐鳩工瘴海秋騰隼關河曉駐驄已兼修廢墜非但慰疲癃陂水寒仍綠蹉田歲又豐永貽饘粥惠寧忘我侯功利澤恩王景恩波感白公銘心那可報鐫石紀無窮

書黄典幕盤石書室記

盤石隣幽構青山㰚下帷别來鄉望斷心遠宦情微官舍羈黄綬親闈念綵衣衹應懸魏闕那得戀春暉故國

銅魚杳音書白鴈稀家林唯有夢時遶薜蘿歸

林景時雲山圖

鷲嶺積蒙茸連山翠幾重險疑金粟洞高訝玉華峯谿迴雲藏屋林深雨翳鐘客帆秋外小仙珮鳥邊逢夢遶三花樹歌殘五粒松在槃多在澗惆悵獨迷蹤

書滄洲翁家藏高漫士山水圖

草屋帶滄波連峯掃黛蛾路疑盤谷入門訝輞川過野杖依松桂春衣換薜蘿弄琴魚鳥近卷幔水雲多機靜

都志世槩成遂永歌紛紛人代褁纓冕欲如何

閩中十子詩卷十七

欽定四庫全書

閩中十子詩卷十八　　　　明　袁表

　　　　　　　　　　　　　　馬熒　編

王典籍集四

七言律詩

吳城懷古

姑蘇城下刺蘭橈却憶吳王古市朝香輦路邊春㲉

館娃宮外草蕭蕭千年往事空啼鳥半夜踈鐘自落潮

明發不堪回首處暝烟秋雨過楓橋

賦得白鴈送人之金陵

燕山榆葉望秋稀雪羽瀟瀟向楚微夜雨蘆花看不定夕陽楓樹見初飛影隨漢騎營邊落夢遶羌童笛裏歸君到石城霜漸冷暮雲聲斷欲沾衣

送僧試經赴金陵

奉詔西遊説梵經秋風應到石頭城帆飛楚水舟中飯夢落淮山樹裏行一錫獨攜空界月三車遥對廣庭聲

禪心彼此隨緣住塵世空驚遠別情

贈別友人之長沙收

青年作郡被恩榮五馬蕭蕭向楚城關外葉飛鄉舍遠湖南草綠吏人迎嶺雲漠漠空離恨津樹依依若送行君到長沙應暇日定懷賈誼不勝情

江南春晝偶作

郊外空林帶夕霏海天離思遠依依流年又逐殘春去華髮空驚兩鬢稀啼鳥落花孤夢斷白雲芳草舊遊非

家園此日堪惆悵況是天涯客未歸

甲戌歲九日旅懷

客裏凄凉欲暮秋忽逢佳節倍離憂西風白髪慚烏帽旅舍新寒憶弊裘千里故人同落葉十年歸夢隔滄洲别來記得家林賞黄菊花時醉不休

賁野寺殘僧

古寺蕭條絶四隣寺前松栢幾回春月明下界猶聞磬年老荒山少見人貝葉舊聽雙樹法衲衣孤坐兩朝身

秋風已爛蒲團草悟得西來意自真

送人貶海南

官亭幾度飲離觴此夕憐君謫遠方馬上看山柳葉暗津頭沽酒荔枝香秋深嶺表猶多瘴臘盡天南尚少霜憔悴更須懷直道臨岐何必淚沾裳

送越山隱士

憐君久住在空山寂寂巖扉晝不關落木寒泉青嶂裏素琴孤鶴白雲間五陵年少何曾到三逕秋來秪獨

閑欲問塵中何事業青雲能有幾人還

題彭韞玉秋山行旅圖

閑門秋晚葉皆飛征路逢霜客漸稀獨樹斷猨愁遠騎隔林殘燒映行衣西風一飯人烟少落日千峰夕鳥微

莫向他鄉留滯久故園山水候君歸

温陵留别陳方山先輩

温陵雪後鴈聲寒芳草青青客未還千里離情江上月十年鄉思夢中山荒城對酒應難别遠路逢春好是閑

滄海故人零落盡臨岐那忍聽陽關

題郭韓臣家藏趙大年汀渚秋烟卷

大梁公子寫滄洲幾百年中墨尚留芳草秪疑韋曲杜

青山多是洛陽秋天邊積靄鴻初斷浦口微霜葉盡流

遥想繁華何事業汴河東去更悠悠

題長樂林生叔達湖山幽處

樓前積水映丹楓清隱林扉趣不窮人影迥臨飛鳥上

書聲遥在翠微中青山對酒聞猶斷花嶼橫琴與鶴同

此日長安鳳城内五陵車馬正匆匆

題墨梅

林下花時雪更繁蕭條苔逕共誰看空香半入闍僧定霜影全侵鶴夢閑任著隣歌江上發恐隨邊笛月中殘故人天外遥相憶欲寄南枝愧獨難

和林孔逸見寄之作

淮陰漂泊嘆王孫生事蕭條一劍存春草閑堂思舊業暮雲孤館寄荒村月明野寺同棲鶴落葉寒山聽斷猿

傾蓋相逢誰似者且陪歌舞倒芳罇

次韻陳九狂客西巖見寄之作

黄金沙界接岧嶤鐘磬微微下九霄禪榻鳥啼殘雨過香臺經盡落花飄心持半偈緣應淺身寄迷途恨獨遥堪笑此生何住著期君天路遠相邀

賦磐石秋風送別

磐石蒼蒼入翠微秋風嫋嫋碧羅飛淒涼半度誰家邃颯沓全吹野客衣孤嶂斷猿聲漸遠荒岡殘樹葉將稀

由來此處堪乘興何事同心又遠違

寒夜宴別陳叔晦得霜字

縣城高館宴離觴共對寒燈別意長孤嶂啼猿驚落葉誰家殘笛度微霜雲山驛路遥相送魚鳥滄洲舊莫忘知爾懷人何處是秣陵春樹遠蒼蒼

送林彥賓之淮上省兄

斗酒何須惜路岐此行偏感鶺鴒詩青山野店淮南暮孤棹微鐘雪後時猿斷曉關驚落葉鴻飛滄海憶連枝

十年官冷英山下幾度看雲悵別離

哭陳叔晦

秖道青雲定有期忽聞長逝使人悲尊前握手難重會客裏論心更與誰月隱屋梁愁獨夜魂飛淮海夢歸時青山何處荒墳樹未挂吳鈎淚已垂

留別馮公魯兄弟

海國微霜葉已丹玉壺清酒夜漫漫天寒客路鴻聲曉月落芳江樹影殘情在不堪分手去興來猶戀故人歡

惠連羣從偏能賦一曲驪歌欲和難

送蔣節菴鍊師還建上

十年江海慕清芬何事逢君又别君花嶼到來應幾日茆山歸去獨尋雲清溪碧水琴邊落黄葉秋聲鶴上聞自愧萍蹤無住著欲將飛佩息塵紛

送林思禮歲貢成均

十年漂泊故人稀歲晏逢君又遠違候館暮鴻驚别夢粤河殘雪照行衣潮生楚岸風帆夕樹遶淮山驛路微

此度橋門應早達莫忘書札問林扉

早秋懷林良箴因憶東峯諸上人

正月孤帆別遠津秋風林下忽沾巾他鄉久住愁雙鬢
故國遥看隔幾塵江海又逢初下葉關河同是未歸人
坐來更憶東山賞共對閑僧話夙因

爲陳縠駿賦東墅閑居

習静何須隱翠微一間心遠便忘機窗臨絶嶼雲來近
門掩荒洲客到稀禾黍露寒秋釀熟蒹葭霜冷夜漁歸

知君悟得幽棲趣却向清時秪布衣

初秋寄清江林崇高先輩

十年滄海寄萍蹤迢遞鄉山思萬重烏外明河秋一葉天涯凉月夜千峯心知久别魂應斷生事中年夢亦慵無限相思何處著越山仙島樹蒙茸

與連川吳彦器夜酌

延陵才子舊知名今日應憐好弟兄客裏襟期疑是夢天涯萍水况多情清秋一葉琴中落黄菊孤尊月下傾

傾蓋相逢還又别不堪江上斷鴻聲

題王融鄭可久遊建溪卷

谷口開耕歲不豐烟波何處寄行蹤孤舟夜泊鐔津渡

九曲朝看玉女峯殘葉市橋溪上酒夕陽蕭寺鳥邊鐘

遠遊知有懷親夢應到鄉山第幾重

逢楊珣感舊

十年萍梗愧相違戎尚飄零子未歸江國鴻聲驚别棹

河橋草色照行衣他鄉共嘆生涯薄往事空憐故舊稀

日暮臨岐倍惆悵伯勞東去燕西飛

近體留別楊二高隱客三山

別情羈思共何如迢遞鄉山夢有餘仙井碧泉思舊業客庭芳草對離居關河夜笛鴻飛外海國春帆雪霽初愧我萍蹤無住著知君終食故江魚

寄蔣節庵鍊師

觀門迢遞碧蘿陰塵跡空懷物外尋滄海月明人去遠瑶池秋晚鴈來深孤雲野鶴悠悠別積水江楓夜夜心

遥想山中多勝事相思時復寄瑶琴

送林彦時謝得圭之建上

才子溪行秋興深仙舟同汎復同心也知王粲偏能賦誰識嵇康更解琴驛館夜殘明候火市樓霜曉度寒砧遥憐别後陽春調客裏何人爲賞音

暮春邑中與漫士别時滄洲叟命邀不果來

縣城春暮雨紛紛歌罷驪駒厭獨聞蓬鬢相逢俱未達萍蹤無定又離羣緑蕪客路風將遠黄鳥官亭酒半醺

江上草堂誰倚和杜陵白髮更思君

贈別林伯子召天京兼柬鄭助教董紀善

蓬萊薦剡五雲深才子囊書赴上林雙澗野僧留別偈七巖山色寄離心廣文官舍期同飲記室王門待盍簪明到秣陵應話舊爲言江畔獨行吟

寄曾伯剛趙景哲

鴻鴈南飛不寄聲暮雲春樹遠含情白湖高館何年別青浦孤帆幾日行香界竹深僧共隱市樓花滿酒同傾

誰憐白髮滄江上閑倚東風聽晚鶯

爲樵僧賦閑雲軒

城郭紛紛静者稀野雲多戀定僧衣依微乍入靈花去瀟散仍隨法雨飛心寄虚空忘色相身將生滅悟禪機世人未識孤寒意遥聽經聲禮翠微

挽陳方山先輩

清朝遺老舊參軍幾處移家遠世紛白馬公孫何事業青袍書記向來聞西風野水山陽笛秋草黄花郭外墳

零落異鄉空有淚憑誰書寄巴江雲

歲暮岱峯同龍門漫士留別高景度先輩

龍門歲晚惜同心迢遞龜峯遠更尋殘雪亂山頻對酒白雲芳草又分襟離堂夜燭猿聲斷別路江楓鴈影深名下只今多俊逸臨岐高唱比南金

送別林彦時之建上

黄葉紛紛秋滿天故人今夜惜離筵他鄉見月長為客別路逢霜半在船劍浦綠蕪連晚燒幔亭荒樹帶寒烟

明朝碧水丹山下知爾相思若箇邊

送嚴主簿罷官歸黃州

罷官歸種故侯瓜鄉國蒼茫楚望賒湘水無情空弔古江蘺初綠暫還家鸞栖野棘誰同調玉點青蠅未是瑕宣室他年思賈誼更持黃紙到長沙

山水圖爲造士陳叔能書

屋上羣峰舊隱居澹雲涼月午窗虛滿庭芳草人稀到半畝黃精手自鋤積水斷橋寒鳥外夕陽鳴磬夜霜初

泮林莫羡蘇門嘯未許尋山共結廬

題蕭將軍家藏山水圖

十年身被白雲留見盡青山到白頭微雨數峯孤磬夕半林殘火幾家秋風波不繫袁宏棹魚鳥相懷謝尚遊聞道將軍戎暇日偏能看畫想滄洲

赴山秋色送秦校尉還觀海軍

稽峯闊望赤城標霞氣蒼茫水霧銷獨樹過江吴地盡斷雲歸海楚山遥空林木葉驚秋雨極浦鴻聲帶晚潮

相約買舟尋賀老知君終事霍嫖姚

送林叔仁計偕之京

泮林官滿欲趨朝況值金門早見招粵國青山江上別秦淮秋水鴈邊遥砧催帝苑霜初落馬度宫城葉漸飄若得浮邱書信便爲言衰老尚漁樵

贈林漢孟赴召天京

七巖峰下舊逃名何事輶軒赴上京白首相逢辭梗別青山誰共薜蘿情疎烟夜火丹陽騎遠樹春風白下鶯

想到都門知己在南宮西掖有逢迎

題吳景元江皐雲卧

宦遊西上正紛紛何事江皐獨卧雲夢裏杜蘭隨意綠

鏡中魚鳥向人分潮歸沙館當牕見漁唱楓洲卷幔聞

身外浮名都不繫唯應林叟得逢君

和林孔逸見寄之作

西巖爽氣亂峯頭此地曾陪靜者遊雨霽珠林芳草遍

春深蘭若落花幽清池白石俱禪意野服黃冠半道流

自愧浮生無住著飄然江上一孤舟

贈别劉宗禮還京師

官船一櫂大江流才子還京賦遠遊帆帶夕蕪依御苑夢隨凉月到家樓長淮鴈影催寒曙近郭砧聲報晚秋此度金門應早達莫令鄉舍久淹留

送浮邱鄭先輩被命重赴京師

丹陽京口暝烟收幾度勞歌送客遊吳岳曉連秋雨碧御河寒帶鴈聲流衣冠召對金門裏文翰周旋玉案頭

聞道漢庭深顧問承平不遣賈生憂

贈別林孔逸從薊邱軍

越城砧杵暮紛紛多少閑情此送君別路寒山驚落葉深秋孤鴈忍離羣薊門日照霜中樹羌笛寒凄塞上雲聞道漢南曾獨立也將書劍去從軍

寄鳳池故人鍾太

谷口遥鐘半掩門疎燈空館住荒村欃櫚葉上驚新雨砧杵聲中憶故園多難未銷豪俠氣長貧難答舊交恩

鳳池月色歌鐘裏應念殘山獨聽猿

書延平王將軍閩山勝覽卷

遠擕兵印鎮南州山水青青馬上遊玉帳醉看華頂濇

琱弓閑掛劍潭秋雙溪樹底泉聲合九曲花邊瀨雨收

自是承平多勝事七閩應許擅風流

道人延翠軒

山水嬋娟掃黛屏清暉迢遞到柴扃雲歸獨樹天邊小

雪罷孤峯烏外青寒蘚帶花侵卷幔野泉流葉近閑庭

浮生只解人間事未得從師種茯苓

寄滄洲狂客

三年憔悴得君憐君上青雲益悃然客裏思鄉何日到天涯見月幾回圓未期歲晚同攜手預恐新正對别筵貧賤獨慚無可贈臨岐空憶澆朝鞭

寄劉大

閑宵燈裏夢劉郎夢覺還驚是兩鄉孤館幾回江上月流年空度鏡中霜青蒲野水林扉静黄鳥山亭酒甕香

遥想邱園多樂事也應飛札慰離傷

留别黄山周氏兄弟

候館逢霜落葉深更堪憔悴對青衿荒村野水殘陽路遠樹孤雲故國心絶地也憐頻送酒情多誰忍更分襟惠連羣從皆清俊别後相思總解吟

文筆山房爲延平郡造士朱員賦

文筆山深隔翠微清暉迢遞映書幃門臨絶澗逢公簾卷孤峯見鳥飛四壁泉聲喧午夢半簷藤影落秋衣

鐔津自昔多才俊詞翰如君世所稀

挽黄山周正卿

與君相識便相知却歎相逢最後時滄海幾回明月夜

黄山終負薜蘿期秋風野水寒猿斷落葉荒原弔客悲

遥想泉臺今不恨傳家應有鳳毛奇

歐陽明府江上草堂

青原山上草堂開竹杖黄冠日往迴雨過新潮低卷幔

雲連孤嶂落銜杯閒棊每憶林間榻静約還思石上苔

佳政秪今人共説未應陶令賦歸來

次韻答黄嗣傑

滿林烏桕飄殘臘獨客關心漫倚樓幾處移家驚落葉十年歸夢在孤舟青塘野鳥當窗憩白積雨寒山卷幔幽何似董湖高隱處朝朝巾舄與同遊

題鄭克曼復睢陽軍手卷

緑髪辭鄉白髪歸遠因行役問庭闈離心又惜連枝别愁思仍隨獨鴈飛汴河霜落寒砧早梁苑烟空晚樹

稀行到洛陽秋色後柳營長是憶春暉

沙堤燕集次韻答王介軒黄嗣傑

滄洲沙館共懽擕紅燭青尊月易西孤客獨憐萍尚泛

幽期那侶鶴同棲霜飄敗葉催殘臘雁引寒聲入夜溪

何事故人俱斷酒風流佳句若為題

送林思隱之金陵

布衣何事欲朝天螺渚霜空見發船闔樹曉關分楚澤

越城寒火接吳烟白門酒熟誰同醉華館燈孤笑獨眠

闕下名公多舊識莫令歸興後春前

送郁判官秩滿之天官

東膠冠蓋舊稱賢佐郡曾分刺史權官署到來應似水

禮闈今去獨朝天家臨故苑長洲樹鐘度寒山半夜船

遥想五雲霄漢上從容又賦帝京篇

偕陳叔㢡宿崇山蘭若期少尹陳思孝不至

賦得近體一首遂書于壁

化城烟磬晚微微何事同心也負期雙樹焚香棲鳥定

空山對酒白雲隨風飄仙梵清機遠月隱禪枝夜坐遲
明發寄聲賢少尹支公渾似鄭當時

送兵衛從事考滿赴銓

幾年從事總兵機千里輶軒入帝畿驃騎別時多載酒
故人分處尚留衣春淮遠火春鴻斷長樂微鐘晚雪稀
聞道宦遊西上好莫將尊菜憶東歸

贈張明府入奏

滿縣棠梨春著花郎官書奏覲京華帆開楚水猶逢鴈

道過金壇得到家紫禁曙鐘雲外聽白門春酒日邊賖
遥知馬首春歸早不待青門盡種瓜

高侍詔自京回必遜王脩撰寄聲相問賦詩
以答之

幾年分教向長沙此日摛文在帝家清禁日斜還視草
白門朝退暫看花玉壺載酒多同醉青鬢流年想未華
近得故人天上別感君傳語問烟霞

寄翰林王孟敭兼促皆山樵記

釣鱸橋上惜分襟別後聞君入禁林近道相如能獻賦
誰言賈誼少知音永陽獨樹還家夢魏闕晴雲捧日心
寂寞山林樵采事何時為記北南金

寄贈林志仁博士

麟經獨抱上王畿宮錦新裁博士衣六館夜涼聞漏起
五門天曙退朝歸鳳凰臺上吹簫迥鳷鵲樓前見鴈飛
西掖瓌林應不遠相逢休道故人稀

寄潘源潤因悼黄山陳平叔

偶因行客問潘郎憶得黄山醉墨堂斗酒幾迴澆宿草
松門何處閉秋霜尺書不到邊鴻斷三逕猶存舊業荒
何日遠尋高待詔扁舟能過輞川莊

送陳自立遊古田

孤舟何處興堪攜紅樹千山野水西别路鴻聲天外小
荒江帆影望中迷到樓殘笛兼秋聽向壁新詩倚醉題
我有相思寄流水寒潮唯到白沙谿

謝得圭東嵐秋思圖

海上㑪山連翠岑夕嵐孤樹遠沉沉遥天落葉鴻邊盡絶島殘鐘雨外深烟火數家餘舊業漁樵幾處動歸心秋來好是蓴鱸美知爾看圖憶故林

海天離思送林生復瓊州軍

十年弓騎向邊州暫喜還家又别愁緑酒江亭鄉樹晚斷雲南鴈海天秋鯨波萬里孤舟遠椰葉千峯片雨収明到瓊臺霜漸冷知君長夜看吳鈎

初秋留别石田阜陽諸公

相逢那忍别匆匆緑酒清詩興不窮病起異鄉驚暮雨坐來高館見秋風關河一葉離聲裏江郭千峰醉影中堪笑人生多是别盡簪能得幾回同

七言排律

夏日遊碁山寺燕集

塵中何處避炎蒸静愛空王澹愛僧沙界樹凉晴作雨石渠泉響晴流氷青山載酒隨閑到飛閣觀潮倚醉登水繞蓮花通寶藏路迴蘭若轉金繩仙人棊局埋幽草

開士禪扉閉古藤荒殿鳥啼時近榻香臺猨卧夜窺燈

老來行止愁無地病後懽攜愧有朋明發别離方外去

何時清興又同乘

閩中十子詩卷十八

閩中十子詩卷十九　明　袁表　馬熒　編

王典籍集五

五言絶句

送劉逸人還山中

落日鷓鴣鳴遥村送獨行峯回看不見望望有餘情

秋陰

寒雲將遠空落葉與飛鴻漢苑秦陵外悲凉是此中

黄葉

帶雨飄階冷隨風著幔凉愁心故宫樹片片落寒霜

聞漁笛

漁人將楚竹吹向月明中莫奏梁州曲金河有斷鴻

古鏡

寶鏡何年鑄龍紋積暗塵非關磨洗倦恐照白頭人

歸鳥

片影雲邊沒孤聲月下微雲霄千萬里何似故巢歸

聽猨

十年聞遂恨此夕更沾襟別淚三聲下孤愁一夜深

柳塘鷺鷥

烟柳拂波聲霜衣汎日明青山對孤影寧倦五湖情

鷓鴣

綠樹殘春外雙飛錦翼齊長沙有遷客莫向雨中啼

訪鄧山人

飛鳥落藤花林幽小逕斜白雲深解意相與到君家

踏青

雨晴原草新黄鳥戀行塵年少看花伴如今有幾人

草色

拂拂度林坰霏霏上野亭王孫歸未得空向雨中青

滄洲十咏

綠湖

雲歸蘋葉齊雨積波聲小日夕水容青飛來雙白鳥

蓮塘

荷靜香露圓波深藕根白白皙誰家兒折花水邊劇

漁艇

白鷗將野櫂蕩漾波光冷水落秋氣多孤蓬逗霜影

古柳堤

寒潮落沙堰高柳入荒烟莫把長條折秋來欲繫船

白沙岡

連峯沙似雪迢遞帶滄波好是殘陽外人稀野鳥多

釣磯

片石翳雲根隱映波光曉君看直釣翁機靜忘魚鳥

桃花蹊

幽蹊入林深仙花滿高樹笑謝滄洲人來去桃源路

竹裏軒

露葉凝曉烟霜枝老苔石夜半獨行時清涼滿巾舄

瓜圃

烟蔓日已長露花日已滋爲問東陵子何似青門時

秋香亭

池淨秋氣寒黄花日朝露卷幔待情人幽香滿林路

鄭山人幽居

林虛孤鳥白花落乳泉香寂寂垂蘿下圖書共一床

漫興

亂山波上遠片片似修眉山下蘪蕪草春來感别離

苔

要路何曾著閑門積漸多五陵松栢外隨雨上盤陀

度白鶴嶺

鶴嶺翠微分山行半白雲停驂不忍去前路市聲聞

夏夜山中

靜夜月微明翛然萬籟清山禽忽飛起徧傍竹林鳴

水墨枯木

色借蒼苔古春隨野蔓空回看五陵上無樹起秋風

宿鳥

深林纎月上嘖嘖獨棲時夜半山風急驚飛過別枝

陳滄洲遊方廣巖不果行

聞說乘溪櫂尋源過水西如何雨花處欲往路先迷

王將軍席上賦舊戰袍

先皇親賜錦著向戰場秋銷盡蟠花色將軍更未侯

題鸜鵒

毛衣如潑墨性慧獨能言寂寂空山去休隨衆鳥喧

贈人遊北京

勝遊何太遠飛佩入燕京唯有灤河水東流是舊聲

秋獵

獵馬向風飛琱弓白錦衣平明射鵰去日暮五陵歸

落葉

秋風林下起亂葉正紛紛只可醉時看不堪愁夜聞

俠客

弓騎獵平原春衣汚酒痕經過無舊主嵗閉孟嘗門

送老兵還鄉

解劒辭邊將蕭條白髮新無家也歸去勝作異鄉塵

初秋尋烏石蘭若

不到禪扉久靈花又早秋白雲飛欲去還被遠公留

爲靈武王孟敬題水墨扇頭

飛步凌翠微竦身出林杪孤笑不可攀雲邊數峯小

林良箴溪山秋興扇面

萬葉琴邊落孤雲鳥外微家林好歸去誰厭薜蘿衣

題畫二首

虛舟泊迴潭烟澹水容夕誰解滄浪心山空月下白

微風漾花潭夕景澄天鏡孤棹信潮回蒼茫海波迥

題葡萄

斗酒別涼州明珠落貝邱侶將寒露影添作漢宮秋

題東籬晚香圖

池上凌霜菊別來凡幾秋今朝見圖畫忽起故園愁

書墨菊

翠葉迎晚烟黄花過秋雨我思柴桑人西風但延佇

書黄桂家畫鵪鶉

爭飲毗羣鶵高飛謝黄鵠落日陂草寒萋萋慣幽獨

書墨竹

何處動秋聲摵摵篔簹玉遥夜清不眠懷人在空谷

書海棠禽

梟梟棠梨枝珍禽啄花去一片落長門思君恐遲暮

書梅花雙雀

幾欲銜環去天寒舊路迷梅邊偶相得倂作一枝栖

書林景時儆米老

雲雨暗青楓寒山野望中誰將醉時墨遥寄米家風

書陳平叔山水扇頭

鳥没山意寒漁歸水容夕長嘯望林扉微風動蘿薜

六言絶句

題畫

白首支離傲世青山獨坐忘言長嘯一聲何處斷雲流

水仙源

書扇頭

茅屋垂蘿野烟青山獨樹凉蟬白首豈能忘世桐江未

勝滋泉

題水墨小景二首

白鷗門外孤艇黄葉山中一瓢惆悵青雲舊侶相思不

到漁樵

絶頂閑雲翠微孤琴野杖荊扉惆悵同聲別遠青山斜

日行歸

墨竹

秋影半枝金蕋上池涼露何多誰把玉簫吹斷湘江一夜寒波

書山水圖爲希召作

綠樹村邊茆舍暮雲江上漁舟白髮青山歸去玉堂金馬悠悠

七言絶句

送人從北平軍

薊門霜葉正紛紛不見燕臺只見雲君去試看臺下草

何人更憶樂將軍

牧馬圖

草白陰山朔雪晴南來牧馬近燕城只今猶有灤河水日夜東流恨不平

長信宮落花

深宮花謝使人愁片片隨風滿御溝妾命自憐花共薄君恩那似水東流

蘭亭懷古二首

曲水飛觴迹漸陳山中花木幾回春風流内史歸何處空使令人憶古人

祓禊亭中日漸低昔人行處草萋萋多情最是山陰鳥啼向春風滿會稽

杜鵑花

蜀鳥啼來口血深染成花蕚滿空林芳魂不逐風吹散還向天涯碎客心

漁笛

扁舟吹笛度橫塘欵乃聲中也斷腸莫道漁郎無別恨
武陵雖好是他鄉

寄山中友

一别青山音問稀白雲流水思依依不知老鶴巢邊樹
幾度開花幾度飛

題方壺道人山房二首

洞門一逕入烟霞九曲溪泉繞洞斜鐵笛一聲山月冷
獨騎黄鶴問仙家

羽人住處是仙源蔓草藤花掩洞門看罷黃庭人不見

唯餘寒澑與霜猿

采蓮曲二首

吳姬日暮隔雲歌玉腕羅裙采芰荷晝槳浮空看不見

娟娟微月照湖波

渡頭涼月映羅衣紅藕香深暑氣微忽見郎船過江去

一雙鸂鶒背人飛

步虛詞

綠章封事奏瑶京侍女如花弄玉笙夜半朝回人上鶴九天環珮月中聲

寒塘曲

玉鷰古釵墮寒水曲塘無波深見底茨菰菱葉爛成泥唯見芙蓉抱香死

老馬

百戰沙場老此身長楸宫草幾回春只今棄擲寒郊路猶自悲鳴戀主人

秋閨

重簾空見月昏黃絡緯啼來也斷腸幾度繫書君不答
鴈飛應不到遼陽

聞子規

枝上聲聲怨落暉居人聞此也沾衣啼時莫近湘山路
更有長沙客未歸

咏秋風

青蘋江上響蕭蕭吹得林間萬葉飄何處凄涼最關

別數株殘柳灞陵橋

挽僧

禪室焚香夜坐同寺前新塔起悲風浮雲自是同生滅空使行人哭遠公

秋山

絶頂風淒萬木黄露寒雲白色蒼蒼夜深一片藤蘿月照見天河水氣涼

秋江送別

江亭相送欲斜暉黄葉西風動客衣惆悵孤帆今北去數行白鴈又南飛

　　輓道士

雲卧山房秋草青步虚聲斷月冥冥凄凉行到空壇上拾得松間舊鶴翎

　　秋色

清曉微茫帶遠鴻晚隨殘照上丹楓莫將風笛頻吹却恐落鄉園野樹中

秋荷

西風一夜鏡湖秋零落殘香逐水流猶有多情雙翡翠月明夢逐采蓮舟

野塘翡翠

蘭苕深處好相依時向沙塘自在飛莫畏黃金収翡翠吳王宮裏美人稀

訪僧不遇

寺門深閉對青山何處浮盃更未還萬壑千峯人不

見滿林霜葉響聲閑

賦得草色寄同袍友人

色借羅衣綠更新樂游原上幾回春只令烟雨河橋路愁對青青憶遠人

村居

草徑莭扉帶軟沙偶林鷄犬幾人家青山盡日垂簾坐落盡棕櫚一樹花

春鴈

春風一夜别衡陽楚水燕山萬里長莫怪春來便歸去
江南雖好是他鄉

送人之京

送君南浦飲離觴官柳青青野水香借問風帆何處落
秣陵城下樹蒼蒼

衰柳

西風昨夜灞陵秋千樹蕭條帶驛樓莫道離人空有恨
暮蟬寒雀也關愁

江上聞邃

江上遥聞吹邃聲荻殘楓冷最關情斷腸况是凉州曲何異山陽客裏行

海城秋晚

西風一鴈海城頭羌笛聲中水亂流楓葉蕭蕭山月下戍樓殘火幾家秋

秋城聞鴈

海國凉秋白鴈聲行人一騎發邊城故鄉聞此腸堪斷

況復今朝在客情

客舍聞擣衣

山館猶啼碎客心惡聞何處響孤砧數聲驚覺還家夢一夜挑燈憶故林

同友人尋梵宇

清溪一道出寒林蓮宇蕭條野樹深無數青山看不厭白雲芳草兩同心

村居

楓林草屋半蒼苔寂寂柴扉映竹開啼鳥數聲春自好
五陵年少不曾來

春山對酒

山頂春泉帶雨香數聲啼鳥近壺觴遥憐曲水蘭亭下
寥落風流野草長

新燕

海燕雙飛下柳塘主家臺榭已荒涼玉窻繡戶春雲外
不忍翻飛過别牆

山窻夜雨

深澗垂蘿暗竹房半枝殘燭雨聲涼蕭條樹葉千峰裏不獨啼猨斷客腸

老僧

寺前蘿逕盡荒苔懶向人間再渡杯堦下雙松今百尺青青曾是少年栽

送人回京口軍

揚子江頭楊柳花金山對面是京華行人歸醉軍城酒

北向青門正熟爪

秋聲

西風初起鴈聲微千里關河葉盡飛借問淒涼何處落五陵松柏遠依依

翡翠

品流曾不讓山鷄珠樹林深碧羽齊莫近梁王池上去野烟寒雨草萋萋

山樓對酒

樓前積水映蒼苔卷幔孤雲落酒杯更盡一樽秋雨外
故山曾有幾人回

海上送別林崇高先輩二首

海上新晴野水春烟村花鳥送行塵十年客路堪惆悵
況復今朝別故人
朝來候館唱離歌客裏雲山奈別何忽見陌頭千樹柳
青青那似故情多

東山留別林良箴寓舍二首

鳳林溪上見秋風客裏相看欲轉蓬鴻雁蕭蕭霜漸冷別離況是葉聲中

秋原千樹葉初飛夜火遥村聽擣衣莫向他山倍惆悵家林猶恐未堪歸

野航風雨圖

楓樹蕭蕭野水西楚天雲雨正凄迷滄江欲暮風潮急誰汎扁舟更出溪

爲高漫士題方壺倣米小景

暮雲春樹意俱閒鶴上瑶笙去不還夢覺屋梁殘月曙
半簾空翠米家山

澹游雨竹

夢入零陵見舊邱忽聞瑶瑟不勝愁覺來一片空山雨
散落瀟湘萬葉秋

題方壺清響生琳琅

壺邱仙客寫琳琅金薤淩風片影涼夜半蒼梧飛夢到
泠泠瑶瑟滿瀟湘

題陶靖節圖

束帶何須見督郵寧辭五斗便歸休秋風幾度黄花酒
醉看飛鴻過石頭

白頭公

竹下棠梨花漸稀白頭相對語依依五陵年少多金彈
莫戀殘春忘却飛

書柯丹邱墨竹并古木幽篁

鳳簫吹斷夜初澄雲葉襹褷玉露凝絶勝洞庭凉月曙

數聲瑶瑟度零陵

孫根曾是老風烟直節從教雨露偏憶得樂游原上路

漢陵千樹也蕭然

題扇頭

醉逐吟鞭任去遲夕陽前路更多岐上林春物仍堪賞

莫負秋風薜荔期

題畫贈逸人

潮水春深綠到門半林殘火獨家村荷衣不醉長安月

只那鄉山夜夜狷

題竹木翎毛

蜻蜓轉逐斷香飛歌鳥殘春聽漸稀為報琅玕應結子

荒山秋晚鳳凰飢

題梨花班鳩圖

繡頸斕斑錦翼齊梁園春樹好飛棲樂遊年少偏嫌雨

莫向花間自在啼

送樂舞生陳志淳還京

躑躅初紅柳作花五雲西上是京華承平欲奏鈞天樂莫遣仙舟後別家

方壺竹

一鶴東飛出楚雲手攜湘綠下人羣幾多金殲琳琅影散入秋聲夜夜聞

題鄭浮邱家藏方壺水墨風竹

仙墨香銷鳳影殘上池凉水夜初乾侶將帝子蒼梧瑟共作秋聲萬葉寒

寄董時貢魯府紀善

秋風黃葉滿貧居遥憶王門獨曳裾閬海幾回深寄别秣陵何事少來書

王融潘源潤師事黃山陳平叔師殁哀甚以訃音來告余荅詩且寓傷悼之意云

白首愁來薤露歌黃山烟樹柰愁何逢人共惜楊雄逝唯有侯巴淚更多

流水孤雲無見期屋梁殘月夢中悲憑將一掬清秋淚

洒向黄山舊墨池
別墅霜空柹葉凋曲堂雲掩墨香銷碧蘿野逕黄山裏
誰更登臨望落潮
老去誰堪遠別離斷雲流水死生期傷心欲解延陵劍
絓向空林若箇枝
挽方山闍維那
雙樹花飛送斷香六時經梵轉淒凉青山何處堪垂淚
殘月疎鐘下影堂

禪心無住復無依何處飄飄隻履歸想是石橋西畔去

寒林空葬舊僧衣

爲高廷禮書秋荷鶺鴒圖

雙影蕭蕭鏡水清露荷遥夜落秋聲西風野照荒原夕

誰念孤飛憶弟兄

爲高景度題山水

盤石垂蘿野翠分半山啼鳥坐來聞上林春物遥相待

何事將心寄白雲

僧房秋夜

古木閑巖坐入禪碧蘿飛處一燈懸蕭蕭天籟千峯月夢落秋潭午夜泉

美人吹簫

石欄干畔綠蕉陰紫竹閑吹學鳳吟寂寂長門春掩靜商聲那得到君心

送人度分水關

鐵鎖重關路渺漫嶺頭分水夜聲寒君今欲度歸何日

應使行人羨郭丹

羌兒吹笛

雪淨陰山片月孤數聲羌笛起單于不堪吹作梅花調多少中原客在途

詠秋風

朝來拂拂洒征衣吹得關河葉漸稀回首茂陵何處在空餘汾水白雲飛

觀獵

九月淮天百草枯曉分千騎獵平蕪彎弓射殺南山豹
歸醉吳姬賣酒壚

書王孫射雁圖

錦袍朱帽綠弓絃却射飛鴻灞水邊不識柳林闗外路
白狼黄鼠滿秋田

挽方山上人

新塔荒山生埜烟飄然隻履向何天禪家自是無生滅
塵世空餘有淚懸

秋園曉步

涼風吹露冷飄飄菱葉荻菰色漸凋莫嘆林塘秋氣早五陵烟樹亦蕭條

甬東諸葛宗道所作山水小景陳師貢索題其上

蓬萊宫樹晚茸茸却望青青遠寄蹤應想舊時猿鶴伴獨攜歸興度深松

題陳希召外館山水圖

雲木深深少四隣綠蘿青壁斷行人扁舟已是桃花水
更問仙源隔幾塵

題木芙蓉

西風吹袖玉顏酡摇落襟期柰爾何一自鴈池清賞後
梁王賓客已無多

雨竹

蒼筤枝上雨冥冥不似黄陵倚棹聽憶得小堂清響處
銀燈猶在酒初醒

山水圖爲陳思孝少尹題

孤亭閑坐共忘機華頂飛泉半夕暉莫訝小舟頻載酒山林今日故人稀

酒船一棹鏡湖波雲掩稽峰半薜蘿休道謫仙今獨少山林狂客也無多

題陳衛之雲松軒壁畫李白觀泉

朝別金鑾是醉鄉香爐飛瀑晚蒼蒼布衣早悟雲泉興不到秋霜滿夜郎

題西村陳氏所藏高待詔水墨二幅

松桂春深野鳥啼綠蘿飛處隱仙梯瘦筇好是行來晚雲白山青水滿溪

水國霜空絶鳥飛亂山寒翠襲行衣何人獨在林間隱却向清時更息機

趙景哲效米水墨

濡須不見米南宮墨客猶傳寶晉風應有離情何處著盡隨殘雨上青楓

高廷禮水墨圖

重林茅舍清溪口山人醉倒黄精酒峰頭昨夜春雨多起拂蘿衣聽寒溜

偶題林本清界畫

雲裏仙臺別望遥三花飛近水精橋秋山未下麻姑鶴虚負瓊樓品玉簫

錢舜舉翎毛

嬌鳥雙飛戀淺紅樂遊原上曉嘶驄别來已少看花伴

空對芳菲落畫中

書李白問月

銀甕閑傾采石春水天涼月夜無塵如何翠輦西行處
凝碧池頭照別人

高太史墨竹

乍見琳琅憶瀟游恍然金薤相思湖州誰將史籀臨池法
醉掃湘江幾葉秋

梅花城留別

此會明年未有期便將輕別作長離多情莫學千金水
繞滿空江又落時

臘日山城見雪初故人別後會應疎沙頭無日無來鴈
相問從今祗寄書

總校官候補中允臣王燕緒
校對官編修臣蔡廷衡
謄録監生臣張曾貽

明·袁表 馬熒 編

閩中十子詩（三）

中國書店

詳校官編修臣周瓊

閩中十子詩（三）

欽定四庫全書

閩中十子詩卷二十　　明　袁表

馬熒　編

唐觀察集

江上書懷寄周玄林敏

昔年曾共醉蘭舟明月閒情憶舊遊獨客荒村空向暮
異鄉多病厭逢秋殘烟古戍聞寒笛落日楓林見驛樓
為報别來憔悴甚漫因樽酒一銷憂

送馮華

古人得志苦不早送君今上秦淮道銀餅醉倒白日斜黄鸝啼向青春好春風衣綉登玉墀宫花照耀增光輝千里離心那可道萬言射人爭希希官亭祖餞情何如酣歌攜手仍躊躇平生交誼寸心在無因割贈雙明珠

古意

洞房掩秋碧落葉銀井闌美人芙蓉服綉作三青鸞鏡眉怨深黛粧淚悽餘斑惟將明月影雙繫南金鐶

送友人之金陵

醉别解長劍時人無此心看君青雲去驛騎何駸駸祖餞不及言徒為進南京得意必殊倫離憂當自任於焉向江漢千里多寒陰片帆吹霜氣落葉兼鳴砧淮水西北流相望一何深獻納拜雲闕光輝弁華簪毋作兒女懷將分淚盈襟

送舒從事歸瓊海

年少不得意勸君須盡觴南天七月火雲熱古道蟬鳴

槐葉長翩翩足馬辭鄉縣豈為臨岐淚如霰征旆飄颻君莫悲戎衣慷慨人皆羨城陰相送白日斜驛道南登瘴癘賒夢着還尋北堂草醉來忘却東園花行色怱怱爾何苦世上悠悠馬足數歳月休將鏡底過功名好向刀頭取知君此去壯心横島人卉服海塵清粤王臺上垂楊色黎母山前斷鴈聲君不聞絳灌却因屠酤輩秪今青史傳其名

寄林七欽

千里一為別思君遠更親雲霄心獨倦江海業長貧古道迷黄葉寒汀覆白蘋秋風如有待歸計欲垂綸

過黄玄之山居

半生流落意相見但依依卧病看春盡愁心對客稀砌花飄磵户畦藥映園扉莫怪頻來此滄洲興不違

訪陳逸人

久别頻相憶知君獨掩扉跡留塵外遠春向楚中歸幽户寒苔淺深花暮鳥微近來詩酒興翻與故人違

晚次雪峯寺

微霜落葉度關河古寺清秋掩薜蘿輕策獨隨飛鳥去好山偏向夕陽過三花祇苑逢僧少獨樹空臺積雨多暫盍朋簪躭勝果下方塵土易蹉跎

送王秀才偁之春官

同遊冠蓋正紛紛南國才華獨數君名列上庠深問道年猶弱冠解攻文秋齋燈影花深見晝幔書聲竹外聞共喜窮經過伏勝誰能壯志忝終軍扶揺已縱圖南翮

驂褭仍空冀北羣路向吳關飛朔雪朝趨魏闕靄春雲

華裾想接金門侍野服將令社客分何處高吟可相送

冬青葉落岳江濆

次陳山人隱處

獻春始休沐輕策尋幽風烟篠不知路柴扉隱其中雜

花覆小磵下映流泉紅冥心聽喧鳥解帶投芳叢誰識

此嘉遯心期黄綺同南軒有餘興月出鳴絲桐

鶺鴒行送李敎尋兄于建業

君不見鶺鴒鳥平原索寞無所見可憐此鳥心獨苦蕭蕭日暮愁霜霰上林風物幾時過羽翼摧殘竟若何顧影空懸遊子恨聞音尚寄詩人歌舊巢好在清池上秋水寒雲共來往未學慈烏返哺棲偏同斷鴈驚弦想君家賢兄心跡奇自言多難久相違此行好似鶺鴒鳥目望雙雙海上飛

谷大畫屏山水歌

楚客會幽賞清秋思娥眉忽令見圖畫逸興何離離蒼

梧雲霞更明滅洞庭波濤與天接漁郎舟小往復旋飄然一棹江中烟望中歷歷漢陽樹鸚鵡洲邊夜來雨松潭百尺金黛光蓮花萬丈銀屏長堪誇真影不可買有時飛夢凌蒼蒼我來忘却謝公屐清泉白石遥相望君不見五岳迢迢幾千仞東攀南緣何時盡縱聞海上採藥行此中亦有安期名何當洒掃石上月願接仙人吹玉笙

題雙馬圖

雙龍出御閑僕從解金鞍顧影星眸疾回翔霧鬣寒曉雲隨立仗落月隱鳴鑾何日孫陽顧光輝畫裏看

山中舊業枉陳山人見訪兼呈林處士

少年書劍愧蹉跎舊業山空掩薜蘿看竹渾忘塵外跡懷人偏向雪中過乞歸故國青霄遠卧病閑門白髮多别去為言林處士何時相望一高歌

過賈誼宅

聞君放逐此淹留獻納空懸漢室憂舊宅獨臨湘水遠

遺文曾弔屈原愁青楓極浦烟光晚白鳥空江樹影秋
西望不堪懷古意欲因歸去卧滄洲

閩中十子詩卷二十

欽定四庫全書

閬中十子詩卷二十一　　　　明　袁表　馬熒　編

鄭博士集

望黃鶴樓

黃鶴不可見高樓霄漢間仙人度瀛海黃鶴何時還長江天際來驚濤震雪山欲窮湘漢流誰啓虎豹關空餘崔李興釃酒破愁顔

南風謠

南風吹河河水滿百丈牽舟牛力挽逆流巨浪如登天牛罷軛重舟不前作書投河訟風伯多助南商疎北客北客家居南海堧來時南風吹北船武夷清冷過九曲匡廬疊嶂聞青猨片帆揺揺出京口夜倚淮雲瞻北斗南風五月經呂梁兩岸青山如馬走今年作客還南遊南風正爾當船頭風神與我若相識十日五日成淹留南風何多北風少南北人生如過鳥早晚同船望北歸

直候南風吹到曉

高郵女兒歌

高郵湖水清且幽高郵女兒能盪舟十八梳粧好高髻二十嫁夫長遠遊青菱鏡破寶釵折翡翠衾寒疊香雪芳草王孫去不歸蟪蛄啼處秦樓月樓前楊柳飛絮多門外蛛絲成網羅高郵湖水增夂波高郵女兒將奈何

塞下曲

結髮事專征沙場草作城軍中分虎節天上錫龍旌士

卒同甘苦氐羌半死生至今西域地還數衛青名

題方明甫秋江圖

疾風吹江江倒翻龍伯起舞波連山湘娥錦柱奏清曲篁竹染淚秋斕斑崑丘鸞鳳五彩翰欲下不下鳴辛酸瑶池夢回八駿遠麻姑寄信何當還漁郎蕭蕭老風雪濯足波心弄明月布袍冷着蘆花霜身到南山白銀闕白銀宮闕迷九霄羣仙降節清夜朝星槎到海不可涉烏鵲歲度難為橋刺桐花前潯浦小新築茅廬倚江滸

金錢擲卦果有神應駕歸帆逐飛鳥

渭上觀獵

草折渭門霜蕭蕭獵氣黄飛弓秋萬里縱馬日千場鵰霧藏沙迥鷹風入樹長將軍驕意氣射殺白河狼

送僧遊五臺

浮雲心迹應無往臘月逾淮上五臺寶地近臨天界上

佛香遥度鴈門來山中别友惟留偈雪裏逢人只寄梅

此去安禪高絶處舊遊知不憶天台

伏波祠懷古

荒祠哀草已凄然猶有邦人話往年銅鼓苔生秋雨後宫墻花落夕陽邊竹書早著平蠻策沙井空餘飲馬泉詞客經過休感慨雲臺麟閣總寒烟

送友人歸閩

梅福三上書聲名遍朝野宫袍柳色不掛身歸作吳門抱關者丈夫事業貴有為禄食五鼎徒光輝忍貧難受胯下恥脱穎未見囊中錐七閩山水還依舊故業家饒

一麈授海鷗不入鸞鳳羣鷄口猶知勝牛後致書闕下
拜宸旒式徵賦歸奚所求既為蹠廣東門别却買丹陽
河上舟河流屈曲通南浙閩粤關河壯如鐵數程驛路
小肩輿顧食不遑歸夢切過門妻嫂亦下機伯仲問季
歸何遲龐公久種龎門粟張翰亦採松江薇贈君白接
羅脱君遠遊履都門二月花正飛辟穀之行自今始

六如亭懷古

香魂豔骨瘞崇阿瘴雨蠻烟柰爾何苔上舊碑行客弔

蘿深荒徑野僧過山花寂寂留粧靨堤柳青青想翠蛾落日平湖風作起餘情并入采菱歌

笠溪簡朱行人

叢篁踈柳覆沙汀水鳥雙飛度鏡屏山雨來時雲樹白榜人歸後夜燈青笠溪共是羇人夕銀漢遥連使者星此地方舟期共賞玉壺春酒莫教醒

寄贈紫陽道士

道人曾是紫陽君冠隱芙蓉帔剪雲寶匣苔深龍劍躍

石壇花落鳳簫聞漫傳駕鶴邀王母幾見龍鸞贈右軍
便欲携琴遠相訪秋山黄葉落紛紛

閩中十子詩卷二十一

欽定四庫全書

閩中十子詩卷二十二　　明　袁表　馬熒　編

王檢討集一

五言古詩

感寓

吾聞上古初渾灝本一氣羲皇肇人文龍馬颯已至軒

鴻垂衣紳唐虞臻至治標巢邈以遠黼黻日云貴云胡

蒼姬還玄酒薄真味鳳衰其如何寥落匪一世

其二

雙精激飛輪循虛節驚至逝川無迴波千秋倏如駛浮生日及榮孰與喬松齒君看邙山墳纍纍正相似鵂鳴羣芳歇大暮同歸矣誰知清濁閒中有恒不死

其三

團魄載陽燄終古無虧盈因人示朏朓側見死與生蟾蜍薄陰采顧兎潛其形何當凌倒景一覩天地精

其四

璇穹垂至象衆曜何煌煌能符調庶極帝車斡陰陽晝夜無停機所職各有章蒼精奉東壁𥚃虎屯西夾淵淵北辰尊穆爾居其方司契古有成無為位彌昌始知羣般牧共戴君為王

其五

素琴緪朱絃中有流水音連城為之彈太容發哀吟仙人空中來鸞鶴翔幽岑斯意不可述江漢清且深

其六

中堂發駕辯清聲閭陵阿鄭客一在坐自以延露和至音久寥寂窊靡世共佳俚耳不可尚子瑟將奈何

其七

驅車首陽下望古懷清芬斯人久已化令名今尚存讓國就倫命殺身以成仁如何有千駟寂寞身無聞

其八

端居閱玄文云是古菑編中有羽化術鍊服可延年中

夜養玄牝積虚成自然朝餐流瀣粮夕飲玉醴泉東邀
青童君西揖金母前嘆攀若華枝頫見昆吾顛兹事茍
不繆吾將命吾旃

其九

真人趣恬漠澹爾中若浮無心亦無為日與至道游羣
生接為構氷火鬬不休軒轅赤水珠須以象罔求寥寥
六合閒可以命虚舟

其十

太白夜食昴流輝燭天街精感動穹漠君心寧元懷白
璧忌暗投徒使接劔猜所以狂接輿鳳歌歸去來

十一

玄穹貯幽默至理何寥寥良窳潛一機迴薄如旋飈嬙
嫫孰妍媸殤聃詎遥遼張生既中廢单子亦外彫所以
塞北翁頗識理亂條云胡狥物者汲汲徒内焦咄哉感
吾衷長歌且行謠

十二

龍虎啟晉伯熊羆兆齊封豺聲餒敖鬼牛咒成庚宗廢
興自古來吾將訊其蒙蒼旻本何心至理元冲冲

十三

嬴皇虣威武漢帝非仙才玄闕祕靈府何處求蓬萊終
遺鎬池璧空獻新垣杯但見三泉下寶衣變寒灰

十四

大庭昔酣醉遺此鈞天章遂令鶉首墟虎視吞八荒嬴
基苦莫救所恃適兇狂詭命終見奪百二空蒼涼

十五

金行昔弛馭代馬窺神州北扼關中險南飲長淮流緬從永嘉後戰伐無時休寧知循環理彈指歸齊周從來否泰運一氣恒相適經過覽故墟落日黃雲浮窅穹不可訊涇渭方安流

十六

商君挾三術西遊說秦君上陳帝王略邀以寧見珎陽春信寡和下俚適得親孔轍七十週信哉無停輪我有

縈絃思區區向誰陳

十七

番番南昌尉不知名位卑上書抱區區忠懇何由知靈烏鳴朝陽莫為世所希終然吳門市散髮招鷗夷

十八

蚩尤阜長空漢兵出陰朔材官三十萬旌甲蔽墟落長驅破轒輼萬里靖寥廓朔南無王庭功成衛與霍誰知青塞月白骨照沙漠

十九

玄精格至理寂感通幽明造化雖甚微焉能外吾形飛霜激齊臺振風揚楚庭庶賤尚復爾況與至道并聖功極中和二儀為清寧緬彼歸昌音何時復來鳴

二十

秋氣肅萬物嚴霜下空庭不惜百草晚惜此蘭蕙傾祥麟一朝羈尼父為涕零大運固莫測聖哲那能營容成安在哉遠跡良冥冥

二十一

艷色不足貴所貴在適時昭君傾國容遂為丹青欺蛾眉去朔漠一往不可追至今青塚月夜夜令人悲

二十二

王麗不盈把德輝照四隣段生日偃卧迺能蕃衛君澆風薄士節自碎明月珍求蟬貴明火俛仰懷古人

二十三

閑居嬰世媒局束無安步石大流狂飈憂來鬢成素警

言濯吾纓釋此出門去臨流弄滄浪升邱引遐顧仰羡
雙飛鴻肅在雲路

二十四

蘭以薌見焚膏以明自煎高才信非美賢知成歇愆龔
生蹈偉節楚老有遺言清風雖可希惜哉夭天年

二十五

直木忌先伐甘井忌先竭何為抱區區昭如揭日月至
人善閉關埋照慎不發入獸不亂羣虛舟任超越襄壄

迷帝軒汾陽枉堯轍悽心玄靈臺可與人世絶

二十六

春至百卉生感我池上情折芳玩新緑臨風為誰榮獨忿樹合歡忘憂樹萱草忿獨憂亦忘希夷自為寶

二十七

幽居玩羣生小大俱物役嗟嗟羽族微擾擾亦何極鶼鶼共聯羽精衛勞木石何如三青禽殖尾戴勝側

二十八

庖丁擅操割目行神為虚三年無全牛投刃劃有餘淵
情妙至理豈受外物拘寘筌苟不棄安能得神珠

二十九

凌晨採琅玕泝彼洛水涯儵然有神遇綽約聞令姿投
我以珮環郤致交甫辭豔色豈不姣贈賂良亦稀但恐
結禱好中道有所虧

三十

夭夭園中桃灼灼映綺窻窻中有織婦顔色如青陽三

年弄機杼七襄成報章成章欲何為願以充君裳但恐

不見察徘徊空感傷

三十一

繇條藴徂謝清宫媟炎寒涇陽擅秦寵豈得長交歡一

朝成遠間斂怨東出關昔日夭桃華今同秋草殘所以

龍陽魚痛哉涕汍瀾

三十二

富貴千里合貧賤促膝離骨肉尚云爾何况他人為不

覿竇門士請看蘭庭綦翟公何為者謝客無乃遲

三十三

析龍敏辯給惠施夸便儇竹書信激詭堅白方自賢滕口徒見尤胡能事幽玄九州誰復徵多方亦已然去已桃李蹊予將欲忘言

三十四

翩翩遊俠子出入咸陽城千金買意氣五陵交弟兄袖中徐七首拂拭秋霜明十步殺一人千里不留行世人

矜勇知中貴聯芳聲末路賤行檢此輩方縱横至今季布死尚識朱家名

三十五

折盤引菱荷激風和結楚皓齒揚脩蛾清尊間芳俎三川美少年五陵遊俠子取樂不知疲但畏韶光阻焉知董生帷心妙在千古

三十六

我有太阿劒龍文粲奇章精光動星斗揮霍迴陰陽淬

以金鸊鵜衣之古盤囊夜深雷雨驚恐逐風雲翔剛明
易黠𫓧貴能斂其鋩用之如發硎保之在深藏去去勿
復道相期霄漢長

三十七

騕褭志萬里蘭筋何權奇長鳴一見馭踸踔遺風追伯
樂苟不值曠世誰能知離離玉山禾昌㦖渴與饑入龍
眇何許宛足長相隨

三十八

東園桃李樹灼灼春妍華佳人不再摘芳意其如何白
日每不退流光竟蹉跎大運苦難遇感此哀情多

三十九

孤鳳久不食所志金琅玕喧呼百鳥中東翮斂羽翰會
當覽德輝飛下青雲端虞廷方見待阿閣當空盤誰令
抱威儀局促風塵間

四十

宋人得燕石自謂璠與璵徒勞十襲重見哂周大夫流

俗久繆悟美價恒異沽所以卞和子抱璞空長吁

四十一

公軒處懿鶴白屋譏千秋菉葹盈高閣申椒擠荒陬頑

頑東方生虛為歲星遊方將猿鶴化豈為沙蟲謀歸從

紫泥海再美清淺流

四十二

照影莫唾井種葵莫傷根傷根葵不生唾井隳明神樂

生比去趙由余西霸秦壯士感知已鄙人惠私恩止止

且勿哀千古黃金臺

四十三

昏壁中始見烈風號北林飄颻遠遊子中夜抱單衾緐音激楚奏清商悲越吟豈玆異鄉感兼之年歲侵胡為苦行役薄暮猶駸駸

四十四

四時有代謝千古誰成功昔時東陵侯今日瓜田中雄劍且勿悲歘順天地同武安豈不偉掩纍終何庸

四十五

桂樹生高嶺揚芬散天風濯濯甘露滋泠泠被芳叢託根既得所衆卉匪與同幽蘭獨何為顚頓荆棘中

四十六

楚夫重鴟夷詑作丹穴招鶡飛東南至文羽不見邀一鳴旭日升再弄律吕調蕭臺有練實去去翔遐霄

四十七

世人競功利志得靡暫寧郈生事薄遊匆匆懷蘭馨游

心不滯物泛若浮雲輕豈徒漆園傲百世同高情

四十八

微禽變淮海流光迅驚湍人生豈不化徒結千載歎昔為金虎臺今見荊棘攢碧海不可蹈紫闕邈難攀誰箱丙馭去覔無窮源

野田黄雀行

黄雀何翩翩羣飛野田側飛鳴自相呼飲啄仍共適誰知遊俠子張丸事彈射腥軀薦鼎俎腐壤委毛翮微物

何足甄感念在疇昔蔡侯富游盤行樂方未極安知子
發至一旦殞其國至哉莊辛談可以長太息不覩黄雀
哀千秋復何益

結客少年場

王勒驕驌驦寳刀耀星芒相逢鬬鷄里結客少年場探
丸殺公吏白日醉咸陽司隸不敢捕意氣凌秋霜一朝
許報國投軀赴邊疆蹀血匈奴庭萬人不敢當彎弓射
月支斬首得賢王歸來不受賞出入金殿傍輕脱季布

死郄哂聶政狂鄗哉汗陽石不使俠傳芳

令日良宴會

三川富豪雄濟濟美少年驪遊及芳歳鞍馬何翩翩秦箏奏新聲妙舞妖且姸今日良宴會意氣如雲烟人生若朝榮灼灼寧久鮮無為坐熠燿流光悲逝川

置酒高堂上

置酒高堂上豐厨出鮮肥廣筵羅衆賓清尊間蛾眉羽觴若流星絲竹清且悲陽阿屢迴雪結楚超蘭猗畫畫

繼以燭取樂良未涯流連豈不荒所慎白日移一朝委

山邱琴瑟將奚為嗟彼蟋蟀詩毋為世所嗤

車遥遥

車輪何遥遥西上長安道不見車上人空悲道傍草君

行日已遠恩愛難自保憂來當何如一夕夢顛倒豈無

中山酒一澆我懷抱但恐三春華顔色不再好車聲何

粼粼風吹馬蹄塵願隨馬蹄塵飛逐君車輪

苦别離

瑤瑟對玉卮中有千萬思欲彈再三歎多是苦别離妾顔如秋華零落方在兹君心如逝水一去無迴時皎皎雲間月幾見圓復缺月缺有圓時君胡苦别離

步虚詞

東華青陽君授我寶篆文六角粲星芒讀之了不分謂之蕋珠篇玉檢浮空云持此可度世出入齊化鈞再拜服至言歸來嗽芳芬火粒一排棄永此偕仙真

其二

卿雲爛冲霄祥景啟大羅紫微穆虛皇太清為我家鏘鏘入琅璈和以希夷歌一氣但浮衍至道良不頗頫覯區中緣蜉蝣競春華夭濁不自愛真意其如何

其三

精心仰真範稽首朝玄都祥氛結靈宇雙闕浮太虛離羅古仙人羽駕紛來趨寘言感至理道化超羣無口吟三洞章身佩五嶽圖真詮諒斯在邈矣浩刼初

其四

瓊臺瑶圃西弱水扶桑東飈輪欻上征八龍儼來從整佩訪金母弭節朝玉童津津九霞觴粲粲方諸宫授以至道言所濟良無窮却馭俯倒景八表空冥濛

從軍行

投筆出虎觀從軍事龍韜平生弧矢志詎暫解征袍澄江天宇晴平明集千艘組練照雲日戎師候旌旄一嘆挽弓胎三杯拂豪曹酒酣意氣重萬事輕鴻毛袖中黄石編可與烈士高

其二

上将躬受脤鈇鉞專南征熊羆百萬師長驅下青冥五嶺息瘴癘三邊讋威靈指揮動星漢嘯咤生風霆洗兵當載櫜斬馘期弗争上以宣國威下以甦民生周詩有遺什敢不滋令名

遊仙曲為張真人羽化而作

祥雲凝素華初景麗璇霄羽駕集萬靈上下何飄飖要眇笙鶴音和以空仙謠塵緣一洗脫頓覺神形超下士

盻末光長跪不可招回飈灑雨至矯首空雲翹

其二

剛飈載飛軒上泝無始鄉心冥一氣表坐斷萬刼場茲來食色身緬邈情俱忘長歌畣雲璈朗詠流玉章空明結眞炁晝夜何煌煌嗟哉下土家仰止徒悲傷

其三

晞髮九暘域濯足咸池津明明在天祖翼我登飈輪金天謁西母紫府朝玉眞朝遊扳曜羅夕憩邇結鄰空同

仰真梵天濁慙下民因之一緘札稽首黄麒麟

其四

化機無停輪萬有互始終至人出陶鈞與道相無窮大庭儼羣仙羽蓋時來從逍遥玉虛境一炁每自同真詮久云遼至理標鴻濛何時復降世清都振玄風

詠史

達人志莫測變化猶鵬鵾倏忽翔九萬虞羅空見存莊生揮楚壁仲連却秦軍峻武薄層漢高情寄浮雲昔過

聊城側復經濮水濆餘風尚不泯肅肅來清芬

其二

狐白僅一腋勝彼千羊皮壯士出片言萬諾空奚為毛生奉平原自脫囊中錐提攜十九人咤彼猶嬰兒一語定從盟不待日昃時英風被廣座磊落誠可奇知人豈不難長鋏聲同悲

其三

丈夫一言合不論故與新傾蓋即相許白首如路人夕

為牛下士旦作齊上賓吐論即見收揚芳及後塵豈無私嬖讒不能間其親虞卿起相趙五羖西入秦一旦魚水歡舉屬疏賤臣志士慕知已臨風一馳神

其四

讒言信罔極搆亂成鬩媒不有明哲鑒誰能知是非青蠅一朝集白璧成瑕疵姬文不見明宋墨名為隳賢聖尚云爾耿耿將誰為爍金不待燃毀骨痛莫追空懷素絲志寧郄貝錦詩白圭懷魏珠季子食駃騠膠漆苟有

契誰能為别離

其五

芝蘭生中林寂寞翳荆杞豈不擅芬芳乃與茆蕪菑丈夫昔未遇憔悴亦如此范雎快仇敵蘇秦嘆妻子淮陰出胯下相如困泥滓悠悠世俗態落落誰知己

其六

戍役赴關隴馳車經洛陽羣公蓊雲集節鉞何煇煌炎精啓初輝云定神禹方顧瞻瀍澗瀨山川蔚蒼蒼脫輓

棄道左躡屐整奬裳叩軍陳便宜烱目如曙光折此利害端吐論何軒昂咸秦古天府百二誠帝疆丈夫鏡時機識此理亂章一語棄貧賤嘆談綰銀黄此儒竟何為空守蓬蓼場

其七

賈生洛陽人年少有遠識當其痛哭時漢祚如磐石其言實非狂四座為動色抱火厝積薪寢食方自得長沙卑暑地自古舞鯤窄吞舟詎能容驥足誠窘迫弔湘見

徽志感鵬成太息後恒古云客夫子亦何極駑駘服上
襄騄駬棄道側卓哉治安書遺耀在簡冊

其八

昔人有奇策折衝尊俎閒何必百萬師出入無時閒司
成久不作晏嬰邈難攀廟勝久已非徒興聖父嘆莫酬
空徙薪賞及焦面顔神功貴無迹此道良獨難

其九

三卿識世及孔筆棨若星尾大恒不掉拊枝攀根榮炎

光儀中微五豎並列庭禁兵設蘭錡金影貂長纓私門
填萬軌指顧山嶽平竈冐潜欲移擁弱徒虛名豈無賢
知謀發言炳中誠根蟠固已久大運終就傾

其十

彭薛志已卓貢公榮未遺二邴近止足兩疏明見機朗
識洞在初何勞張楷議功成有代謝四序恒推移狂瀾
方横流六合飄驚飈天損不我加至樂同希夷

十一

鳳躍難為枝龍潛難為淵驥足不一展百里枉大賢士
元困已委文舉類左遷茍足知已明虛為世所捐劍埋
風胡悲璞殞卞氏譽黃鐘雜瓦缶舉世方復然

十二

翩翩城隅雀所產得鴟鶚孰云小可臣殷祀乃忽而貞
祥不足恃昏狂禍之基番番無顏冠出語自聾期嗟哉
俔倢館得死乃所宜

閩中十子詩卷二十二

欽定四庫全書

閩中十子詩卷二十三　　明　袁表

　　　　　　　　　　　　　馬熒　編

王檢討集二

五言古詩

遊小雄澗壑有賦

陰島變殘雪流新吐溶溶偶尋一逕微獨與採樵同兩

崖濕花霧衆竅吟天風云根濯苔髮亂篠相冥濛盤嵓

折磴道似各冥搜窮石門忽中斷曠望開烟叢蘿雨澤毛髪松栝清心胸了然青洲霞照影寒潭空始知人境外别有仙源通振鳥揮片雲投情依遠鴻玄棲極要眇神遊小崆峒真仙金鵞蕋一室丹火紅勑授紫囊訣永期鸞鶴蹤却憶望城市白日氛埃中

尋小雄仙宕二龍潭值風雨歸草堂作

昔人洗玉髓幽洞驅龍耕丹成輟瑶耒成此秋水泓飛崖夾兩鏡洞見雲霞生百鬼不敢啼雌雄常夜鳴有時

湍瀨寒幾曲流璚英清秋墮蟾影白日聞雷聲偶茲訪
靈奇掃石窺清泠洗心盟鷗鷺濯髮解冠纓長風動懸
蘿颯爽毛骨驚飛雨洒而至萬壑秋冥冥歸途樫桂影了
了心目醒到家興未已石室披丹經

登岦崱峯宿湧泉得仍字

翠微白雲裏逢秋思一登聳身躡雲壁飛泉揺古藤洞
豁海天際坐見萬景澄飲澗動羣鹿宴林逢真僧邀我
宿化城珠林懸古燈寥寥片月上悄悄天籟凝因悲向

城市塵髮秋相仍

水亭夜懷黄八槩林六敏

孤亭水雲深人境自幽絶七絃罷鳴彈桐陰初上月偶酌尊中醪高卧望雲闕荷露清角巾松飈濯毛髮寥寥天籟寒詠了未輟志偕南阜隱興藉東山發同心念離居中夜思超忽

入西山訪張隱士

兩崖噴飛瀑結屋烟蘿裏山人不冠屨客至同隱几獨

鶴海上歸孤雲澗中起淨掃白石床風來墮松子

晚至石潭遇孤鶴懷山

洞口拾瑤草石流正淙淙尋源信輕策一逕披鴻濛攀緣雜花鳥亂聒松桂風石床留片雲玉鏡苺苔空少焉羣壑靜落景明西峯獨鶴何處來舞影寒潭中因之想長馭乘化入無窮

遊清源別後寄温陵田處士

夙性慕玄賞少年復離羣囊書不得意蕭水懷親恩請

纓畀任俠點筆徒工文腰間脫寳劔歸卧清溪雲櫂歌有時間放浪滄海濆雲木秀孤島石壁澄霞紋茸茸紫藤花濯濯敷泉根鶴影波上歸龍吟水中聞興來拂瑶軫蘭情灑餘芬曲罷封長嘯衆籟清衣巾夫子弄玉簫邀予醉瓊尊紅泉看洗藥碧澗思垂綸區緣一以蜕恍若超埃氛別後緬靈境中夜飛吟魂昨夢紫峯岑月色何紛紛清光阻天末眇懷猶為君拒我手中策拂我衣上塵明當營丹砂去與壺公隣

晚至囊山寺

蒼山入疎烟狀若土囊決振衣秋磵鍾投鳥化城月天吟動風籟霞想陋雲關沉沉慧燈影了了見毫髮余生值多故所性慕禪脱偶偕真僧期始若妄緣絶寘心依覺場度世賴慈筏誰能量虛空澹爾離言說

自牧居士與玉壺道人古囊善復二師共結三生之社書來與余論老釋二書遂用畣之

觀空泯羣有崇虛悟真玄微言掃煩障妙契排冥筌況

之憩遠跡邈在雲蘿巔空香出人境花雨來諸天三緣等無生衆妙同自然喻心了無取濯濯如青蓮裏城除害馬秪舍留真詮願君解明月示我浩刼前

遊清源山道院

仙人有竒觀鷄犬白雲裏春至桃花開千枝映流水星壇藥草青夜室丹光紫天上期鶴笙人間識鳧履伊余倦俗流十載困泥滓久意期大還乘風一來此金書啟真秘石洞洗玄髓河車信可營心期羨門子

登薛僊峯書懷寄自牧知已

少年學劍術穎脱神鋒生身閒韜略書吐論吞從橫旁搜百家言復得夷鞅情自顧萬人豪不慙一代英擔簦赴神州十上空無成巍巍黄金臺邈哉阻天庭歸來守故墟索漠羅秋螢作書謝知已閉門絶浮榮悄悄林下居一室有餘清閒尋白社約或作青山行傲吏期解冠漁父同濯纓縱酒竹林逸尋仙松子盟匣中雙寶覊棄置蛟龍鳴偶玆凌丹梯足下雲霞昇孤鴻天外出白日

波上明九節菖蒲花採掇延吾齡飄飄羽人居蜕骨遺玄經吸景若可弄丹砂思一嘗惟君抱孤絶襟懷洞春氷相期苟有志雲鴻極冥冥

與鳴秋趙山人夜宿山居述懷有贈

塵居厭湫隘抗節慕遠遊道逢佺僑侶假以雙翠虬周覽六合虛閬風不可留茲山富形勝歸來事玄謀紉蘭理初服飲水期前修芳盟及歲晚世事輕雲浮伊人負奇抱泛若乘虛舟斂跡三十年不應當世求高齋探玄

黙衆妙窮冥搜有時發逸興登臨眺高秋鳴奕送天籟
酌酒環清流朝尋蘿谷曉瞑期蓮社幽布衾清夜闌欵
語相綢繆沖懷薄華組心跡同悠悠青楓落遠磵芳蘭
蔽層邱不見溫白雪非君誰與儔

送陳貢士

陳生江海士跛履當豪門五侯少知己倚劍思平原海
國一相訪别余歸故園杯嘶霜夜月袂拂秋山雲四望
大野空蕭蕭鳴鴈羣意氣但自許離懷何足論

送黄紀事濟

寳劒雙轆轤鍔吐青芙蓉臨岐一脫贈恍若騰蛟龍君行感我懷起視雲海空百年閲幻境萬里吹飛蓬登天覽餘暉孰挽濛汜東詩書古有立貧賤道何窮常希日月私獨負雨露功長卿卧茂陵不為世所容季子黑貂敝當年怨秋風丹塗困布衣渭水悲釣翁山松落澗草海鶴羞樊籠大運自古來俛仰那能終感兹不成歡别去何匆匆城南登髙邱眺遠情所鍾一水瀉寒練斷雲

引歸鴻中座擊筑心醉吟氣頽雄興落遠天碧思染秋
山紅睽離自兹始夢繞青林楓

永思堂

茫茫宇宙内蕩蕩成古今凄凄霜露繁惻惻遊子心終
天何漫漫長夜竟沉沉庭闈不復趨卉木風蒲林林中
有啼烏嗚嗚吐哀音感兹物性微我懷良不禁入室若
有見焄蒿或來臨區區抱遺體慼慼幽怨深嗟予念弗
髦多難蚤見侵為君賦永思潛然淚盈襟

夢萱堂為孫進士子良題

堂前種嘉草端以忘親憂我憂何能忘愛日遲此留如何一朝變庭樹驚高秋悲風委殘綠薄暮寒颼飀緬懷堂上人欲展情無由慘慘隔下泉冥冥閉荒邱惟應中夜魂庶以慰永愁

其二

中夜有遐思寤寐忽見之覺來起徬徨四顧令心悲是時返哺烏方遶庭樹枝微禽果何知亦各懷其私念我

罔極恩欲報情何施鑑帷月娟娟動幔風淒淒鸞哀不成章隕涕雙漣洏

其三

白楊風蕭蕭日夕來古道不見堂下萱空吹墓門草緬懷疇昔時如何閻音儀入室若靡至出門當訴誰上山山有巔涉水水有涯傷哉陟岵心永作終天悲

其四

日沒晨復旦海落潮再生如何長逝䰟終天竟冥冥長

風振林柯颯爽久不停心將寸草折淚逐衣線零倚門不可見登輿竟誰榮向應椿與梓瞋仰當中庭

愛日堂為陳編修全賦

羲和整六轡晝夜無停機青陽方届候朱火倐已馳壯士感芳歲佳人惜流暉懐哉孝子心視景起徘徊奉觴庭闈趨喜懼恒共之去日不可留來日方在兹中堂紞筦清蹠房帷幄垂誰揮魯陽戈為我駐四時

節婦吟為上虞黃氏作

祁祁寒日暝嫋嫋秋風凉凄凄卷素幔切切悲空床昔為雙飛鴻今作獨宿凰妾身豈復惜子幼姑在堂捐生諒非難老稚誰扶將日月良有食海水良有極妾身千萬年當化山頭石

虛舟

剡桂破崑玉刳蘭移楚芳濟深良可憑横淺徒自傷偶值蒙莊叟無心寄大荒

山中寄郡城諸生

還山見孤雲悠然與心契素綖横石床泠泠寫秋意却

憶社中人寥寥在城市

歷峯蘭若宿偉上人禪房

烟林晚蒼蒼白石開禪扉閒中叩幽寂恍似東林時大

千息羣動水月破陰霏出世逢真僧允矣蒴檀枝空香

出深竹梵唄諸天隨真源寂無取化有潛一機嗟我食

色身未能釋羣疑嘗希妙髙聚洞豁杳莫窺因心了衆

幻稽首成皈依

秋夜齋居懷唐泰

高梧月未出暝色疎烟裏雝雝鳴鴈來聲在秋塘水孤燈捲簾坐寒影對窓几青空吹微霜瑟瑟動輕葦援琴不成音感别在千里誰值晨風翰淮波眄游鯉

寶山蘭若

山門隱松桂花雨浮半空金仙青蓮居乃在烟霞中石竹覆紫苔四壁泉濛濛因窺一燈影宴坐萬劫同衆籟清梵音浮塵愧微蹤顧言别苦海永矣投禪宫

登仰山一覽亭

久懷名山遊偶宿翠微寺化城依寶坊累刧即初地心空萬籟寂夜久衆壑閑寥寥水月觀了了獨忘寐凌晨覽孤峯更在白雲際躋攀興未已恍惚身若寄危欄儵而倚曠望海天細松際見鳥巢簪裾落烟翠惟時物候肅千里軼纖翳神行極空濶豁爾心目霽翩翩鸞鶴影冉冉芝蘭氣浮蹤浩天遊蟬蛻隔人世顧余眷名籃似與夙緣契因偕緇錫侶尚覺章甫累便當脫塵纓投情

緬靈異

兔峯孤月

靈鵲墮寒羽清輝澹溶溶誰将一片秋絓向溪南峯蔓

壁絡金鏡陰窓鳴夜桐幽懷逈未已杳靄東林鐘

鶴峯閒雲

前溪孤嶺秀旦夕浮雲陰暝結鳥巢白靚連蘿草深蕭

蕭邱中賞游心在鳴琴悠然太古調相期鸞鶴岑

龍寺寒泉

靈源泌寒泉乃在翠微頂中有脩鱗蟠白日烟雨暝山僧習止觀木客照孤影予亦洗心人坐来白雲冷

塹石歸樵

旦出事斤斧薄暮歸青林澗迷猿鹿引踏滑莓苔侵白雲覆我頂山風吹我襟嘯歌靜奕煥邈矣烟霞心

漳溪晚渡

微鐘逗前林林端晚烟發扁舟去俄頃雲水坐超忽中流離思靄天際孤帆没日夕緬同心相看成楚越

瓜田寄南山處士

種瓜一畝間榛蔓苦翳之雨深苗未抽惻然令我悲清晨行荷鉏芟刈亦忘疲仰觀天宇寬俯視羣物滋却憶南山老終年澹無為

菊逸為三衢金山人賦

結廬避喧俗青嶂託四隣乃知寰壤中而有羲皇民間邀白衣酒坐對黄花晨所樂憂患除陶然任天真

其二

郊原掩窮秋孤思久寥寂賴此霜下英庶以見顔色閑
尊命濁醪取醉聊自適坐望飛鳥還不見南山夕

畫馬篇為童將軍賦

聖皇覽乾馭天駟流星芒太乙貺靈異倏見渥水傍神
精何權奇意氣尤軒昂兩顴夾明月四蹄亂秋霜早為
汗血駒三載清大荒長驅奄上征逸態凌雲翔驍騰日
萬里脱略誰能當歸來驂六龍殊恩擅中黄賜浴天池
津剪拂鬣鬣張顧影驕玉姿含嘶泛清商丹青寫餘照

對之亦騰驤駑駘世豈乏伏櫪空成行

晚宿雙峯驛樓與故人陳哲言别

山暝烟已斂林涼月初生扁舟泊江汜倏忽欣相迎登樓引孤興開筵坐空明杯分劒溪緑簾捲雙峯青几席湛碧流蘭氣浮冠纓泠泠露叢鵲中夜四五驚偶因念物性終焉感吾情十年懷一枝三匝棲未寧兹晨胡爲哉何又逐孤征良宵一邂逅明發增屏營蕭蕭衆籟寒萬壑同時鳴緘辭别知已解纜摇行旌

讀書樓為四明王子沂賦

曠野豁烟翠層梯標石叢奎輝貫窻牖颯颯來天風良宵清飄音飄落如半空雅調既云遠古心誰與同豈無華構崇飛軒切層穹春風羅綺醉落日烟花紅詎知静心者兀坐窺鴻濛游心太古巢寤寐雲霞中榮艶適自媚清芬在無窮

題畦樂處士成趣園

凌晨啓柴扉有客過我廬雕鞍照玉勒輕紈曳羅襦入

門坐高堂騶從閒且都自言匪他人少小六郡徒二十登漢朝三十執金吾五侯吐然諾七貴相追趨嘆我久淪落勸我無迂疏富貴不早致白首徒棼如而我聞其言嘆謝陳區區緬彼堂構姿安用散與樗以玆避軒裳悟靜解天誅況云樂邱園取適自有餘朝褰邵侯瓜夕灌鮑氏蔬榮辱不我干憂患豈我虞閒心託浮雲不知卷與舒客揖上馬去還歸倒一壺

其二

達生貴忘我守靜體自然外物苟不榮取樂無過慾𩔖
食豈不甘軒裳詎非賢大功難久居盛名難久全淮侯
登將壇絳侯寄重邊寵辱一朝異須替誰能憐寧兹
遠世氛寄身在中園閒濯漁父纓時誦老氏篇適性乃
化初寘心超至玄知止幸不殆胡必誇輕儇嗤彼當世
人碌碌隨貧還端居有真趣此意誰能傳

其三

勞生厭喧市養痾閑幽樊角巾念何從孤興寄南園南

園曠且深春至卉木繁嘈嘈鳥雀鳴聒聒泉流喧呼兒
牽蔓蘿殷勤薙荒殘時雨倏已至佳蔬出而蕃臨風襲
芳馨繞籬擷蘭蓀倦來聊自息支頤對前山載歌緑水
詞和以白石言東隣有傲吏邀我相與旋取意一自慰
此外寧復論

其四

稍煙吹林墟微雨被空谷雜卉翳層陂秀色宛如沐籬
落相逶迤鳥雀繞我屋行行出幽徑散帙寧見東濯纓

臨清流解帶絓修竹殘花明亂畦曲沼陰喬木神行趣
已恬理愜心自足閒情適虛曠空籟時斷續茲焉謝紛擾
亦以靜歊燠山風吹衣巾落日候樵牧顧同張翰心寧事
季主卜

晚至洞神宮

晚直下仙闕乘閒清道機福地集萬靈迢遥麗神圻入
門喧自息微風吹我衣烟林閉虛境密竹垂陰扉于時
東嶺霽素月流清輝妙賞愜初願閒心不知歸夜桐有

商意掃石橫金徽

遊靈谷寺

東城領遐矚北山開禪宮松聲度衆壑塔影懸清空衣冠有時暇幽期白雲中入水覔解流三生味玄風上人敬竺墳設法超羣蒙是時寶花墜十里香濛濛別來問玄度幾日還相從

楊進士新卜幽居

大隱在朝市蕭然小蓬邱藥欄醉歌鳥竹逕沿清流良

朋偶而集雜花映觥籌遂忘簪組念頗似山林幽片雲
池上來傍我几席浮重遊未趂隅佳會何能酬

與諸公同遊神樂觀

涼雨度高閣蕭條秋氣深洞門薄微寒逸興生前林道
人琳館靜閒窓修竹陰詎因避書簡偶此諧纓簪掃石
鳴素絃遂忘名跡侵前山倏已見秀色浮重襟翳翳青
桑枝颯颯來遠音嘆言欲遺返落景明西岑

畫菖蒲

晞髮慕遠遊端居閱玄文願言金光草緬此九節根芳

叢何葳蕤冉冉幽澗濆溪雨濯秀色林風動清芬嘗聞

嵩山客乃是九疑君採佩卻百邪服餌諧仙真蓬壺翠

水區玄圃鸞鶴羣吾將整吾駕去與煙霞親

寄壺山道士

清溪幽且深猿鶴邀雲嶠中有寘棲士隱几若埋照我

昔從之遊遠落蘇門嘯顧余指石髓示以斯道妙其言

直而純梗槩領其要別來在風塵摧翮中若燎未遂鴻

鵲舉将貽碧山請因之寫雲緘日夕引遐眺

題林處士壁

荒居厭藜莠寂如張仲園閒來枕肱卧廓爾排真筌仰觀浮雲生舒卷任自然綏無蕭氏結冠乏貢公彈瞑色起修竹寒光流遠川因心玄冥子共樂壺中天

寄題吳大僕鑑滁州皆山軒

環滁富山水秀特東南叢蒼蒼瑯琊峯削出金芙蓉芙蓉夾天帳萬壑縈相向岩烟吹亂霏滅没不可望昔人

五馬來唉舉青霞杯雙旌舊遊處石徑滋莓苔至今餘
松聲瀟灑在林薄絶巘瀉飛泉孤亭倚寥廓懿哉延陵
君此地懷清芬開窻引列岫坐詠醉翁文醉翁久不作
羨子有仙骨良時但開尊公暇惟駐笏雲生島樹没雲
散翠微連壁月動海色亘若壺中天嘆余戀塵鞅青山
勞夢想為君發孤吟風泉寄遺響

秋夜同諸公神樂觀玩月

秋臨萬象空良夜寂如水了然東山月照影清尊裏塵

蹤厭汨没緬此方悠然况之仙壇高俯瞰區中縁坐授紫霞筌嘯引琪林鶴參差斗未横零落露已薄朋簪諧夙驩佳期感二難中思拂衣去永卧烟霞間

初秋夜坐寄王紋

輕飈生早凉孤館清興發桐陰落前墀遥空瞰華月方此抱冲素况值清境豁濁酒聊自持瑤琴弄應闋知音念乖阻咫尺不可越相思良未已坐見曙河没

送張謙

東風變碧草積雪開紫垣都門集同袍酌酒送行軒劒歌一何長激烈驚心䰟丈夫顧義分豈為兒女言名駒出幽隱枳棘鳴祥鵷千年值嘉運萬里期騰騫

其二

崑山固多玉抵鵲良可悲羣龍方盈庭子行獨何之空懷徑寸珠粲粲五色輝相投不相矚魚目甘同歸至寳豈真秘良材終見希誰能辨瑜瑾遲爾黄金閨

其三

醉呼秦淮酒臨岐歌慷慨吳姬小垂手一曲春風長扁
舟不停橈去路但茫茫青山入楚甸白雲思越鄉豈無
壯士懷擊節心飛揚憑將繞朝策一贈囊中裝

其四

海鶴青雲姿豈解司晨鳴時來暫斂翮終當遊太清奔
鶉復何知開口咲沉冥饑來不飲啄再唳長風生請看
昂藏軀寧與雞鶩爭維應瑤臺鳳可與蜚英聲

其五

故人發白馬翩翩臨路岐腰間脫玉劍贈子表相思霜鋏爾勿彈狂歌欲為誰英風洒毛骨四座驚別離別離豈足惜意氣方在斯何當九萬里並駕青雲螭

投胡學士

撫劍坐中夜長吟思一彈彈之有餘音激烈摧心肝出處分以然中道敢不安但恐春華衰白日凋朱顏伊余羽翼微宜棲枳棘間清樾苟自適孰能事鵬摶邪因遇知己刷羽排鵷鸞雲霄一翱翔九萬期風湍昔似丹穴

雞志薄金琅玕今如涸轍鮒鬐鬣空摧殘有沫不自濡馬能禦所患淮山饒桂枝楚澤有芳蘭欲去戀英主引領徒悲歎故人把天瓢豈憚一滴難願因終號呼庶以脫險艱毋令東溟使仰候西江瀾

送生歸越中

錫挑龍河雲衣帶越溪雨說法方西來隨緣復東去松枝偃故房栢子落庭樹從此上方遙人間但凝佇

賦得幔亭峯送張員外還閩中

秀色照海甸百里青嶙峋衆山如游龍一峯高出雲昔傳武夷君於兹宴曾孫鸞飈載河車來往何繽紛羽蓋云已久玄賞今尚存夜深天籟寒猶疑鶴笙聞而我昔遊覽望之隔塵氛天影瀉潭鏡翠壁明微曛别來區中緣汩沒摧心魂兹山不可見夢寐懷清芬張侯有仙骨幾年在雞羣中林赤松期久負瑶池尊斯行問初服訪古清溪濆幻宇結空翠層崕閑氤氳櫂歌九曲來餘聲振衣巾玉女或可訊為余謝仙真

送劉太守之任福州

海國變民俗君行領專城千室豈云小所志在蒼生烈士慕知己浮人歸頌聲驅馬登古臺覽望窮滄溟山雲拂露晃海月生霞旌鄙人舊茅屋桑梓連鷄鳴溪流九曲水門掩三山青異時偶樵牧此日慙簪纓因茲送君去悵望難為情

送林少府還九江得月字

握手白下門棹歌莫催發且沽玉壺酒共醉金陵月明

日望匡廬孤舟坐超忽

齋所示同宿諸寮友

華館敞清夜空香靄氤氳孤懷湛如水因之絕垢氛城
闕度踈雨河漢霽微雲明發奉禋祀坐待禁鍾聞

龍江阻風寄同院諸公

客心疾如飛咫尺隔大江長風夜半生濁浪曉來降戀
闕情豈緩望鄉思彌切且呼一斗酒坐待艫頭月艫頭
月漸明抽簪散長纓潮生揚子白山出石頭青却念攜

手好如何寫懷抱明發烟際帆萋萋但芳草

宿釣臺

高臺薄層霄仰視烟霞深羊裘昔何為遺身在雲林漢宫久荒涼霸業成古今飄飄釣臺絲尚爾清煩襟幾年倦覊旅扁舟宿溪濆折芳欲有酹洒酒絃素琴臨流恍中夜霄漢星光沉

過武夷釣遊不果

武夷為閩望山余十年三過其下期一遊而

屢以事阻世傳蓬萊方丈去人間不遠顧非
有仙風道骨者莫得而至焉是則兹山之靈
異予轍將以塵跡混之宜其迴巒返嶂郤我
於風塵之表因賦此詩尚俟後遊果於何日

扁舟下溪口薄暮烟沉沉羣峯暝色厚九曲寒流深不
見幔亭君徒懷笙鶴音雲霞結飛夢風雨生平林半生
慕名山十年阻登臨長懸紫宫戀未遂滄洲心豈伊真
仙源避我岩跡侵回橈發長嘯起坐鳴吾琴

宿分水關

凌晨起芻秣驅馬白雲間倒窺猿啼岑薄暮宿層關門閉樓古色落日鳴哀湍我行倦前征憩息天風寒下臨羣壑陰仰視星宇寬攬衣不成寐脫劒膝上彈劒歌有餘情豈為行路難

登金山寺

江近海勢闊中流孤島分化城若浮出鍾梵空中聞真僧何方來於茲巢白雲魚龍護法界日月棲山門而我

泛梗蹤偶因滌罥紛真源杳莫測積氣長氤氳一洒甘露言便覺蘇焦焚栖身恍圓鏡永絶諸漏音

發龍江和同官王洪之作昔使節之長沙

朝發龍河津駕言適南楚顧兹念王程臨流不遑處是時長風來遥空霽踈雨羣山坐滅沒千里但延竚豈不懷友生幸此息辛苦歸命諒有期毋為惜乖阻

舟中望匡廬

兹山東南美植立雲霞中九疊縈秀色萬古青茸茸我

懷志靈竒絓帆喜相逢林端望飛瀑天際數雲峯香爐紫烟滅玉鏡澄湖空飛翠落巾袖毛髪疏天風顧此逐行役無由訪仙蹤長詠遠公傳坐憶東林鐘

登黄鶴樓

迢迢江上樓飛構梯層穹黄鶴何年來結巢白雲中仙人整羽蓋一往無遺蹤瑤笙紫河車瀟洒餘天風至今啟重闗呵守虎豹雄雕簷敞白日闌檻標晴虹我因駐旌節登攀興何窮神行萬物表目送雙飛鴻依依烟際

帆遠落三湘東霜清楚天碧樹盡荆門空長辭愧禰生
高興懷庾公落日下樓去烟水青濛濛
游浯溪録呈陳司馬及同登諸公
客舟曉探奇興落浯水上搴蘿豁遠目所至窮異狀是
時天宇晴物象自清曠烟開楚山斷千里彌一望遐延
極覽眺近歷飽搜訪層崖劃中開峭壁摩萬丈顔公英
烈姿元叟士林仗文辭金石奏字畫蛟龍壯伊余抗塵
容所志在清賞孤雲寄微蹤獨鶴引空杖豈無千載懷

亦有高山仰同游二三侶相與情頗暢芳蘭薦山庖林
瀑洒行帳醉揮紫霞觴亂落白雲唱歸舟漫容與潭月
吐雲嶂幽興任時違心遠覺神王但云諧斯遊何以畣
清貺

全州道中 夾道松栢千株前守章復所植

全南走百里碧澗緣幽岑躋險屢得勝曠望清煩襟道
傍菀菀松誰氏甘棠陰聞有章大夫昔年兹撫臨政循
俗云變世遠澤尚深顧兹手植繁蓊沃猶至今天長日

色薄風靜雲藹林莪行念徒侶苦被名跡侵畏影且息
蔭避喧聊洗心據牀久兀傲思奏邱中琴知音何寥哉
猿鶴空哀吟

南海登粵王臺

載酒豁清眺嘯歌粵臺巔粵臺久寂寞海色空蒼然荒
城南斗外碧草春風前雲木隱暝色落日哀啼鵑緬懷
全盛日萬里恢疆躔疏封赤社大列雄南溟專茲臺一
何高瞬視如控弦運化神物改代往陵谷遷千金買辨

士古无空寒烟惟有山僧來此地開梵筵諷唄發深夜鐘鼓羅諸天觀物理則如倏往猶千年誰將峴山淚為洒南雲邊

南海郡庠宴集書贈董郡博

高堂輟絃誦秩秩敷賔筵朋來何雍容對此方穆然勸酢禮有加陟降容無偏芳蘭發中座品物羅庶籩是時海雨至須臾遍南天夏日如凉秋清風洒軒懸酣情久已暢秉德良益虔用言賦兹什以代伐木篇

龍州道中

微生易為役遠節恒自持夙興戒前征萬里投南陲迢迢古龍州山徑雜羣夷浮雲翳兩曜衆壑昏陰霏由茲望明都尚隔天一涯淹留暫停騎促刺心不怡所愧子桑戸中林人見稀

交阯贈節鎮黃司空

補袞美周甫分岳咨堯牧晤言懷古人于茲緬芳躅圭璋信偉羆麟鳳豈凡族天南一星明萬里忻共矚朅來

炎海濵奠拓古輿服懷桑心為勤撫馭令尤肅政淳回
澆瀉仁遠起頹伏鯨濤安中流鳥語變華俗頓令天地
春浩蕩被陰谷伊余慕光華幸此近膏沃衆中覩節鉞
丰采朗如玉天狼晝已墮神珠夜當復願言歌德音吉頌
愧清穆

交州病中喜林伯貞大參歸

孤館抱餘瘵殊方積沉憂况兹風雨交薄暮來颼颼中
夜夢九還上國黽獨遊豈無同心人曠望阻林邱驅馳

王事勤未得休戈矛旦坐念睽違此會良悠悠忽聞擁前麾載見迴輕輈欣遂懷始開晤言疾徐瘳須臾笳鼓悲耿耿星漢流餘情寄長歎激烈何能休

出雞陵關

手麾白羽箑凌晨出夷關夷關春始開行旅多歡顏㩳青澗流為洗瘴癘殘浮雲引征佩共結輕陰還前登忘險疲憑高眺林巒却憶征南幕溟濛海霧閒

宿烏岩灘

扁舟宿層灘灘漲夜來雨飄颻遠客情寂歷傍人語登途畏虎跡突瀨逢鱷怒東山尚沉冥推蓬幾延佇

蒼梧道中

驅車九疑道獨鳥東南飛看山不覺遠秋雲生我衣深谷走羣籟半岑明夕暉中林有蘭茝薄暮空芳菲

道上觀别者

完山有鳴鳥其聲一何哀死别徒已矣生離當告誰聖人登揔期玉燭耀九垓三塲無怨苛四表罔不諧爾行

獨何之萬里觸炎垓五嶺多異服更邈天一涯毒蝮朁人
肌菌露冒草萊荷戈方前馳夙夜敢怠哉去去逐行侶
悠悠念中懷心存長相思身沒淪死灰願同六月息倚
輪為徘徊落日雲始暝長嘯悲風來

曲江謁張文獻祠

停舟曲江滸弔古謁遺祠嚴嚴思興公遺澤芬在斯堂
傾風雨萃碑斷苔蘚滋芳春奠行旅落日歸文狸唐宮
昔全盛衡鑒方獨持弼諧展嘉猷讜論非詭隨雝雝朝

陽鳳粲粲補袞繇側聞卧病後九廟烟塵飛漁陽突騎來中華混羣夷信知砥柱功用舍同安危昭陵鐵馬空仙李祚久移維餘蘭菊存千秋恒若兹我來薦微誠再拜當前墀顧瞻廟貌閒風度猶可希武溪何淫淫蓉峯亦巍巍只今相業隆孰與前修期臨風一長嘆山雨來霏霏

過清遠峽

兩山夾飛流曲折始東走排空殷崩雷出峽去愈驟商

人數畏津漁子駭奔溜回瀾乍窺淵迸瀨亂濺竇上當
羣石爭下及衆川激勢齊龍門險雄長碣石右惜哉神
禹功奠畫勞遠究遂令五嶺南别與萬靈鬬我行一停舟
適值風雨候崩騰心為徨滉瀁目已瞀篙師戒前征薄
暮不敢逗開篷詡驚湍宛若羣鷺蹮乃茲造化神茲寶
亘宇宙三復忠信言呼酒聊獨侑

舟移豫章高士亭址下寄新喻文學潘時彥

雲水極杳靄一櫂東南歸青林相掩映白鳥烟中飛新

蒲乍隱舟漫流侵夕磯偶尋高士宅忽悵故人違摇曳鳴玉琴誰云出處非明發引前望五老收陰霏

幽中送張用剛還晉安

海水天際落北風捲蓬根愁烟結遠思薄暮空紛紛握手子不留驅車出都門離筵楓葉下客路猿聲聞借問此日還何時鷗鷺羣舟移九曲棹樹隱重關雲嘆我鸞鶴姿久閉樊籠春烟霞有歸夢為爾飛吟魂

欽定四庫全書

閩中十子詩卷二十四

明 袁表 馬熒 編

王檢討集三

七言古詩

長歌行

有淚莫泣鮫人珠有足莫獻荆山玉赤心徒使按劔猜至寶翻令嗤魚目千金蹈海稱達人五噫出關西去秦

負芻不復遇知已空歌白石南山春楚鄉棄相復何有
於陵甘作灌園叟雜縣偶集魯東門惆悵胡能事杯酒
長風蕭騷百草殘長鋏悲歌涕汍瀾金臺駿骨久已化
瑤水風浪不可攀畏途羊腸能折軸緘書為謝雲間鵠
海上三花久期醉歸來謾托平原宿

將進酒

故人手持金屈卮進酒與君君莫辭仲孺不援同產服
孟公肯顧尚書期當歌激風和結楚吳姬白苧莫停舞

黄河東走不復回白日經天豈能駐田文昔日盛經過
朝酣暮樂艷綺羅髙臺已傾曲池廢秖今誰聽雍門歌
我有一曲側君耳世事悠悠每如此子雲浪作投閣人
賈生空弔湘江水春風南園花滿枝莫待秋風揺落時
東山嘆起徒為侶乘時莫負髙陽池

古别離

将軍嫖姚北伐時漢兵五道同出師使者三河募豪傑
材官半是幽并兒鴈門燕郊一丈雪交河蹴踏層氷裂

鳥旆遥翻青海雲蛇弓亂射隂山月青海隂山若箇邊
芳閨桃李為誰妍三年玉筯頻啼處萬里金鉦尚未旋
機中錦字織成文謾訴相思别離後鴛被春來夜夢多
龍沙秋盡寒川走飛書昨夜入咸陽詔更徵兵屯朔方
苦戰匈奴圍未解鐵衣着盡邊庭霜邊庭風霜那可度
望斷關山不知處衣寛詎惜鸞帶賒樓高枉盼鴻音暮
自古封侯燕頷身肯思中婦鳳樓塵但令疎勒風烟掃
甘作陽臺雲雨人

怨歌行

絃奏鈞天素娥之寶瑟酒斟流霞碧海之瓊杯宿君七采流霞之錦帳坐我九成白玉之仙臺臺高帳暖春雲薄金縷輕身掌中托結成此翼天上期不羨連枝世間樂歲歲年年樂未涯鴉黄粉白淡相宜卷衣羞比秦王女抱衾肯賦宵征詩參差雙鳳裁筠管誰信韶華有凋換魏園未泣龍陽魚漢宫忍聽長門鴈長門蕭蕭秋影稀粉屏珠綴流螢飛苔生舞席塵蒙鏡空傍閒堦尋履

綦宛宛青陽日將暮惆悵君恩棄中路妾心如月君不知斜倚雲和雙淚垂

行路難

倚劔且勿嘆聽我行路難世途反覆多波瀾焦原九折未為艱君不見漢謡斗粟歌未闌長門一夕秋草殘骨肉之恩尚如此何況他人方寸間又不見絳侯身榮應繫獄賈生終對長沙鵩功成更覺小吏尊才高寧避明時逐所以赤松子遠赴中林期誰能吳江上見嘆鴟夷

皮驪龍有珠在滄海勸君逆鱗勿嬰之子推介山下屈
源湘水湄當時柄鑿自不量至今憔悴令人悲行路難
難為言滄浪一棹且歸去長安大道橫青天

少年行

千金換寶劍綴以朱絲纓銀鞍照紫燕颭沓洛陽城洛
陽城中足年少陌上相逢開口咲捘鋏長歌猛虎詞彎
弓直上呼鷹道歸來買咲何所驢白日擲擲夜未闌百
觴每共孫賓醉一飯羞從漂母餐長裾曳地小垂手短

笛橫吹折楊栁一曲臨風意氣生珊瑚擊碎亂從橫春
來秋去只如此五侯七貴為知已却嘆侯嬴空抱闗白
首夷門不暫閒

短歌行

東風吹花墮錦筵緑楊半嚲青樓烟主人自為鴝鵒舞
小妓更奏鴛鴦絃當杯入手君不醉落日已在西山巔
短歌一拍心茫然請看明鏡高臺上何須白髮悲芳年

遠遊曲

蟭螟栖蟁睫鯤鵬運天淵由來小大各有適人生出處
同所然蘇秦未佩六國印一身落魄誰相問相如去蜀
謁武皇高車駟馬生輝光以茲感慨慕昔人起秣吾馬
膏吾輪出門仰天發哂咲寧辭斷梗隨風塵朝趍楓陛
謁明主夕掌蘭臺作貴臣自謂生平有奇遇從聞因獻
甘泉賦雕虫小技何足誇白日天光屢迴顧朝回勑賜
飛龍駒玉勒光輝驕道隅雕筵象几進綺食不但醉飽
同侏儒君不見漢家主父寧久貧買臣無復恒負薪當

時妻子咲相薄一朝四海來相親閔生寂寞困蔾莠榮期憔悴蒙埃塵請君試聽遠遊曲何必長為畎畝人

塞下曲

君不見鴈門九月風如刀筋强蹄健萬馬驕邊庭列障走烽燧旌頭夜出天山高陰磧茫茫走千里刀斗聲沉塞雲紫重圍未破殺氣昏萬衆同呼士心死起看壯士皆裹創援枹鼓之氣益張三軍奮迅一敵萬戰場血染天為黄自此匈奴知姓字功成盡雪百王耻可憐白首

未封侯一片雄心向誰是

君馬黄

君馬黄我馬白二馬同嘶出南陌南陌東阡夾渭橋馬行平地似青霄羈金落月人皆羡振玉鳴珂意自驕朝出相隨暮相逐可憐人馬皆如玉如何與君生别離君馬東行我馬西欲知後夜長鳴處羞對駑駘一萬蹄

長相思

長相思乃在瀛州之上碧海之涯閬風蓬壺相蔽虧琅

玕碧草何離離安期偓佺空有期五龍起舞鸞鶴隨祥
風化日同熙怡碧桃咲花春滿枝鸞驂鶴馭同遨嬉我
獨何為困羈離弱水三萬不可飛長相思心為悲

醉歌行畣鄭五定

人生三十古所立嗟予落拓竟何有眼中萬事皆等閒
帳下一經空自守楊雄寂寞人皆羡長卿憔悴誰相偶
五陵西上事已非百粤南歸歲應久侯門無分曳長裾
别墅閑來閑虛牖感懷徒使壯士悲託交何處論新舊

與君一見即傾倒握手相驩情頗厚意氣能凌豪士前
風流肯落當時後每於結客散黄金縱令負郭無百畝
白社吟來落木秋青山醉倒芳尊酒知已終憐水上萍
年光暗擲門前柳惟有長歌一片心此日贈君君識否

贈吳六

少年結客遊五陵布衣落魄喜談兵是時氐羌殺主将
邊庭一夕烟塵生當筵意氣許君死飲血報仇為知已
一生猿臂挽兩弧三尺魚腸走千里窮秋絶漠羽書飛

輕身陷陣解重圍眼看旄頭開塞落手持敵首轅門歸
帳下三杯躍紫燕衆中萬歲瞻白衣功成幕府失姓字
扁舟歸釣滄江湄爾來時平復何有萬事蹉跎付杯酒
昔年蓮鍔吐星鋩今日茅茨閉虛牖丈夫感激驚心魂
平原食客有誰存臨風夜夜吊孤月長歌擊筑聲俱吞
閒來遇我何所為未言往事先凄其鬓毛零落已如此
心跡悠悠誰復知

送陳熚

池上百草緑春城黄鳥吟玉壺清酒與君别青山去後空雲林問君此行何慷慨一嘯揚眉起滄海須使功名及早成莫教緑鬓流年改拂劔酣歌四座傾共看仙籍快登瀛上林奏賦久相待宣室求賢方未寧縱醉臨岐不知晚落渚蕭蕭送歸鴈别路雲程兩地分目極烟江去帆遠

寄答黄伯亨

我馬從東來君車正西去有似風吹海上雲天際無心

忽相遇與君相遇即相知瀝膽輸肝無復疑虞卿豈顧
雙白璧平原輕擲二美姬狂歌一斗酒共醉六屏月拂
曙登古臺慷慨與君别君行五嶺南我阻三山道何處
我思君天涯但芳草昨朝鴻鴈下江烟嘶得君書置我
前開緘拂氷雪千里情灑然念昔與君多意氣相期豈
作桃李妍駿生立堂下叔向知其賢袁宏發朗詠謝公
遂回船丈夫一語苟有合何必結交窮歲年我有古干
將綉澁久棄捐寧甘困泥滓耻為兒女憐君有長歌向

余寫我將古調為君宣月明洞口鳴風泉清商一曲付
哀絃雲生麋鹿可為侶紛紛薄俗何其偏

贈李道士

大樸已散玄風澆函關紫氣騰赤霄邇來蓬壺幾清淺
孫枝秀出何飄飄君從胡來載雲軺仙裾搖曳凌晨朝
紫皇天上吹碧簫左揖羨門右松喬東折君華壽西母
麻姑綠鬢顏未凋有時馭列缺攜招搖瀕降昆吾邱飲
我長生飄霓為鈴兮風為馬白日羽翰何翛翛吾將挈

日月以觀乎無始與夫子兮遊遨

西亭夜送林六斂還山

今夜西亭月秋風梧葉涼故人發孤興别夢遶林塘浮世相逢心草草羨君拂衣一何早百畝風泉繞桂枝歸去南山跡如掃南山松桂北山雲飲澗穿雲麋鹿羣應閻明月但高枕洞口飛泉長對門知君自是悠悠者何須叩角歌長夜鄭谷年來秋草稀鹿門誰伴白雲歸君行好覔赤松子余亦將紉薜荔衣

送吳生赴閬中

吳生落魄志不羈世上悠悠那復知長希一代賢豪士

不學千金遊俠兒三十窮經坐環堵四壁蕭條但榛莽

客路偏驚季子裘故人誰薦楊雄賦酣歌擊筑不堪間

中宵起舞思紛紛功名且付杯中酒富貴從輕天上雲

平生高懷有如此青眼論交見生死俗流未足論升沉

丈夫應須有知己茲行遠遊何時還西窺太華浮雲間

也知局促蓬蒿底終然莫掩沖霄翰

宿桃溪方翁家贈别

清溪一帶縁桃花春來水上流胡麻東風尋源泛瑶棹雲中遠見山人家於茲水木相含景裊裊松杉亂天影少焉林壑衆籟鳴巾舄飛來片雲冷二三老翁住東坡薜衣霜雪垂兩眉自言入山歲已久不知人世今何時傳聞有客驚還喜共薦清泉飯松子烟林霧篠不逢人碧草苔花應滿地問予何事在塵間那似山中日月閒澗户聊同魚鳥醉石床常伴雲霞眠乍逢靈境真堪悦

區緣未謝還成别别後重來定幾時夢繞溪邊緑蘿月

題深溪草堂

草堂住在深溪裏四面牕開玩清泚空翠長浮半壁陰涼飈時傍虛簾起雲收月墮吟幌白雨過苔侵釣磯紫心閒野鳥自忘機客至談玄聊隱几高情澹蕩付琴尊有時落魄不冠履已知人境得蓬邱恍若漁舟問桃水滄洲有約在投竿白首何心懷帝里秪今方憐世態薄逢君况值邱壑美荷衣蕙帶或可紉也向溪頭拾芳芷

聽琴歌送方氏逸民歸天台

嶧陽孤桐節風雨月中雙鳳幽修語一辭爨下登高堂
徽向黄金思何苦初彈一曲南風生端拱垂衣虞舜庭
悄然再鼓神欲往美人頎而結遐想須臾改調絃亂鳴
引宫刻角流新聲泛如陽春激白雪澹如綠水涵秋清
羡君操成有如此十指游心在千古户外翩翩鸞鶴翔
松下傞傞鬼神舞世間箏筑徒紛紛可憐此調誰能聞
江湖寥寥少知已抱歸獨卧空山雲

送友還劒上

手把一尊酒送君白下門秋風官道傍落葉何紛紛念我辭家久為客京華一日幾人别茲晨慷慨復送君令人却憶故山雲君家舊住劒溪上門外雙峯宛相向雲屏九曲倚醉過青山别後近如何君行漫浪不須久舊業荒涼風雨後會予得買南歸航蘿逕苔磯一相候

賦得釣龍臺送友人還閩

九原鹿迹何茫茫五星東井熙炎光無諸功成裂漢土

組練三千還故鄉當時築臺青冥中閒來垂釣滄江龍
屠龍技成去不返至今百粵山河空臺外蒼山落平楚
臺下江流自今古野水荒烟古戍寒落日精靈尚來去
過客憑高眺遠鴻可憐何處聽歌鍾愁雲偏結謝端渚
海月長懸薛老峯故人舊隱螺江側曾共吟秋弔陳迹
此日南歸興不窮别後登臺好相憶

劒潭歌送董大令還晉江

兩山何來勢崢嶸山下碧潭秋水清昔人寶劒化神物

至今白日風雷爭送君南行感疇昔秋深擁棹蛟龍窟
醉起登艫牛女紅夜凉擊汰精靈出千里寒流赴海深
宦游同到海天溟明朝霄漢還相會未必牛刀嘆陸沉

賦得龍江送蕭御史

君不見龍江水流東到海天塹由來知幾代三月春潮
繞帝城噴雪鳴濤走澎湃往事流殘落照中六朝遺跡
恨無窮清時不用限南北萬國梯航此日通烟開目極
澄波眇海門一點孤帆小勢吞九派落雲間雄浸三山

出天表江上潮來一送君中流宛見繡衣新青年好遂
澄清志莫羨當時擊楫人

送陳将軍還鎮三河

紫髯将軍身七尺早拜金吾未三十臂挽雕弧二石强
腰橫寶劒千人敵曾隨驃騎過祈連破虜平蕃功最先
直向交河斬兇醜肯教烽燧照甘泉名高飛将傳異域
氣凌屬國雄燕然百年恩刷浚稽耻萬里曾屯充國田
邇來移鎮三河久馬上黄金垂紫綬偏裨皆為六郡英

賢豪不數雲中守平原草色獵騎還鴈門雪盡春歸後

邏靜無傳紫塞烟客來但醉芳尊酒良時躍馬獨朝天

闕下相逢意藹然久知公子能虛左却憶將軍恒在邊錦

帶紅纓士如虎明日都門仍出祖節鉞翩翩望不見惟

見雲臺天尺五

送楊世顯還溫陵兼寄胡郡守童將軍

八月江南鴻鴈翔蕙葭夕露凝如霜典衣沽酒不成醉

遊子此時思故鄉故鄉别來在何許秋風落盡桐花樹

歸夢長懸嶺嶠雲客衣久翳秦淮雨以兹慷慨賦式微

都門祖帳送斜暉舟從楊子江頭發路指嚴陵灘下歸

壺公片月生滄海紫帽嵐光拂翠微温陵太守蘭臺客

往日詞林見顔色虎頭将軍懸轆轤金尊為爾酒剩沽

到時相見即傾倒為我問訊今何如

贈遼陽僧慧峯

上人出家絶世緣少小入山今幾年悟得真空無住着

手探濁海神珠圓草衣百結幽岩裏晝拾松花飲泉水

野性無心狎澗麋大法時譚聽山鬼遼海蒼蒼接遠天水雲寥澗少人烟山中有僧誰解識長日安禪秪晏眠此生自咲機緣薄欲接微言解群縛昨夜中峯禮白雲惟見諸天寶花落

古劒行贈周辰

殺氣貫牛斗精光何陸離風胡不可遇千載令人悲憶昔干將初鑄日五夜龍池飛霹靂秋水芒寒鸊鵜膏虹光鍔吐蓮花質當年曾闇易水歌荊卿不濟當如何從

來相隨赤帝子颯颯秋郊泣嫠鬼乃知神物用有時風
雲變化誰能知秪今蕭條鐔水上白日往往蛟龍飛俠
客相看魂欲死一片雄心許知已别來夜夜匣裏鳴憶
君清淚如鉛水為君摩挲君試看斂歌有曲君莫彈從
來烈士皆如此茫茫萬古悲風寒

東湖春意圖為樵門李姚生題

鴛鴦湖上春風軟柳絲無力桃痕淺暖烟籠碧水如雲
纖纖細草苔香滿滿樓罨畫大堤傍羅綺晴嫣緑水鄉

氷絃玉柱新調呂半覺雙蛾倚淡粧鸂鶒雙雙點晴霧
百勞東飛燕西去紫泥誰染天上春雲間留得相思句
日暮相思枉斷腸緑波千里共悠揚龜甲屏風花夢曉
一抹修蛾鏡中小

王芾家詠梅花燈

并蛾剪素鏤秋水蘭缸傳春破瑶蕋粉屏射蠟樏珠光
的歷氷魂廣寒裏嚴城畫角聲咿咿羲馭漸輒槫桑枝
芳心暗逐烟燼落玉皇味冷沉烟薄

凌歊臺懷古

朝發石頭渚暮宿黄山道携酒眺古臺離離但烟草憶昔兹臺何壯哉宋祖離宫臺上開臺前寳樹入層漢臺下歊臨九垓楚山望盡蜀山出雄跨全吴勢凌突欲吞銅雀俯中原不數黄金貴竒骨三千歌舞宿雲端公子王孫往復還秦闗捷書不再返鼂湖飛龍誰復攀繁華一旦乃如此寂寂荒臺秋色裏往事徒悲禾黍塲殘碑半墮滄江水滄江水流去不迴空陵刼火變寒灰欲

将霸業問行客黄山落日清猶哀

閩中十子詩卷二十四

欽定四庫全書

閫中十子詩卷二十五

明　袁表　馬熒　編

王檢討集四

五言律詩

隴頭水

隴底望秦關蕭蕭隴水寒照人猶帶恨飲馬不成湍落

日邊塵合秋風敵騎殘誰磨三尺劒直為斬樓蘭

楊柳枝

春光曉漸饒楊柳暗宮橋嫩葉疑愁黛纖衣倦舞腰秖應悲戌遂那解綰蘭橈更待花如霰紅顔為爾凋

梅花落

青樓嘆落梅獨起自徘徊帶雪粘歌扇因風上鏡臺晚粧誰更㸃邊角正堪哀望斷尋香徑依依蒲緑苔

小垂手

秦女騁妖嬈春風步翠翹只疑花作臉更訝柳為腰燭

暗花鈿墮風輕羅帶飄自矜纖弱態不羨掌中嬌

巫山高

巫山不可望望極使人悲樹暗啼猨峽雲空神女祠秋聲留别恨夜月悵佳期欲問高唐事惟應宋玉知

晚歸湖上

一逕愜幽尋悠然世外心不緣流水泛那識落花深潭影澄天鏡松聲韻素琴前林烟磬發歸晚月沉沉

山寺尋僧

尋山憶慧能問偈遇真僧竹覆山門雪花藏古殿燈千家供法食一衲絓踈藤不是遺經呪多因悟上乘

尋鄭道士坐清暉閣

吟秋入翠微高閣坐清暉鴻寶傳真訣清齋話息機礀雲生野屐山雨拂塵衣自是支離久依方早有歸

憶陳昇

京國一為别橋門十載春齋鹽朝共飯風雨夜連茵玉樹誰先折泉臺竟不晨空將知已淚西望灑風塵

送夏廷簡宿怡山蘭若

別路繞珠林秋來落葉深一燈今夜雨千里故人心已覺空門幻還驚旅況侵坐聞鐘鼓曙離思轉沉沉

陸氏山池

淡淡羣銀藻娟娟種玉蓮誰闚照膽鏡中有洗心泉薜散山流影雲収月墮天願隨鷗鷺侶薄暮宿寒烟

送黄尊師歸華山

我送金華子西歸玉女峯瑶笙飛一鶴寶劒佩雙龍人

問丹砂訣天清碧澗鍾遥知騎白鹿韓衆定相逢

送人以故將名用

秋風大道傍立馬盡餘觴興逐孤雲遠情隨去路長廡頗思趙士漢主憶馮唐莫奏桓伊笛蕭條兩鬓霜

楊秀才幽居

楊子幽居處開窻面遠空水喧明鏡裏雲落畫屏中捲幔留山月揮絃送晚鴻何人問奇字載酒野橋東

詠西施

浣紗白石上本住越溪濱一入吳王苑遂為傾國人春華嬌豔質秋水助精神寄謝東鄰女雙娥莫効顰

朝退懷南湖草堂寄舍弟及舊社諸游好

朝回獨掩扉高卧息塵機春色如憐客飛花故點衣鴈行驚别久鶴病憶羣稀何日南湖上春雲滿棹歸

題金道士丹室

石洞掃烟霞仙壇覆落花人間尋鶴侶天上駐鸞車瑶圃桃成實金盤棗似瓜待予休物累從爾問丹砂

和王舜舉春日襄陽之作因送之歸
漢水千年緑襄陽二月時人歌大堤曲春到習家池且縱山公醉寧同叔子悲葛彊今已老歸馬莫教遲
賦得邊城雪送行人胡敬使靈武
萬里燉煌道三春雪未晴送君走馬去遥似踏花行度磧迷沙遠臨關訝月明故鄉飛鴈絶相送若為情
賦驄馬送黄釆巡按北京兼寄蕭福王選二劣
史

錦勒玉花驄長鳴向北風已看千里去坐覺萬羣空歘
玉燕山遠鳴鑾薊水通使君同攬轡早晚奏奇功

送李校尉致仕還江左

雄劔委龍鳴關河白髮生功成百戰後老去一身輕夜
月桓伊笛秋風驃騎營燕歌何處寫曲罷有餘情

送趙友同還華亭時水泛三吳

積水渺無際送君江上還九峯何處所迢遞白雲間舊
業芰荷在秋風鷗鷺閒定知三泖月相見一開顔

送人之毘陵

興盡一杯酒相看欲别時孤帆乗吹發一鴈度江遲千古蘭陵令秋風季子祠勝遊多感慨為爾寄遐思

書懷寄友人還建安

游之金張援官無子孟資庖人羞獨割尸祝謾相知此夜金陵月詰朝瓊樹枝武夷山水郡相憶在題詩

送友游吳適越

斗酒興不淺南遊幾日迴擔囊無俗物訪古及吳臺腰

下延陵斂手中張翰杯若逢梅福問相與上天台

贈妓

竹枝歌送君錦瑟不堪聞欲識芳心恨愁將寳帶分碧峯留黛帶秋水學湘裙明日陽臺上空贍一片雲

賦得花影

欲拂更紛紛空香寂不聞亂迷芳蝶夢輕䕶錦苔紋襯月籠書幌因風颺舞裙莫移庭下步蹴碎一階雲

岳州送同官王洪中書舍人吴均入蜀

五月不可觸三巴未易行共因嚴使命同此念王程月下猿聲斷雲中鳥道横詰朝相憶處夢繞錦官城

嚴州江上

短棹蕩江春春風物候新岸花飛送酒沙鳥近窺人碧樹籠青嶂芳州點綠蘋因悲城市裏日日醉紅塵

其二

嚴子投竿處春來載酒過潮聲通越近山色入吳多沙際舟如月雲邊鳥似歌客程隨去住那許嘆風波

西山訪李徵士夜歸

山翠雲邊墮溪聲竹外虛尋秋窮謝屐隔水訪陶居隣嫗供新醞家童剪夜蔬醉歸蘿蔓底殘月在襟裾

舟中望九華

雲錦積苕蕘屏風倚碧霄猿聲聽不盡山翠望還消俗駕何由税仙人不可招夜深理孤棹乘月逐歸潮

送孫處士歸四明

聞說四明路迢迢隔剡溪天連滄海濶樹擁白雲低山

憶謝公詠人宜賀監栖送君從此去欲使宦情遂

送沙子進赴禄州别駕

客舍酒初香都門栁色黄一官仍别駕萬里赴炎荒江路猿聲早山城榕葉涼遠人勞撫字且勿厭殊方

送人令南海

二月都門栁那堪綰别離雙鳧舞日下足馬到天涯蜃氣滄溟夕山鄉瘴雨時惟應南海月千里照相思

武昌晨望

不飲武昌水馬知吳楚風山川霸氣盡今古壯心雄帆去三湘遠天連七澤空登臨何所恨江漢正流東

送周暹之兖州

何處征驂發都門白下亭浮雲望東魯大火值南星别酒不成醉離歌且蹔停臨岐何以贈含咲解青萍

宋將軍家出妓

歌管沸中天香風滿四筵門邀珠履客坐列玉堂仙良夜金波裏佳人錦瑟前為君回舞袖半笑落花鈿

其二

二八嬋娟子新蛾拂兩眉主人投轄處座客斷纓時舞動黄金縷歌成白雪詞玉山從此倒花月更相宜

五羊城遇張順論舊有懷

疋馬到炎荒逢君鬢已蒼邑人傳左語官樹隱殊鄉感舊看長劍緘情憶縹囊明晨愁又别天海共茫茫

邕州

五管推名郡雙江接上游人家蠻洞曉山雨瘴烟浮遠

客誰青眼殊方易白頭夜來南極上分野望牵牛

舟中懷彭詡

遠漢落星稀疎林驛火微已知去國遠況與故人違旅夢驚殘葉涼聲到客衣何時聯畫舫同望楚雲歸

從軍樂軍中録示諸將

為問從軍樂東南早罷兵尚資磐石計同醉伏波營寶玦千金換珠袍五采成郄慙楊子宅終歲一書生

其二

秋原草色殘千騎擁雕鞍共道從軍樂誰歌行路難琱

戈揮日落玉劍決雲寒準擬功成日同歸謁禁鑾

闖總戎破敵有作

功成指顧間一劍定諸蠻後騎方踰甸前軍已斬關兇

徒應破膽黎庶漸開顏麟閣專相待征旗及早還

五言排律

夏日同呂民部宴臺山閣書贈邑令沈丙

林吹遠橫塘山亭挹衆芳琴尊延勝引環珮集仙郎高

詠揮麾塵飛泉激羽觴葛薰衣入麝王泠篁浮湘鳳想辭丹液鸞緘貯縹囊羣峯屏遍列一水鏡韋長寶瑟頻調柱清歌迴繞梁澗花開作對山鳥下成行已判徵仙事還疑倒醉鄉染塵嘶汨沒畢景恣徜徉桂域流初魄松樞促晚涼幽期殊未已書此報河陽

蔣山法會瑞應詩應制作

寶地捧金仙璇宮起梵筵真僧騰異域開士唱三緣說法雲成蓋談經花雨天祥光凝彩絢甘露瀉珠圓天樂

憑虚下神燈徹夜懸勝因濟妙筏覺路渡迷川秖樹春光溢靈山會儼然願茲弘至化皇運共千年

送人戍邊

玉勒浮雲驄雕鞬明月弓日邊辭帝輦天際逐沙蓬百戰兵符動三門將略雄戈矛明積雪旌旆疊高風朔漠窮陰外幽關落照中壯懷何以贈歛氣欲吐虹

題天台梁氏聚青山房

絶巘隣滄島中峯接上台林間别阜出窓外聚青來選

勝宜招隱棲幽異鑿坯白雲華頂鶴瀑布屏殷雷羽客停鸞吹仙人共酒杯烟霞林鹿伴冠蓋嶺猿猜自嘆覊塵內何由避俗媒憑題紫芝曲寄謝赤城隈

呈陳司馬

大將分雄閫名鄉出上台五戎資廟略萬里掃塵埃鐵騎如雲集樓舡際曉開月將弓影滿霜逐劍鋒摧寵賚當陽節人林定遠材指麾停羽箑談笑許龍媒銅柱功寧羨金臺志不回豈伊專鉞斧更爾賴鹽梅自咲疲駑

甚聊因附驥來未攜孫楚策屢接禰衡杯汲引寧忘自
吹噓幸見陪酬恩看玉劍千里動風雷

游海珠寺示同遊文憲使周僉憲

絶島波心見棲身玉鏡中欲觀鰲背日還仗躡樓風客
思員壺外雲程若木東蜃光晴作霧海氣晝成虹僧剎
蛟龍護神珠水月通同遊多逸侶歸棹擬乘空

欽定四庫全書

閩中十子詩卷二十六　明　袁表　馬熒　編

七言律詩

登烏諸釣龍臺懷古

高臺遠枕大江流江上雲屏宿靄收才子揮毫春作賦
商人酹酒晚移舟空潭龍去山河改古殿雲寒劍戟愁
莫向此中多感慨漢家陵樹已先秋

留别梅溪諸友

凉風才動芰荷衣却憶青山賦獨歸近别慈親温省曠作抛酒伴醉吟稀天邊鴻鴈秋雲薄水面蒹葭夕鳥飛後夜與君相憶處蕭蕭蘿月掩荆扉

新築草堂成有述

買得幽溪絶世塵林間車馬到無因茅廬新就堪棲隱松菊移來散及隣薄暝鳥歸臨水樹傍崖鹿趂採芝人廟堂豈敢干時用但幸雲泉了此身

草堂與山僧夜坐喜自牧馬大見過

移居深入水南村五柳新栽正對門傍岸春流沿翠篠亂藤棲鳥近黄昏林頭折箭山人致燈下名香野衲焚童子夜深知客至隔隣呼取醉芳尊

春暮同周玄郊行宿烟霞道院時約黄生同奕

累月看花柰醉吟不知春樹變鳴禽偶隨芳草同閒屐静拂孤雲響素琴塵世關情人事少松壇期宿夜燈深明朝入洞觀棊去未許樵夫得見尋

晚至鶴林寺

問訊山人指白雲數聲烟磬隔溪聞竹房燈靜知僧梵
松院苔深見鶴羣聽法夜深山寂寂懶吟衣上月紛紛
曉鐘又逐塵緣散此地心期孰與論

山中送陳生歸海上

洞口花飛春欲闌玉釭携酒送君還三年厭見天涯月
千里歸尋海上山壯志功名看髮變浮雲世事與心閒
要知別後相思意萬壑松濤懶閉關

登宿雲臺

一逕緣蘿到上方宿雲臺閣樹蒼蒼憑虚目送秋鴻遠向夕窻涵海雨凉童子見人能下拜老僧出定自焚香近來性癖耽禪恱長向空門禮法王

寄張員外

新年栁色滿都城仙掖朝迴聽早鸎日隱層堦殘雪在香傳别殿曉寒輕瑶池阿母憐方朔漢室公卿羨賈生獨咲長卿淹病久茂陵高卧有餘情

登古囊山辟友巖和甎所居士之作因寄黄八

粲

何處秋吟覔遠公蒼苔古道石林東月生雙樹闓虚籟香繞諸天見化工萬法已超言説外此身多在别離中明朝更寫三生偈去約忘機海上翁

中秋與劉大會温陵因寄舍弟

相逢斗酒粤江濵客裏襟期有故人天上幾迴今夜月此生空咲百年身且須縱醉清尊倒謾説憂時白髪新

却憶鴈行同賞處故山回首一霑巾

温陵送劉大還三山

江流慢曙入河低一尺魚箋醉懶題古道菊花秋草裏敗林莎井露蛩啼空山寒影凋芳樹遠澗泉聲下碧溪客路相逢方絶倒馬蹄何事又東西

秋日與胡泉州會小山叢竹亭分韻得飛字

秋風江上早鴻飛桂樹團團影漸稀此日尊前須盡醉古來林下幾人歸青衫烏帽情何戀翠竹黄花願不違

更愛山亭車馬散照人蘿月自依依

客清源贈董別駕

清時不逐登壇貴瘴海聊因作郡過細柳營中辭虎竹刺桐花底聽絃歌雙旌暇日朋簪盍別駕行春雨露多自是清源山水勝日勤車馬訪烟蘿

山中招黄博士不至因再約以寄之

秋風吹落桂花殘寂寞淮南賦小山自咲草堂魚佩冷空將瑶水鶴書還石門蘿月誰同醉洞口松枝秖獨攀

明日角巾能到否呼兒竹下掃柴關

春日對酒酬鄭公啓

與君相見即相歡況值芳春感二難尊酒且邀花底醉流年不用鏡中看江頭草色侵衣袂雨後鶯聲滿石欄世事悠悠秖如此出門何處可彈冠

登九僊山懷林㶇因寄

雪後空江一棹過新年草色送離歌心知別後登臨少福地重來感慨多谷口飛花看薄暝洞門啼鳥掩垂蘿

知君亦有東山屐歸去雲林近若何

崇川寄懋功張秀才

百尺灘頭一訪君碧山秋靄正紛紛故人已嘆晨星少此會翻成落葉分遠樹孤城江上閉晴空疎鴈醉中聞也知西去寧親日還有相思寄斷雲

與夏少府迪話别登薛老峯

新秋客裏喜相逢絕頂登臨興不窮遠喚緑波孤鳥外亂山黄葉白雲中明晨霄漢應誰共别墅琴尊此會同

去後重來相憶處短笻吟倚候歸鴻

同自牧氷所宿張氏南樓

鳥下平蕪夕靄收偶携江客宿層樓月明清夜聞鴻鴈窻近天河絓斗牛幾杵鐘聲雲外杳千家樹色暝中浮醉來枕藉秋衿薄疑借仙槎覔遠遊

過舊游有感

濕雲如醉護輕塵黄蝶東風滿四隣新緑只疑銷晚黛落紅猶記掩歌脣舞樓春去空殘日月榭香飄不見人

欲覔棃雲仙夢遠坐臨芳沼獨傷神

秋日懷林源前輩

載酒行吟野寺秋青山去後與誰遊懷人獨卧雲中島

感興頻登江上樓黄菊久挵陶令醉白頭空抱仲宣愁

夜來明月還相照好寄心期到歙州

寄自牧時客林生别舘

芙蓉秋水漫漁磯白石蒼苔静掩扉南國懷人成久别

茂陵多病有誰依花飛别澗空流水客去高齋對落暉

料得只應賢地主相看未許故人稀

挽石泉藍公前元閫省知事

曾將孤憤負當時老判南荒衆豈知王氣已隨陵谷改劍歌空對海天悲秋風白髪驚殘夢落日窮泉有所思欲弔玄沙孤鶴遠不堪惆悵淚如絲

送卓民逸還越中民逸以善書客翰林者三年至是得請告歸

送君尊酒發都亭亭下春深栁色青别思漫縈風裏絮

浮生慣學水中萍客程蘭棹天邉遠舊業柴扉海上扃若向山陰逢道士也應為寫換鵞經

元夕午門侍宴

臘雪霏微栁外消天衢香靄逐人飄千門火樹攢珠斗五夜笙歌下碧霄玉醴恩頒春色早金波影浸漏聲遥侍臣湛露將何補願頌康哉答聖堯

早朝同周員外玄賦時有祀事

花擁千宫刻漏傳蓬萊遥在五雲邉星移北斗當宸極

樂動南薰捧帝筵遲日漸晞仙掌露輕風猶裊御爐烟
明朝海上祠金馬紫鳳丹書下九天

送林叔亮教授四明

秦淮斷鴈不堪聞惆悵官亭一送君尊酒暫留吳市月
扁舟遥指越溪雲秋來幾處寒聲早海上千峯秀色分
帳下諸生相待久未應寂寞嘆離羣

送顯上人還閩中

半生蹤跡慕雲山結得真僧住世間夜宿孤燈隣妙梵

曉隨清磬度禪關心通萬法緣俱寂目泯空華意自閒
此日微官牽物累更堪江上送師還

寄鳴秋趙山人兼似幻居閒士

石橋低覆薜蘿陰澗户虚窻憶醉吟書寄遠公林下偈
調高中散竹邊琴藥欄春去啼禽換茶竈秋來落葉深
别後此情何所似題封一寄故人心

送龍河傑首座自五臺歸將赴天台

偶逐孤雲下五臺又携明月上天台衣傳異域曾留偈

楓落長江見渡杯上界經行人世别天宫説法夢中迴
明晨相憶霞城遠空仰金繩覺路開

過晚城謁余忠宣祠

寂寞孤城野水濆亂餘猶見幾家存女墻落日埋秋草
官樹啼烏集暮雲百戰徒聞存國步孤忠誰復吊英魂
夜來遺廟空庭月長遂悲笳不忍聞

寄郭麾使希武

青年建節似君稀千騎轅門擁鐵衣萬里獨留孤劍在

三苗已見遠人歸西風暫及黃華醉遠檄時將白羽揮
却笑參軍淹病久未諳清論寸心違

五言絶句

楚調曲

君行巫陽道棲住渚宮湄莫戀荆臺樂輕拋桃李時

紈扇詞

皎潔渾無染團圓孰與裁秋風原不妬四序自相催

飲井潭

洗耳在潭下飲牛在潭上白露飛復來烟中立相向

送人隱松溪

送爾松溪上猿聲樹樹聞夜涼弄溪月衣上拂松雲

秋江漁唱

漁舟晚唱來聲在秋江水月明曲未終前汀鷺飛起

荷露

翠盤捧明珠蕩漾圓復碎夜來明月中留得鮫人淚

題美人撲蝶圖

為惜韶華去春深出綉幃㩤將花底蝶秖為妬雙飛

從劉禮部析菊花歸

三徑猶未歸東籬露華冷折得一枝來蕭蕭怨秋影

望君山

風來洞庭白雨歇君山青巴陵明月夜瑶瑟怨湘靈

七言絶句

懐仙寄上清何尊師

崇臺高映太羅巔三素流雲繞碧天王母不來春又暮

洞門閒却古苔編

其二

雲毋屛風月影孤碧雲琪樹兩三株道童慣識釣天舞偷向堦前教鶴𨞵

閨思

冷落殘箏十指疎良人遠戍近何如樓頭數盡南飛鴈不見遼陽一字書

秋山吟望

一徑吟秋到石壇烟蘿遠映碧峯寒松邊獨鶴歸來晚
羸得閒雲片片看

題畫美人

八駿瑶池去不迴蛾眉蕭颯鏡中哀至今楚水荒臺上
化作行雲夢裏來

題張友謙倭扇山水

萬里空濛海上山仙人樓閣有誰攀只緣博望星河棹
移得蓬萊到世間

題米老山水

海岳庵前覓舊蹤蒼茫雲樹米南宮別來幾片青山影都付寒鷗一蓬風

題趙仲穆小景

踈烟淡月大堤傍遠樹連墻接水鄉子夜吳歌驚宿露風流宛似趙家莊

題畫鵪鶉

原草飄殘作雪絲日斜馬上鬬歸時五陵別後傷心事

零落凉州笛裏吹

王奉祠宅餞其伯氏之蜀縣令

我家仙令來何處又見雙鳧日下歸明發謝庭看玉樹可憐片月憶光輝

其二

都門飲散動行旌千里看花到錦城好借三巴江上水與君流作玉琴聲

夜泊潯陽江驛

度盡名山問楚湘扁舟此夜泊潯陽琵琶聲斷知何處
江水江烟自眇茫

雨中過洞庭

昨夜南風起洞庭曉來湖上雨溟溟忽看天際驚濤白
失却君山一點青

重登岳陽樓望君山

南湖烟水接天流天際青螺掌上浮欲弔湘君何處是
不堪重倚岳陽樓

常山道中即事

前山月曉樹蒼蒼野蕨初抽緑笋長一路春風如有約
馬頭吹送落花香

宿鄂渚

禰衡洲古白雲低庾亮樓空緑樹齊惟見晚空漁艇火
隨風遠過漢陽西

黄陵廟

芳洲烟草碧萋萋古廟雲深落日低剎盡殘碑無可問

春山惟有鷓鴣啼

登月江樓 仙人槎

朝來一上月江樓江雨長涵瘴水流望斷釣槎人已遠青山點點是邕州

左江録似友人

左江江水日潺湲鳥語莎裳住百蠻莫道天涯應在此交州更隔萬重山

病中懷故山

遠向清溪掩石門碧蘿烟帳鶴成羣一從誤作遊仙夢
誰管秋山幾片雲

其二

裊裊樫陰石徑斜野人迎住近烟霞别來門外滄浪月
開遍青松幾度花

九日有懷

故園松菊應無恙上國新醪也自佳兩地思歸俱未得
一身長咲在天涯

晚眺鬱孤臺

百尺高臺怯暮寒虎頭城枕碧雲端縈迴二水蒼龍合流下前溪十八灘

交州即事二首

一騎衝嚴到市橋夕陽烟樹草蕭蕭居人猶指高駢塔碧瓦朱甍尚未凋

莫道平居是百蠻烟花江月也同攀一從烽火連天後縱有神珠去不還

交州病中録似諸友時軍中絶餉以手帖干主

帥索糧

問病尋方事總虛謾勞車馬慰躊躕三年玉署蘭臺筆

學寫顏公乞米書

江上見酴醾分得人字

向來同醉帝城春馬首東風落絳茵玉架錦屏消息斷

只今誰是冶遊人

閩中十子詩卷二十六

欽定四庫全書

閩中十子詩卷二十七

明 袁表 馬熒 編

王翰林集一

頌

平安南

皇帝嗣大歷服為天下主四海内外罔不臣妾號令昭著政理和洽旋乾轉坤雲行雨施品物

生成億兆雍穆至化允若嘉瑞畢臻語九譯通
萬里極舟車人力所至咸稽顙闕庭下請臣屬
毋敢後昔安南陳日煃當太祖登極之始恭德
化率先納貢贄詔循舊章俾王國世臣近賊臣
黎季犛擅其政柄糾合黨類弑其君篡其國併
其子姓無遺放兵內侵僭號改元無所忌畏陳
有遺胄間道赴闕叩天籲告詔送之國又陽迓
於朝陰殺諸塗罪惡滿盈神人共憤廷臣交章

請討其罪乃永樂四年七月戊子朔詔以成國公臣能充征夷將軍率師八十萬往討之癸卯乘輿送之江滸德音敦至戒以不殺十二月我師渡富良江再擣其東西二都洞俘部落望風送款安南悉平交人言陳氏之後無存者幸不鄙夷其民從漢唐之制郡縣其地允之嗚呼有苗以逆命徂征玁狁以內侵見伐古先聖王有不容已視季犛之罪擢髮不足以數之豈安南

風化將復於古蓋有以使之歟臣叨忝史官躬
覩盛烈職當紀載謹撰平安南頌一首以獻其
詞曰
維彼交趾古稱南荒嶺阻海截椎髻卉裳漢始內屬制
為都縣華夏相通治視畿甸歷吳以還千有餘年蠹剔
窳抉風化日宣曷唐之季乘我鑄漏閉戶攘奪官不廷
授五代紛拏姑息因延彈丸黑子縱其播遷暨宋之興
迺脩職貢王始郡稱俾總其衆庭實載入宋轍且南曰

郡曰國朝四暮三國以王號逶迤至元或臣或貳兵以周旋於赫皇明大明麗天四遠百蠻貢篚後先安南陳氏寔識真主首遣陪臣聽命傴僂高帝曰吁典章維舊王守藩封以世厥後何物季犛逞其凶嚚肆謀吞噬如獍如梟延及無辜為國大憝戕之賊之慘無噍類陳有遺肖間道出奔稽顙闕下叫號稱冤皇帝仁聖憫此遠人詔歸厥主爾仍厥臣謾辭肆侮惡不知懼既劫彼君復及我使廷臣交章請討厥罪非曰究武維天明畏桓

桓虎臣受命于征士衆百萬如雷如霆如雷如霆天子之威𤎥筭豫决鬼神莫違前徒倒戈渠魁咼脱如狐巢林如鼠穴橐橐傾鼠竄林索狐殂罪不可宥悔不可圖吊民東都整旅于西玄黄士女壺漿耄倪昔之交人席不沾背今相戲嬉終日而醉昔之交人重足而立今相往來聯俎而食皇帝之德一視同仁雖萬里外率臣率隣眷彼下土郡縣惟昔政治有官教學有職非直食之實有教之父母妻子實有樂之秩秩萬邦穰穰豐年四

靈畢至嘉瑞綿綿車書會同大開明堂恭已南面重譯
來王重譯來王天子神聖於萬斯年受天明命

五言古詩

中秋文闈讌集得逢字

盛時屬文運俊乂期登庸三載薦多士四方羅文雄睠
茲九秋半氣候何空濛嬋娟出東嶺浮雲歛層空闈棘
今夕會析桂此時同華堂入夜開展席來相從流輝照
尊俎微寒薄簾櫳柏臺共濟濟薇垣獨雍雍主醉樂且

多賔迴輿未窮攬衣望霄漢烱烱明光宫人坐辨天上
烏飛疑鏡中合并不盡歡佳期諒難逢洗杯濯清沼移
榻當高桐倒傾殊未已所思悟其終徘徊一分手千里
入飛蓬飄飄望南陌别過東城鍾

古意

湘江江上樓有婦彈箜篌試絃一再彈遲遲聲且柔情
繁指轉急曲長心難收一曲未及終淚下如迸流惜昔
始學時晝夜為淹留擬將知音託百年叙綢繆誰謂知

音者如何事遠游朱顏能幾度青陽倐五週遺譜不復理踈絃已終投所思在天涯望望江上舟東風昨夜至春光滿汀洲强整昔時歡徒增今日愁顧因東風翔吹落古交州夫壻馬上迴聞之應白頭

送桉察使周志新之浙江

錢塘古雄藩川陸走四方第宅富而麗士庶材且良戎衛夾郡縣簿書垂篋筐翼翼風紀重獨立振宏綱夫子南海彥蚤登君子堂金石棘寺評冠冕栢臺行繡衣明

旭日玉節嚴秋霜儀表動朝著丹鳳鳴高岡滇池萬里
道攬轡蠻獠鄉坐見歲月閒化絃日以張再涖東南政
才高行彌臧致遠識騏驥蟠根别干將鬱鬱吳山秀湯
湯秀水長令聞與之俱千載期不忘

湖南田舍為上虞沈庭珪題二首

藹藹湖上山迢迢湖上路田家大湖濱三五亦成聚朝
耕湖上田暮喚湖上渡稚子遠相迎牛背掛農具今年
喜有秋不為租税懼床頭釀茅柴取醉羅栗芋相看桑

麻長馬識簪組誤縣門久未行且樂成嫁娶

其二

湖山護人家烟火隔籬落愛此湖田肥生産願自託兒孫日長成努力趁春作驅牛耕遠郊牽犢鋤近郭農事喜及時秋收聊可度積穰登倉箱餘粒飽烏雀村篘有濁醪莫負隣翁約咲爾東西人誰識田家樂

陳坤奇耕讀軒

湯湯北溪流渺渺緑洲遠烟火隔疎籬牛羊牧長坂我

屋日綢繆我土日耕墾耒耜有時閑簡編可舒卷清晨望東皐回首西山晚甫田帶經鋤細雨倚書飯聊思教子孫末俗咲予蹇簪組非所榮古道在務本

題新安汪子容壽藏卷

人生草上露回首日已晞顧非金石姿焉用千載期昨夜高堂歡薄暮南山陲絃歌聲未歇涕淚沾裳衣達人貴知命常用此道推樂邱事已卜哀挽情亦悲我生諒如寄九原行當歸開尊面息所不醉復何為

題南康翁教授匡山讀書處

海國橫秀氣兹山鬱嵯峩羣峯青天半倒影凌滄波匡
裕古哲士結廬層巒阿遺構委蔓草巖扉長逢科我來
屬杪秋攀躋興尤多樓觀出林表石磴穿松蘿琴尊落
葉下衣袂浮雲過羣籟起天末長風振寒柯手招謫仙
人宴坐朱顏酡細讀紫陽碑莓苔共摩挲懷古訪陳迹
賢達知幾何愧我山野癖歲月徒蹉跎夫子金閨彥侍
庠賦菁莪散襟發逸思杖策仍長歌夔龍鳳池上珊珊

振環珂終當拂衣去接武金鑾坡

題遏汝賢素庵

天地一逆旅我身兀如寄夙乘華豔姿獨抱沖漠志茅宇對詩書衡門絶車騎養素無外營林泉引深契青黄木之災錦繡犧牛累人生安賤貧所樂在適意

題秋林泉石圖

高林頫深邃遠洲亦縈紆風景一何異中有賢者廬陽崕落日明陰㵎浮雲虛耕埜見秋火扣艇聞夜漁竭來

塵網中機務日相拘念兹膏肓疾愧彼泉石圖抱拙謝

簪紱養素宜琴書俯仰天宇寬所樂恒有餘

題壁水瞻雲

征鴻度南浦慈烏號北林白雲仍在目惻惻思難任雲

飛滄江上日夕歸故岑高堂曠千里倚門望彌深孝子

愛寸晷哲人惜分陰百年顧云邈歡樂當在今綵袖時

獨戲板輿日同尋顧同白雲飛倏爾諧冲襟瞻雲念白

首捧日秉赤心狄公播英名價重雙南金

送友歸故園

凌晨石渠集步出西上門倏聞同懐友優詔歸故園堤上金明支裊娜春日暄折之贈行色鄉思隨紛紛夜來沙陽月照君林下尊攬衣鶴為舞桀翰禽能言雖云鄰局歡當念王程煩早拂季子衣休望西山雲

南昌章叔明溪隱

寘心壓塵鞅遁跡清溪流竹下坐垂釣栁邉繫孤舟野逕入沙際到門有白鷗夏雨夜來過微茫望滄洲取醉

倒濁醪茅齋日淹留長歌滄浪曲詎爲名利謀機杼偶
籬落牛羊下林邱衣食聊自足安命復何求

題陸有孚山水圖

遠山白雲裏近山青天上樓觀何巍峩金碧鬱相望石
塘照縈紆平林見空曠謾拂渡橋鞭且憩沿崖杖良時
趣自隨佳境意足暢奈此行促期再梯當再訪

刑部魯員外富春山讀書處

泊舟富春渚躡屩富春山荒臺見遺構下瞰滄江寒中

有績學子辛苦服儒冠巖扉入松栢猨鳥時往還掃榻落葉下捲幔浮雲閑橫經對秋月遥音薄林巒豈謂眈章句斯道常先難朅來十載餘翺翔賢士關持節出烏府典憲佐秋官南山宿霧姿文采何斑斑高岡鳴陽侶九仭雲逵翰值此明盛時玉珮聲珊珊矯首讀書處烟蘿邈躋攀嚴陵客星隱清名滿人間出處雖異途我心求所安

題李將軍麓峰讀書處

爾祖謫仙人讀書匡山陰偉哉雲仍孫千載同此心嵳峩麓峯色下瞰湘江深石逕入烟篠巖扉閉雲岑橫經羣猿下散帙雙鶴臨掩耳會生名抱膝梁甫吟松際一片月照君石上琴七絃引遐思清響生虛林聖代堯舜治夔龍共袼尋干羽觀苗格蕭韶放鄭淫分符辭北闕錫帶垂南金佇看文中賁遲爾瑤華音

題靜閣

渺渺天際雲潺潺川上水物性適自然我心亦如此泉

美但眩目聾喧徒聒耳如何牧羊者多爲岐累爾舒情
對簡編兀坐閑中履俯仰天壤間熙熙有深理端坐結
芝蘭成蹊謝桃李試問適意深虛堂靜中是

題參議李子華林泉書屋

開軒睇幽邃散帙當清漪愛以君子屋重山林泉姿空
翠散瑶席輕流度華池牙籤揷高閣萬卷光陸離逍遥
絃頌暇魚鳥忻相隨俗慮澹若忘謏咲無厭時早逢雍
熙治文雅久見推歘起掌帝制兩藩賴綱維濟濟夔龍

侶接武赤玉墀東觀多羣籍西清騁雄詞瑩如玉壺冰
爍若瓊樹枝苕溪增秀色天目含清輝黎庶待拊字郎
園寧睽違寄聲考槃澗白首以為期

攸縣周克己交翠軒

夢逐春陵雲手探濂溪水溪迴氣若合萬頃清無底雲
間無極翁白髮垂兩耳青蓋駕蒼虬顧視啓玉齒黄卷
千萬年大道直如矢循環造化機日月無停晷採華掇
桂英飧腴窺石髓邃谷珮獨聞層崖杖恒倚覺來户牖

空階除翠交委高樹移繁陰閑花落輕蓝晴光散疎簾

春色浸淨几端坐物意多萋萋望中是

題王振之思親卷

君子有所思所思良獨難高堂在何許九原路漫漫食

禄不待養衣錦誰為歡良宵四五起中情詎能安春至

霜露零秋深風木寒感兹歲華改惻愴𩔖心肝宦轍天

一涯顧盻形影单努力播芳馨朞以垂不刊

送李右文無為判官

涼風滄江上蕭蕭游子袍手持一尊酒長揖别我曹孤舟艤五兩揺曳秋天高共言庠序秀藂此州縣勞任重志自遠才優氣應豪佐郡展驥足承家見鳳毛惠愛千里内頌聲播蓬蒿

挽金處士

柯峯鬱嵯峨嚴灘含清漪哲人日云逝失此山林姿寂寞月旦評淒絶陽秋詞菊徑掩行跡寒香生殘枝憶昔玉堂游微才忝相知杖屨待先輩儀刑垂後規如何東

南訃白日慘無暉倏如數月別遽作千載期饑鳥下獨
棹凉風吹喪帷荼毒孝子懷惻愴行人悲招魂藉楚些
茹哀酹湘籬無因寄遠道聊以寫所思

七言古詩

聖孝瑞應詩

扶桑倒影掛靈谷緇衣翩翩下天竺銀漢萬里涵輕春
遥見真人調玉燭法王樓閣中天開寶幢斜倚瓊瑶臺
回頭咲指祇園樹昨日恒河沙上來九重垂拱羨墻面

卷却龍章向深殿鼎湖烟雨泣烏弓漢宮蘭膏掩粧扇
壁月玲瓏雕玉簾佛筵挂影夜纖纖祥光萬丈照貝葉
天花五采垂層簷梵音萬口海潮小三十六宮管絃繞
松枝膏露甘可飡覆地瑞雲兜率曉大孝曾聞四海歌
慈航西駕滄溟波又聞嵩山萬歲祝龜書馬畫清時多
熙熙化日長如昨十五階蓂生復落康衢黄髮咲自如
何事流沙尋極樂

題道士林棲霞碧蘿猿洞

溪上垂蘿幾百丈石洞陰陰閟長日昔人學道居其間塵世紛紛未嘗識白猿一嘯下青山藥瓢丹竈共往還巖扉自掩明月上石床不掃白雲閑伊誰尋真百年後道機通玄七閬秀寶笈仙書入夜觀鐔津霞氣凌晨潄秋風嫋嫋吹緑蘿猨聲時和步虛詞明年買棹七峯雨洞中鷄犬知相遇

古洞閑雲歌為莆田咲庭訢上人賦

古洞深幾許閑雲日來往惟應空門居相知愜幽賞咲

庭上人不出山身比浮雲閒更閒松間石榻日應掃花
底巖扉時自闔紛紛郁郁古洞口白衣倏忽成蒼狗細
觀色相了無蹤真空境界那能有雲來碧峯夕雲去滄
江陰上人咲傲自無心知向白雲深處尋

洪武乙亥十二月余教長沙時有武昌之行風
雨鷄鳴擁衾不寐藹鄉閭之思遂因故人高漫
士所寄山水小畫書以寄念云

我家别墅三山陽浮亭小閣連草堂騷翁墨客共來往

角巾野服同徜徉桃李依稀間可數槐柳次第森成行
載酒或尋曲水酌興來年少多疎狂荔林荷沼望遠近
盛夏六月生微凉政當羣策戴堯舜且復一枕游羲皇
有時散步芳村下書聲燈影迷昏黄南畝秋成塲圃具
東鄰夜作機杼忙田家歲事喜僅足邀迎日日傾壺觴
蹉跎歲月不知至頓令身世俱相忘朅來一官滯江海
倏忽五載更星霜林逋飛夢孤山道陶潛馳心五柳莊
叨逢聖代無遺物徒費廩禄談辭章自慚微材駑駘並

敢與騏驥爭翺翔公門簿書動有法下土挫折殊未遑
鶯花夙云錦城樂人生何如歸故鄉

閩中十子詩卷二十七

閩中十子詩卷二十八　　明　袁表　馬熒　編

王翰林集二

五言律詩

送陳校官之溧陽

春歸殘臘裏行色在孤舟山詠毘陵翠河經溧水流青氊寒榻共絳帳夜燈留時雨諸生望休過太白樓

送無為知州鄒以信

一麾新出守五馬獨專城啼鳥留吟珮埀楊引别旌青山雲外見緑野雨中耕千里皇畿内行人播政聲

送王志仁歸餘杭

誰知逢掖貴東觀校書時待漏趨青瑣題詩立赤墀自憐心似石莫嘆鬢成絲後夜玉堂月勞君千里思

送陳德剛歸莆

近得鍾王法才華世共稱劍鋒看舞女筆陣笑狂僧散

帙花前席鳴琴竹裏燈石渠成遠别白下酒如澠

送湘鄉令王子材

玉堂寒月白吟思在長沙作令時爭譽新詩衆共誇漁家連島嶼川路入桑麻煩寄江南信踈梅已着花

寄顧謹中

滕閣結壯游文闈接高會笑語一尊同分攜十年外山光對揮毫峽影引聯佩河間賢士多著述推先輩

送僧還莆田

都門相送處無柰栁條長呪引天花落經翻貝葉香浮杯吳水緑飛錫海天蒼後夜涵江月應期到上方

送林德入成均

羨君年最少夙有子雲才駐馬看吳苑聽鶯憶粤臺寒聲林外落瞑色鴈邊來惆悵離亭思惟多白玉杯

送王界善首坐還莆

遠公京國久飛錫日邊還雙樹行時見三花坐處攀木杯滄海渡定室白雲關何日辭軒冕來尋物外閑

養蔬四首

漢府教授王先生圃以養蔬自號先生非學圃者也蓋因名寓意亦將究其本歟作四詩以貽之

微雨朝來過園蔬取次看韭芽忻土暖芥莢怯霜寒畦理高低種廚供旦夕飡莫嫌藜藿舍金玉試春盤

其二

睡起應行藥犀畦喜有成銀茄星錯落金薤筆縱橫薑

掌香生饌葱芽寸入羨南窻時一飽未數五侯鯖

其三

雲生花裏逕雨泛竹邊渠積水収菰米編籬護土酥堪

嗟漆園馬誰憶李膺驢王業幽風舊慇懃敘斷壺

其四

御冬當旨蓄應得治芳園掛壁藏新種培泥擁宿根萍

虀憐鳳炙玉糝詫熊蹯擬作氷壺傳雄才獨討論

寄唐進士震

我憶京華侶經年意若何别深鄉思減客久宦情多淡
月回銀燭踈鐘帶玉珂青雲如可及傾蓋一相過

送友人之京

銀釭盛美酒江上送君行共惜孤舟别那知幾日程闕
寒逢斷鴈宫曙聽新鶯早獻金門策休論漢賈生

題雪景圖

高閣凝雲閉虚窻帶雪開鳥寒多辨鷺樹暝總疑梅遣
興惟詩句銜情秖酒杯遥知函丈下已遣二生回

題綠柳紫燕圖

綠柳夏依依差池玄鳥飛蹴花隨別騎銜絮點征衣隋渚晴烟暝章臺夕照微衡門相托久應傍主人歸

挽徐母施氏二首

綠鬢克家子青襟上國賔政榮三釜養誰念半生貧華館魚供母空山鶴弔人至今徐孺宅猶是孟家鄰

其二

極目烏程路高堂旅櫬歸音容芳樹遠心緒片雲飛別

淚茅生饌荒塵萊子衣青山佳兆在寂寞掩春暉

七言律詩

元夕觀燈應制

魚鑰春開虎豹關五雲星斗近天顔絳河月濕金盤露火樹香分玉筍斑鳷鵲漏傳花外觀蓬萊仗列海中山萬方樂事同元夕恩賜千官十日閑

送裴孝感歸省

都門霜落鴈南飛官舍蕭條獨憶歸簷月踈星辭帝闕

亂雲高樹近親闈淵明對酒心猶好斯立能詩趣不違

聞說邑人相候久高堂莫戀老萊衣

送別

北堂幾許問歸音暫向都門寄越吟躭酒自能成野癖

逢人不用說朝簪日邊歸旆飛鴻遠天際孤舟落木深

莫訝年來鄉思遠也知寸草惜春心

采石江上元夕簡武昌周博士臨湘李驛宰

朝迴無處不淹留元夕江頭駐去舟九奏簫韶天上聽

千家燈火月中游燃犀壯志空流水倚馬長才見故邱
佳節謾勞傷往事百壺共醉鸕鷀裘

送張指揮

龍虎旌旗夜渡河羽林將帥擁天戈銀潢淨洗雲無翳
魚海平鋪水不波萬里山川傳駐蹕九重日月共鳴珂
邊庭不用防秋計一氣鴻鈞總太和

送曾太守之官

誰言五馬共翩翩百丈惟牽上水船故吏青山開候館

遺民緑野趂春田頌聲遥播啼猿外歸夢長隨落鴈邊閩説潁川曾入相知君未必讓先賢

次鄭校書左掖聞鶯之作

白頭著作丈人行左掖聞鶯有短章委佩乍分花外仗停驂歸滯柳邊墻謫仙老去鄉心切賈至才高野趣長自笑雲泥蹤跡異無因傾耳接飛觴

送匡行人顯回京師二首

儒冠歲月易蹉跎孤館相看柰别何匡裕棲遲名獨盛

王猷落魄興偏多流鶯高樹雙壺送積雨長江一棹過
自笑烟波為客久陽關休向醉中歌
其二
少年多是嘆睽離岐路相逢況後時倚棹每違求友興
說詩應喜解人頤閑花澤國春如在驟雨江城暑不知
此去雲霄猶咫尺長沙回首是天涯
送教諭陳廷傑歸湖口
臘月江頭送季方北山飛雪撲離觴匡廬樹影吟邊近

彭蠡江聲夢裡長晚歲重瞻堯日月清時獨擅漢文章
春來多少南歸翼毋惜題緘寄玉堂

陳主簿捻過宿賦答

君門已許解朝衣此後相期過竹扉池上青山留客醉
郢中白雪和人稀雨晴閒館花空落月上層城烏倦飛
明日獨懷乘興地不堪愁思更依依

送陳生温陵省親

問君何處拜庭闈海國蒼茫去路微洛社舊遊同北望

溫陵積憂獨南歸春行樹外空聞鳥夜坐花邊靜掩扉
轉向高堂思綵服雲山惆悵與心違

贈道士陳清隱

琳宫遁迹學無為姓字休勞世上知廬阜遠公蓮社别
鑑湖賀老酒船期石床花落因風掃丹竈雲深近水移
幾度鈞天聞九奏餘音半入步虚詞

送校書陳秀才省親

都門雨雪正霏霏馬上雙壺送獨歸闕下馬周留客邸

郡中潘岳訪親闈萬花島嶼春移棹五柳郊原晝掩扉
霄漢朋遊總知己此行莫戀故山薇

送王僉憲

車書逢泰運庠序育賢良爍若三秋月威如六月霜文
章槐寺重法律柏臺强奏對元推馬平反獨數張同心
依夏省優秩入春坊喬木鶯遷谷朝陽鳳在崗兎毫應
載筆雞舌半啣香詔賜東寮服恩分北座觴侍臣崇簡
拔憲府出翱翔旆拂匡廬秀帆移蠡澤長新吟攜二謝

傑作繼三王攬轡澄清志理輪論議昌百司還惠政列郡仰宏綱近說西江上春風幾樹棠

七言排律

題御史鄭文志望雲圖

江城回首思紛紛秖是孤飛一片雲紅葉擁村隨縹緲青山隔岸半烟緼使旌搖動疑驄馬綵袖光迴辨繡紋捧日獨知酬壯志為霖共仰策奇勛相如獻賦心猶在潘岳閑居樂不羣晴帶孤鴻花外見陰迷啼鳥樹間聞

朝飛滕閣庭幃近暮宿匡廬水國分出岫謾同陶處士

横空好擬鮑叅軍異鄉作客應如我故苑懷親每念君

努力從龍天上去河陽顧望莫徒云

七言絶句

題墨梅贈蘇上舍

翠屏山下水雲香别墅歸來月在床今日看圖詩興動

渾如東閣送何郎

夢作

楚山飛雨濕行旌猶記臨岐唱渭城横笛江頭聞折柳
斷腸又是别離情

過九江二絶似同舟諸游好

孤舟幾日别京華望盡南天不見家客裏相看須盡醉
江心何用泣琵琶

其二

屠峯斷岸見湓城風景依稀灞上營最恨春來長是客
新鶯細柳不勝情

雨中齋居寄倪炯

空齋踈雨又黄昏那復孤燈坐掩門縱道異鄉常不雨
舉頭見月也消魂

夏日疾卧寄同舍二三知己

獨憐卧疾送殘春説著春光惱殺人把酒看花等閑事
布衣空惹陌頭塵

題高安朱少尹蒲山書舍

林下横門隔斷橋溪邊草徑入雲遥青山緑樹知多少

誰道書聲到市朝

題俞紫芝臨懷素千字文

昔年觹棹桐江道草聖相傳紫芝老長風千里吹夏雲

落日空山跡如掃

題木梅贈平度李太守

平度守長沙李務本氏濵行予以前御史沈

士廉所作梅并題一絶贈之蓋最其循良之

政以慰齊民之望梅云乎哉

北闕初乘五馬迴故園風景引離杯應如露冕行春處
秪見棠棃不見梅

題唐馬圖

錦韉金鐸舞傾杯驛路相傳換馬臺零落黄塵肇鼓歇
秪從圖畫識龍媒

欽定四庫全書

閩中十子詩卷二十九　　明　袁表　馬熒　編

王翰林集三

塞下曲六首

天子垂衣日將軍擁節行百金驕漢騎千彀弱邊兵曉戰霜塡角宵眠雪照營不經黄磧道誰悉玉關情

其二

草檄馳髙闕分符出未央雕弓秋玉鏤寶劍夜金裝馬飲長河白兵交落日黄軍中諸校喜生得佐賢王

其三

功成屬飛將萬里解重圍病奪邊人馬親分漢主衣狼山吹獵火虎帳合兵機直斬樓蘭首軍中立號歸

其四

羽箭拂雕弓金鞍駕玉驄凌秋千騎動直夜萬夫雄磧暗賊星落邊長漢月通秪今麟閣上誰數貳師功

其五

辛苦代門邊寧輸衛霍先彎弓辭漢月走馬入榆川力戰身堪報承恩命若懸烟塵猶未没天子在甘泉

其六

防身三尺劍計日斬樓蘭漢寵今方盛邉勳古獨難沙塵弓外暗楊栁笛中寒絶塞無春色蕭條不忍看

孟春同郡學諸公遊烏石蘭若仙臺

松門媚烟景探玩輟輕策林谷諳宿懽川雲逗初迹鳴

弦希叔夜躡屐企安石妙賞心寓玄芳遊髮驚白詎躭
緇錫流幸接鄒魯籍俯仰百年身能為幾時客晨風應
序至好鳥欣春及物候俱有情人生豈無適餘花映尊
俎落日散巾舄咲語澹忘歸重期諒超隔

題山水畫寄筠州王校文

六奇秀南州五老萃西路風壤雖異區英霧總佳譽千
廻邉海日百丈際江樹蒼翠春到時空濛鳥飛處沾衣
蘿磴雨宿櫂花崖霧適楚偶目新膽閩屢懷故雅躭浩

然想解道元暉句慰爾遠睽離因之裂紈素

寄陳八參軍兼似余二書記

嘗慕天下士許君如古人如何無良媒十載家仍貧落柘禮節踈屢為時輩嗔宇宙不可測江淮徒問津賈傅傷鵩鳥仲尼泣麒麟賢聖尚如此我輩奚悲辛伊昔負高誼横行值風塵倚劍走蛟龍談經驚鬼神戀國不戀土顧恩寧顧身凶星墜殺氣漢月廻陽春豈期時事改再覩天地新拂衣乃歸來衡茅仍荆榛我生竟蹉跎悠

悠志難伸北望君門開欲進路無因詩書未得用岐路
誰相親白社憶陶趣青山思杜隣偶兹南宫眺而臨滄
海瀆探幽坐竹晚縱酒看花晨萬里發長嘯白雲濕衣
巾封緘寄知已庶以攄中懃

揭天謡

巨霧吹空南斗死鬼毀如雲學流水桂闌天影白鶴秋
鬼光斜墜三泉裏泉宫暗垂寒草根土燈燃露絓黄昏
鐵心九回滴秋血三十六帝闈俱吞帝遣雙童去不返

楸梧參差收馬苑青烟一點吹六龍芙蓉吐光海波淺

其二

西池鵲寒墜靈羽水嘶鄰鄰凍王母青娥遏雲紛玉琚
水簾桃花逗香乳紫元雙眉聳黛光頹蒿折玉壽齊長
風臺神人鉄作背哭聲酸骨啼秋棠絲絲結繩維秋影
身騎白龍勸天醒暗魂斜背南山飛獨立香垂泣空冷

其三

魚鱗居次龍堂高琉璃砌空銀爛濤波霧泣訴海若浪

腥風卷晝雲漕漕珠潭沉光瘱神嫗瘦蛟啾啾走沙雨

仙郎秋袂斑斑啼淚花凝碧扶桑樹

其四

湘人敲鼓迎二真娃郎咨綰參差壓東風剪雪綃綠水

半天斜露葡萄春竹根沿花鑄明月野墳死草泉幽咽

銅龍玉狗閣重重東方不高眼穿血

其五

呼天走馬揞千里剌龍血濺秋杯水直欲三澆壯士衣

莫教空瘞苔花紫白烟旻城滴鉛粉鬼燈翳墻星隱隱
斜飛敗草濕露光玉門一滴牽秋腸商霧參差拾枯骨
晚歲沙頭墪明月胡姬爛醉黄金錢簌簌青霜剪歸髮

其六

玉鱗瑣瑣秦家土鳳凰去天寬寒鼠載得仙橋度玉闗
誰管秋烟星栩栩粉窓綺簾十二家井龍因火紛栖鴉
宫妹禿袖學秋舞背客紉珠河影斜舊紗銀燈翳椒壁
銅輦秋雲夔中泣石氏珊瑚勸作杯直捲黄河三千尺

其七

菱蒲泣露鴛鴦渚香墳綺羅作塵土碧玉斜明五五橋藕絲流雲逆行雨隨墮鴉春緑不勝杌橑亂芳風浩無主殺青欲竟吟鬼妬蘸堤已遠波聲苦

其八

白天憂雲漏龍歇九道愁泉土花咽衰蛍椒壓韋暗光殘霞墮溪藤葛凉苦烟恨骨埋蒿里哭聲水寒凝不起青屏玉女斷香魂露黛如啼怨秋鬼

其九

魂清清魄濯濯鳥不號魚不躍紛水神激山樂天亦杞殘地亦摧卻提攜踏青霞九回吊孤月秋臺鄉樹結桐花千年恨血點泉沙鬼燈送客三山下黃塵清水扶桑斜

賦得河橋草色送高大歸龍門

江頭微暄冰始開河橋一夜春風來傷心宛似叢臺下青青草色青如苔二月三月青門道積素浮光不堪掃

酒幔烟中望却無釣磯水畔看還好橋上蕭條人幾家
芳洲漠漠楚天涯暝隨斷梗飄寒雨晴逐遊絲映落花
龍門還家孟諸野清樽惆悵河橋下臨岐盡醉歌送君
草上片時駐君馬

答林子山見寄山中

百年心事共悲歡浮世風波夢裡看洛下青山相憶久
郢中白雪獨酬難將春野路孤鶯早乍雨江城半夜寒
自愧五陵空學劍侯門誰復識馮驩

寄齋中諸公

蒲院飛花積雨晴春深卧病更傷情舊遊白社思陶令歸夢青山憶馬卿水國烟光孤鳥沒官城槐葉一蟬鳴南州勝事多乘興贏馬吟鞭倦獨行

謝明府宅觀妓

舞換綠羅衣歌傾白玉巵自矜謝公宅勝似梁王池雲月絃中醉天河曲外移風流在茲夕誰不道相宜

望浮漚亭子

楊雄遺舊宅寂寞竟誰過野鳥能歌舞山花作綺羅池空
秋草沒樹雜暝烟多縱有琴臺月清光柰爾何

留别玉融林八先輩

八月蘆葦鳴海風氣微寒離心若浮雲薄暮空漫漫夜
湖蓼蛟龍十日阻風瀾燕鴻自飄颻知時各飛還如何
淹病客别苦不成歡耿耿尊前酒離離無醉顏微絃亘
商意起向中宵彈井水金轆轤陰窻碧琅玕其將空中
月度以天涯山行行玉融輿一顧恒三嘆

遊鼓山畬

穹形抱虬木壁色限蒼鐵漱漱身屢傾量轍崖頻折披蘿至雲杪恍瞬崑崙竭初景動扶桑電旌或明滅高秋軼纖翳千里亘寥廓野曠衆盧怙天清百愁絶青陽與赤谷詎可辨優劣設險造化功蟠幽鬼神穴國師峯萬丈鍾霧氣參錯雙鳳何年來徒聞此栖躍晤遊非所私況賴古賢哲崔嵬秦華巔作書家人訣

龍津夜月

鯨波激清淺虬木鬱凌亂一片涵虛空千尋曠崖岸金
流白沙杪壁碎青霄半桂幕張邃淵雲旗静高漢紛羅
廣寒府洞闢馮夷觀隱目石磑磑澄襟沙漫漫明璫弄
參差神女遊渙汗設險雖地形湊奇實天判不令數景
光徒以積幽暗擊汰頻負秋拿舟詎淪晏漂零時頗殊
俯仰跡俱換霧物諒護持良期恣探翫

錢舜舉金碧山水圖

風土隣巴國山河枕蜀城層流九折轉積石七盤横樹

影分螢檻崖光護鳥楹絳雲全扶曙紫蹬半牽晴磵鹿
縁苔卧山猿抱葉行鏡標岩岫合衣拂薜蘿輕旅望迷
鷺渚仙遊憶鶴京斷金秦谷恨殘粉漢宫情瀟洒浮埃
軼參差倒景清嶺烟三島暝潭雨百花明桃水真難寫
蓬萊獨異名何能諧雅興端化沐餘生

小李將軍金碧山水圖

池島疑秦屬雲山似洛疆四圍青嶂合一望縁川長野
浦全春樹人家半夕陽峯巒看似綉草木訝聞香凍竹

澌銀雪寒風落錦霜樓思王粲倚谷憶鄭生藏石髮和
烟潤林衣浥露光日華初布熢風信未經凉水泛蛟龍
廹岩豺虎防魚情空渺漠鴈思更微茫獨浩巢松興多
懷辟穀方天台與蓬島對此永相忘

送曽譯史歸山中

青霄臺下罷登臨一曲離歌淚滿襟芳草懷人頻積夢
流年遠别又驚心春城鴈去餘寒盡野戍花飛暮雨深
今日遠尋陶令尹青山卧病謝朝簪

驃騎席上餞别典監鮑公歸長沙

高館涼風送别過膏車秣馬謾蹉跎玉壺暫醉將軍酒寶劍新彈俠客歌楚水夕陽行處遠官橋春樹夢中多玉門到日能相憶千里愁心竟若何

温泉宫行送夾谷琦之凉州

君不見温泉宫朧朧緑樹不可數粉牕綺樓九天上日麗鉛華夜歌舞憶昔長安全盛時温泉宫中誰敢窺鶯聲慣識霓裳調風光徧醉金明枝驪山一日烟塵起却

嘆温泉乃如此翻為戰士牧馬池不及畊人飲牛水此去凉州鴻鴈回音書别後醉難裁經過何處問陳迹惟見黄河天際來

寄淅中觊元夫先輩

感檄布衣士兹隨麋鹿羣長安道上如雲客問爾姓名皆不聞鄴中風物蹉跎久年少辭家今白首自判功勲衞霍先肯輸詞賦班楊後舊業蕭條江海濵天涯極目隔風塵綺羅春去空啼鳥桃李花開不見人往來書劍

為儔侶縱酒悲歌淚如雨楚水懐恩志未酬吳門寄食心常若男兒得志須有時生平窮達復奚疑請看世上悠悠者誰識當時游俠兒

賦得宿猿洞送友人之湘中

怪石如雲起天上枯籐盤根垂百丈蘿深苔滑鳥不栖索漠寒猿卧相向兩兩三三往復廻啣花映水皆奇狀清秋倒樹風磵號初日排雲雪崖壯醉客應為巫峽吟行人厭作巴山望洞裏愁聲誰忍聞别時對此堪惆

帳

甲子歲孟夏中四日陪林膳部登鼓山

五季開皇運三峯逺佛蹤雲霞通寶地日月麗金天石罅泉源出山廻漲海連參風銷碧氣海雨布蒼烟夏届裁衣後宵分巻幔前攀崖如過鳥入洞訝逢仙道喜傳燈久名推射箭賢談空起物累習定演經禪大化應知寂微生欲棄捐軒車待明發緬首更茫然

賦得函谷關送賈一

西望長安愴別顔荒城迢遞白雲間行人惡聽河聲險
舊路長連草色閒洞裏月來通漢苑天邊雲霽傍秦山
憑君如見關門尹為問青牛幾日還

晚眺懐陳大

少年離别惜蹉跎南國登臨感慨多薜老嶺頭雲欲盡
越王臺上雨初過戍樓夕照啼山鳥林谷春香送女蘿
遥憶故人霄漢上荆州詞賦復如何

得浮丘書

容裡書回慰所思開緘忽感别離時殘春滄海攀楊栁
明月瑶琴怨竹枝故里風烟三徑掩舊遊心事幾人知
江州司馬歸何處遥憶青衫淚欲垂
齋居呈陳二高三兼似故人黄元林敏及從弟
槐葉陰陰楊栁垂高齋獨坐日斜時地經積雨多秋竹
鳥惜殘花戀故枝卧病山城非中酒舊遊洛社總能詩
相從每過楊雄宅一曲陽春慰所思
行經華陰

西遊莫漢勞行役風物繁華記徃年千里關城臨渭水萬家烟樹入秦川露盤臺迥金為掌春華峯高石作蓮聞道盛時多宴樂更傳車馬幸温泉

陳大宅挾彈圖

鳴弓日晚騁霜蹄灞上飛花踏作泥辛苦塞垣多少恨五陵春色醉中迷

春夜宿曾大别墅懐古人泉

春夜沉沉思萬里朝雲暮雨去無蹤天河坐見三星没

知在巫山若箇峯

季冬林志道歸山中

日暮河水廣北風屬嚴凉豈唯歲華晚顧此道路長河水尚可涉子行不能將賴有琴與瑟改絃為君張請聽遊子吟泠泠悲慨慷諒無晨風翼千里共翱翔去去保令德别離以為常

歲晏紀懐書寄武林魏原夫

日晚鴈聲急霜空洲上田農家事機杼織作凉風前顧

玆惻遠别悠悠阻山川百川竟到海豈道無歸年但恐
緑髮變將隨時事遷長歌市上醉酒盡心如懸達夜風
雪至蒼茫楚江邊自非剡中客欲泛山陰船野色動遠
鷄天明路廻沿相期有飛夢千里長周旋

秋詠

南山閉户絶風塵舊業依依少四隣秋草望中曾獨往
野鷗閑裏最相親荆門西望迷歸客湘水東流怨逐臣
榮辱升沉只如此更將心事問何人

送彭生歸温陵

春天送客粤王城南陌萋萋草自生遠路花枝拚醉别舊遊滄海寄歸情路尋金粟孤雲入山到壺公片月明兩地經過多勝槩看君高興一題名

登望湖亭寄王孟楊

朝來一上望湖亭湖草茫茫入望青空判鄉書憑翔鴈頻忘旅食換春星洛陽久病緑誰賦湘水長歌忌獨醒暫拾芳菲歸潦倒酒杯相對慰飄零

寄王校文

壯遊江海總離居豈料同君歲月疎湘水每勞懐舊夢筠陽曽枉薦賢書霜空落葉清砧候天入平蕪白鴈初自古長沙文化地聖朝逢掖近何如

寄居巽上人

上人家何處百丈山中住林下曝衣紅槿根潭邊絓錫青松樹口誦楞伽日幾回柴門不閉亦不開自言此身無住着昨日恒河沙上來有時面壁坐不起却忘乞食

春城裏桂松子不逢人跌跏惟對雙童子杳靄鐘聲薄
暮聞登臨幾日思紛紛世人欲見何由得長望中峰禮
白雲

平遠臺宴集

高樓翠微裏振袂凌蕭散坐觀滄海流仰視白日短飄
颻居化城羈離賦文館偶茲眺琴尊詎非避書簡境絶
萬塵滅趣愜衆妙管川上風雨來蒼然望中滿烟鐘度
山暝野燒穿林晚東城領車騎相邀下崇坂

溫陵旅次懷馮伏林謹二上舍兼簡王褒秀才

行邁日苦短奄忽歲云阻愔愔東山下氣結何由舒人命若朝露百年立斯須鄙夫狗形役君子抱冲虛結駟遊燕趙奮志執金吾榮耀非故物富交貧恐疎飄颻羨門輩高舉凌雲衢胡為困泥滓嘆息希良圖

蘆雁詞

田食不厭肥沙宿不厭廣天長洲渚靜露下蒹葭響闊河屢超忽寒暑互來往南翔先雪過北翼迎春返預愁

遠道苦豈暇高丘想同類聊自持分飛恐矰網

行路難

長安行路難上闗隘秦闗萬里貂裘敝三邊寶劍闗近聞絳灌在翻謫賈生還歸去狂歌客蕭條草莽間

温陵中秋陳大宅後亭觀月

紫英亭前露欲香習家池上夜偏長醉來見月知何處還道清光是故鄉

十六湖塘上觀月

玉露寒侵鳷鵲樓桂花池館恨悠悠不妨歌舞留人醉
一夜清光減却秋

題陳大宅方壺子層層雲樹圖

昔年曾記秦川客雲樹參差去欲迷日暮孤舟行不盡
鷓鴣啼過渭城西

贈夾谷琦之溫陵

粤河臘盡雪澌流千里離心醉未休半夜山城聞笛恨
斷腸那似古梁州

秦家小慧

小小持金鏡隨粧日幾迴春光能自媚飛燕莫相猜香逕緣花掃寒窻候月開長陪雲雨態學夢楚陽臺

題陳生魁畫圖别意

我昔朝王京而多登覽情東關倦前迹却泛西江行西江十日窮烟水落景揚瀾走千里蒼然秀色吹角巾望湖亭下凉飈起咫尺匡廬何壯哉五峰綺繡相縈迴長空飛瀑如濤瀉淙淙噴壑鳴風雷雙騎白鹿古仙子雲

閶唉引青霞杯遠欲之不可得顧余揮手長千陌作鍾山掌上開濛濛萬古清無極黄鶴西辭璚樹枝别來夢寐惜光輝請移粉墨滄洲趣遲爾天門慰所思

龍街秋月

天上知何歲人間值此宵龍街初見月兔闕漸移杓倒影孤輪滿清光四望遥谷昏催罷牧山暝引歸樵遠漢懸飛鏡中流濯碎瑶穿林疑作瀑湧海訝成潮東出光臨夜西沉影迫朝蚌中澄碧氣鵬際入金飈幾見陰晴

處偏令物候凋冬迎將薄冷夏送軟餘歊濕翠桐枝落
空香桂子飄人家舉酒問僧舍捲簾邀赤壁思璵玉秦
臺憶奏韶廣寒何處是仙步思飄颻

漢上聞羌人吹笛

不識邊城路方從遂裏聞千聲悲漢月萬里遶秦雲響
入天山動寒兼隴水分梅花今夜落江上正紛紛

竹枝詞

湖上鴛鴦飛一雙人生最苦住他鄉郎舟蕩入荷花水

引蔓牽絲恨更長

寄涵江陳韞玉

南望涵江無盡期蕭條還解憶荆扉相思豈道音書少

秪爲春來鴈北飛

閩中十子詩卷二十九

欽定四庫全書

閩中十子詩卷三十　　明　袁表　馬熒　編

王翰林集四

送方大歸莆

魯酒醉行客越弦激商聲中懷百憂集無此離别情陽月過吳楚驅車下闕城北風捲微雪擁袂還宵征誰謂此枯槁翻然逢絶生平居異鄉國失路如弟兄雲月寄

遐想心與澄溪明何因别離水又向東南傾還激清淺處為君濯長纓後斯眇川岳悵望何時平

度梨關先寄治城諸友

驅馬望鄉國朝行風雨中閩山鬱嵯峨何啻千萬重舉頭見關吏石壁摩蒼穹人生幾何時來往兹無窮魏闕豈不戀知音非易逢命途或不臻四海如轉蓬前日發京師淮天雪濛濛客衣丹陽樹旅食吳門鍾心憂路彌遠醉極歌且雄匪遇賢達士何由豁心胸滄波任垂釣

兔苑甘為農身隨壒埃避輿與魚鳥通憑將歸田意為
我報山翁
度陽𨻶江得口字
暮色入長江江帆疾於鳥蒼山白雲外一望更何有颯
沓風雨來蕭條夕陽後張登照寒爐且復醉杯酒長歌
滄浪曲遠應滄浪叟厓暗古木深沙虛暮潮吼發家春
序深去國别情厚何處有僧廬殘鐘出溪口
覽鏡詞

嬌女自憐色治容對青鸞如何春華歇覽鏡空長嘆舊質委秋草芳情變衰蘭終焉用膏沐不及君承歡顧影誤相托照心徒自寒白頭歌古調五起摧心肝

秋夜聽谷大彈陽春白雪遂歌以贈

昔聞歌白雪未知弦上聲看君彈來秋月下十指如度春風鳴初聞飄飄下天闕亂逐回風氣騷屑凍來深樹梅不開散入空林竹應折又如紛紛江上來流音中節

渾相催灞陵一日幾人度剡溪半夜孤舟迴清川帯寒流野鳥絶繁語少女歌殘葉共飛仙郎唱罷花能舞須臾雪晴風亦遲按絃問君君不知聲殘響絶無所見惟見桐枝秋露垂

北嶺陪殷大夜飲感別

故國秋風見仲宣悲歡都集夜燈前二毛對酒仍堪醉萬里還家秪自憐樹拂斷猿疑峽路月臨征鴈夢湘川謾將草木同衰朽未必陽春雨露偏

丹陽道中

五陵為客久儒服滿塵埃望闕無知已還鄉愧不才山陰殘雨度河廣斷雲開歸去多朋舊春城共酒杯

河上立春

故國幾時别殊鄉今早春青陽開霽雪殘日送歸人漸與雲霄隔空驚歲月新不堪零落處愁淚滿衣巾

金山寺

江心浮絶島古寺軼氛埃樓迥中天起窻閑向水開空

雲龍影度海雨鴈聲來故國登臨後如今又幾迴

竹岡晴雪

殘雪春天路高岡竹外晴玉林行處合琪樹望中明瑞氣埋龍影花紋雜鳳聲剡溪舟欲渡湘水佩俱鳴舞換青禽歇歌回翠袖輕人家開逕曉僧舍捲簾清鼎鼐欣時泰朋樽待歲成高吟稱寡和長愧郢中名

題周進士古木清猿圖

昔從錦城來却過愁猿道千崖萬嶂不可聞此中哀怨

令人老況是西江秋水来衝波逆折鳴風雷攀蘿涉水苦難度騰枝抱子俱縈迴空林陰陰不知處前驚後呼若相語正當絕險陵天梯攬轡聽来淚如雨君不見蠶叢開國通秦闕六龍西幸仍躋攀猿聲鳥道有如此一為長歌行路難

和守歲侍宴應制

皇家共守歲華新此夜紅雲捧紫宸乍對瓊觴同餞臘喜聞玉管又迎春門前列炬明殘雪天上華筵接近臣

最荷發生蒙聖澤來晨風物更宜人

勅借岐王九成宫避暑

帝宫列賜九成名仙駕遥承五月行天上樓臺佳氣繞日中霄漢早凉生醴泉近酒移花味雲籟催歌雜鳥聲何必仙家瑶海上来晨復得借昆明

過方山舊居處

曽逐孤舟背遠村清溪一去不知源於今莫辨秦人處野鳥潭花即故園

賦錢塘送谷大之凉州

錢王昔遺業千里開雄都行人訪古大江上古人事業今何如憶昨旌旗連海東弩廻巨浪舟始通寶衣毬馬歸何處江聲日暮愁無窮吳姬酒樓向江口雜花垂楊當户牖春帆二月誰憶家黄金十萬寧沽酒繁華東流不可駐古來陳迹惟丘土潮上寒侵蘇小堤漁歸夜唱嚴陵雨君去凉州此暫過莫令歲月易蹉跎懷親何處堪腸斷懸知倚棹聞吳歌

同王大過異公房憶孟宣海上

山中初見蜀葵花秋後登臨感物華過客偶因隨杖履
老僧何用具袈裟空階候葉飛霜早遠郭清砧落日斜
近得浮邱書信否幾時滄海報還家

送金秀才之温陵

官亭花發酒初香白馬翩翩大道傍醉客盡隨歌舞散
寒川空對別離長紫雲洞裏逢秋月赤鯉潭邊度早霜
休說故山多少恨軍中吹角斷人腸

齋居懷林逸人

累月不出戶堦前空緑苔如何歸鴈後不見故人來野竹連書幌寒山對酒杯閑居能著述端愧子雲才

送曾綱歸青鋪得樹字

握手城東門駕言首歸路人生浮世間俛仰安得住去途苦云促交道嘆希遇歡笑顏易紅睽違髮成素清川悵何極白日忽已暮飄然涼風至振此芳林樹去國惜共違瞻雲喜先步回首不見君遥遥隔烟霧

丁卯歲菊夕燕集溫陵郡庠得起字

林莽謝舊條嵓籬譪初蕋遐登崇坂雲列宴曲池水奕奕嘉景光濟濟衆君子聡躋金張賔幸接鄒魯士清奏薄迅商芳筵藉文綺敷情罄二難肩序合四美湛湛零露交噭噭哀鴻起俛仰百齡内榮名保終已

春日感懷

壯圖今若此隨牒豈辭勞滄海憐孤劍青春感二毛沙明殘雪在河斷隴雲高未必逢知已愁心正欝陶

兵曹宴集

雪霽都門晃見寒仙曹斗酒暫成歡朋簪却喜閑中盍物候偏宜醉裏看雲館曉鶯催曙色鳳池春水動晴瀾惠連此會堪乘興別後何須悵二難

和括蒼葉叔文遠遊之作

去國踰千里擔簦向九州雲蹤殊放曠霞想獨優游歲月莊生馬霜烟季子裘南登舒遠眺北轍契冥搜楚館歌逾夕梁園醉度秋江山凌傑作雲物獻佳謀放逐偏

憐屈栖遑輙慕邛探書頗好道説刎豈専遊良王還知
鑒青㝠未阻脩識君宏遠器徒此愧淹留

竹枝詞

螺女磯頭水不波聞郎江上唱離歌半天日落無人渡
一鏡紅粧奈别何

浮亭聞筝

冠蓋乗秋會林塘候晚開掃雲鋪露簟待月送霞杯樂
應空中響人高物外材商彈鵾鷄醉秦奏鳳凰來舞影

疑飄雪歌聲訝殷雷湘琴那共聽楚笛不同哀促柱紅顏笑低絃白髮催將風彫玉樹吹雨落金苔師曠時應在伶倫世復迴鸞情思度海鶴夢想登臺舊恨驚離索新遊得重陪懷君金石調何異向蓬萊

題芍藥圖

名花對春風艷色為誰好傷心洛陽道滿目悲芳草五侯池館樂事多昔時全盛今如何紅香落盡不見賞枝上空餘野鳥歌

附録

自述誄

王偁字孟揚其先東阿人宋寶元康定用兵西方士有沒於元昊者王氏遂為西方人元有天下其地最後附賜姓唐兀氏高祖王父某從下江淮授武德將軍總管鎮廬州曾祖王父某祖王父某相繼襲爵改上千戶沒俱葬大蜀山下先府君某當搶攘以材用薦者調民職廬州路治中歷江西福建行省郎中至階朝列大夫潮

州路總管當時稱廉吏第一人所涖政績卓異字惠小民攘剔豪右禮賢士植綱紀民奉以祠元運改王度時不可為浮海去之道閩父老遮留退居永福山中為黃冠服者十年朝廷聘之耻為二世臣遂自引決嗚呼是時偁生方六齡家殻然壁立太夫人守節自誓艱阻備嘗手疏先君之蹟與古今豪傑大略教之外王父姓劉氏諱某由宣文閣愽士出僉閩憲再召入為秘書丞没王事贈嘉議大夫福建行省參知政事其淹貫靡不究

博古好雅翰墨之妙絶當世惜不及見之閩先正閩過齋吳公學行醇偉為士林望與先君交誼相與也先君没時屬倆夫子教之第未弱冠夫子没倀倀罔依歸賴外王父遺圖書手澤多杜門自研涵少多病負第者三年莫臻其至弱冠入庠序與陳君從範游陳蚤入閩過夫子室獲其指授懇懇汰其瑕礫示以瑜瑾一旦如發蔀矣洪武庚午賓興歲領薦方去海濱觀光上國會試禮部不利例入國子處縉雲朱先生館下日求齊魯士

與談訪其遺風及四方之賢者而私淑之上表陳情乞
終養高皇帝憫之南歸越震澤徘徊吳會間不敢留趍
侍湯藥膝下始冀収其實而從範已物故閭父老亦凋
剥殆盡四睇眦落無可與語晚得晉昌林誌相與論學
假以模範抗顔為多暇則窮幽極深徜徉物表趣谿如
也未幾太夫人捐館舍嗚呼居喪不敢逾禮既合先君
塋廬墓下者六年永樂初元以推轂者至京師待命黄
閣因自陳願處學校勵人材不允授從事郎史官翰林

檢討進講經筵以文字供職時錢塘王洪擅詞垣與同
官一見過相推重勑修大典萃内外儒臣及四方韋布
士毋慮數千人濫竽總裁之列大將軍英公覆征交阯
辟居幕下於是泛洞庭浮沅湘歷九疑弔蒼梧徵兵南
海旣而窮象桂道五管觀師于日南九真之交時有贊
勷大將軍待以爲揖客歸仍守其舊官先娶鄭氏新安
人前名御史潛之孫女先卒再娶薛氏閩故族孝養于
姑貞淑内得其亮生男一人振女子某一人其次男拱

女子某一人側室李氏出也此族系出處之槩少鋭志於有為毅乎思凖古以馭今而用弗以施學雖服羣聖獵百家窮幽明亟於聞道而質淪惷杌遇登髙弔古慨然發其悲壯愉樂一寓於文若詩而辭愧土苴其為人則似齎而容似傲而恭家貧而心樂身困而處裕然疾惡太過遇權貴不能俛首下之任情以直不能骫以狥人成功此其見短於世也見人善不啻若已有之雖匹夫問未嘗不竭以盡與人交内外莫敢携此則自以為

長馬若夫悗以為終身之憾者亂失所怙哭吾父幾不能生粗知學而哭吾師如哭吾之父焉未幾哭吾友如哭吾之師比得禄而太夫人不逮養有子教之未立荷兩朝之恩而莫一舉報嗚呼況茲身縶縲絏西山東陵淆而未分孤臣之號庶女之慟南音之戚梁岸之章孰為發之日者以支幹推定人禍福生死謂吾年日皆庚迪于丙歲在閼逢躔于鶉火其弗延矣嗚呼其果然耶孟子曰桎梏死者非正命也晝夜之理吾曷念之因述

其系而極之以呼天之辭用自誄俾後之為烏鳶為螻蟻在陽侯在回禄或返其遺骸或招其䰟魄或藏其衣冠庶令有考者憫其志而哀之焉辭曰

予槩觀夫古之人怙材者恒困於弗施志大者惟顛頓之屢躋嗚呼孟揚矧爾乏古之才而尚其志焉不奇於時而諉於戾爾負而君爾負而親嗚呼誰其白之悠悠蒼天

閩中十子詩卷三十

總校官候補中允臣王燕緒
校對官編修臣勵守謙
謄録監生臣陳德彰

圖書在版編目（CIP）數據

閩中十子詩 / (明) 袁表, 馬熒編. — 北京：中國書店, 2018.8
ISBN 978-7-5149-2122-9

Ⅰ. ①閩… Ⅱ. ①袁… ②馬… Ⅲ. ①詩集 – 中國 – 明代 Ⅳ. ①I222.748

中國版本圖書館CIP數據核字(2018)第084807號

四庫全書・總集類

閩中十子詩

作　　者　明・袁表　馬熒　編
出版發行　中國書店
地　　址　北京市西城區琉璃廠東街一一五號
郵　　編　一〇〇〇五〇
印　　刷　山東潤聲印務有限公司
開　　本　730毫米×1130毫米　1/16
印　　張　63.5
版　　次　二〇一八年八月第一版第一次印刷
書　　號　ISBN 978-7-5149-2122-9
定　　價　二二八　元（全三册）